KB142552

Joker Game
By Koji Yanagi
Copyright © Koji Yanagi 2008
First published in Japan in 2008
by KADOKAWA SHOTEN CO., LTD., Tokyo.
Korean translation rights arranged
with KADOKAWA SHOTEN CO., LTD., Tokyo
through The English Agency (Japan) Ltd.

이 책의 한국어판 저작권은 일본 가도카와 쇼텐사와 독점 계약한 씨엘북스에 있습니다.
저작권법에 의하여 한국 내에서 보호를 받는 저작물이므로
무단전재와 무단복제를 금합니다.

조커 게임

초판 1쇄 찍음 2014년 12월 11일
초판 1쇄 펴냄 2014년 12월 20일

지 은 이 야나기 코지
옮 긴 이 한성례
펴 낸 이 김일권
펴 낸 곳 씨엘북스

출판등록 2011년 9월 21일, 제25100-2011-00088호.
주   소 서울특별시 마포구 서교동 440-3 2층
전   화 Tel 02. 334. 7048 / Fax 02. 334. 7049
E-mail clbooks@naver.com

ISBN 978-89-97722-38-9   03830

씨엘북스는 상상더하기의 임프린트입니다

JOKER GAME

ジョーカー・ゲーム

야나기 코지(柳 広司) 지음
한성례 옮김

차
례

해설
사토 마사루佐藤 優

조커 게임

조커 게임

1

"저는 일본 문화 아주 좋아합니다. 게이샤, 후지 마운틴, 웬만한 건 다 봤어요. 사무라이 할복 쇼도 빨리 보고 싶습니다. 웰컴, 웰컴. 우리 집 얼마든지 조사하세요."

미국인 기술자 존 고든은 이죽거리면서 막아섰던 대문에서 옆으로 비켜섰다.

"들어가!"

사쿠마佐久間가 낮게 호령하자 뒤에서 대기하던 헌병 1개 분대가 순식간에 집 안으로 쳐들어갔다.

"오우, 저희 집 실내에서는 신발 벗어야 해요. 대장님, 부하들에게 신발 좀 벗으라고 말해주십시오!"

사쿠마는 고든의 항의를 무시하고 군홧발로 집안에 들어섰다.

그는 대문 옆에 서 있는 고든의 곁을 스쳐 지나며 깊이 눌러 쓴 헌병모의 챙 밑으로 힐끔 훑어보았다. 금발에 매부리코, 탁한 회청색 눈동자. 전형적인 백인의 얼굴이다.

하지만 입고 있는 건 그런 외모와 어울리지 않는 일본 전통 의상이다.

친일파.

출동하기 전 보고서에서 확인한 대로 그 점은 의심의 여지가 없어 보였다.

고든은 3년 전 대형 무역회사의 초청을 받아 일본을 방문했다가 '일본 문화의 포로'가 되어 그 길로 자리를 잡고 일본에 눌러앉았다.

고든이 무역회사에서 맡은 업무는 회사가 수입한 정밀기계를 점검하는 일이었다. 취직 후 얼마 지나지 않아 그는 전통가옥이 즐비한 간다神田에 집을 빌려 이사했다. 여느 일본인처럼 앉은뱅이 밥상에서 젓가락으로 밥을 먹었고 반주로 일본 전통술인 니혼슈日本酒를 곁들였다. 밤이 되며 다다미방에 요를 깔고 누워 잠을 청하는 것도 일본인과 다를 바 없었다. 심지어 취미로 샤미센三味線, 일본의 대표적인 삼현 악기을 배우고 게이샤藝者, 연회석에서 술을 따르고 전통 춤과 노래로 흥을 돋우는 여성와 음악을 즐길 정도로 일본 전통문화에 심취해 있었다. 그에 대한 동네 주민들의 평판 또한 좋았다. 아침저녁으로 어진영御真影, 일본 천황과 황후의 공식 초상사진에 박수를 두 번 치며 합장까지 하는 모습이 좋은 인상을 준 모양이었다.

흥분할 때 저도 모르게 영어가 튀어나오는 버릇만 빼면 어설프게 서양물 먹은 요즘 일본 사람보다 훨씬 일본인다웠다.

그런 고든이 하루아침에 유력한 스파이 용의자가 되었다.

다른 사건으로 체포된 한 남자가 가혹한 고문을 견디다 못해 고든의 이름을 댄 것이다. 그의 말에 따르면 고든이 육군의 암호표를 몰래 촬영했다고 한다.

혐의는 그걸로 충분했다.

"증거를 찾아와!"

며칠 전 사쿠마를 참모본부로 불러들인 무토武藤 육군 대령이 그를 몰아세웠다.

"뻔뻔하게 오리발을 내밀지만 그놈은 스파이가 틀림없어. 증거를 눈앞에 들이밀어야만 자백할 비겁하고 치졸한 놈이라고. 가서 놈이 빼도 박도 못할 증거를 찾아와! 절대로 발뺌 못하게 만들란 말이야!"

간밤에 얼마나 퍼마셨는지 쉰 목소리로 닦달하는 무토 대령에게서 술 냄새가 진동했다.

고든의 옆을 지나쳐 어두컴컴한 집 안으로 들어서던 사쿠마는 문득 정체 모를 이질감에 우뚝 멈춰 섰다. 천천히 몸을 돌려 '표적'의 얼굴을 다시 한 번 확인했다.

스파이 혐의를 받고 있는 존 고든이 분명했다.

'저 자신감은 어디서 나오는 거지? 믿는 구석이라도 있는 건가?'

일본인은 물론이고 일본에 거주하는 외국인조차 벌벌 떨 정도로 악명 높은 헌병대다. 그런 자들이 집에 쳐들어왔는데도 고든은 움츠러드는 기색 하나 없다. 고개를 설레설레 저으며 곤혹스러운 시늉을 해보이긴 했지만 장난기 어린 회청색의 눈동자에는 일말의 흔들림도 없었다.

사쿠마는 대답을 구하듯 이번 임무를 시작한 이후로 그림자처럼 자신을 수행하고 있는 미요시^{三好} 소위를 돌아보았다.

미요시의 눈은 푹 눌러쓴 헌병모에 가려 보이지 않았다. 그나마 챙 밑으로 보이는 하얀 얼굴도 가면을 쓴 듯 무표정이다. 그의 얼굴에서는 아무 감정도 읽을 수 없었다.

'지금 괜한 벌집을 쑤시고 있는 게 아닐까……'

갑갑한 제복 안으로 한줄기 식은땀이 등을 타고 흘렀다.

그때였다. 사쿠마의 머릿속에 한 남자의 검은 실루엣이 언뜻 떠올랐다 사라졌다.

'마왕'이라 불리는 남자였다.

2

사쿠마가 그 남자를 처음 만난 건 1938년 4월, 대략 일 년 전이었다.

"자네 혹시 바보인가?"

창가에 서 있던 검은 실루엣의 남자가 불쑥 입을 열었다.

사무실 한쪽 벽면을 가득 채운 커다란 유리창으로 아침 햇살이 눈부시게 쏟아져 들어왔다. 사쿠마는 갑작스런 질문에 바로 대답하지 못하고 눈만 찡그리고 있었다. 그러자 역광 속의 남자가 가만히 창가에서 떨어졌다. 그는 조금 어색한 움직임으로 두 사람 사이에 가로놓인 큰 책상을 돌아 나와 창 정면을 향해 꼿꼿한 자세로 서 있는 사쿠마의 옆으로 다가왔다.

"양복 차림으로 경례를 붙이는 꼬락서니 하고는."

귓전을 울리는 낮은 목소리에 사쿠마는 황급히 경례 자세를 풀었다.

상대가 곁에서 떨어지는 기척이 나고서야 사쿠마는 안도의 한숨을 내쉬었다. 살짝 고개를 돌려 줄곧 검은 실루엣으로만 보였던 상대의 뒷모습을 처음으로 확인했다.

일본인치고는 큰 키에 군더더기 없이 마른 몸이었다. 머리는 민간인만큼 길러서 단정히 빗어 넘겼으며 수수한 회색 양복을 입었다.

유키結城 중령.

군인 같지 않은 겉모습과 달리 당당한 대일본제국 육군의 고급 장교다.

중령의 손에는 지팡이가 들려 있다.

조금 전 사쿠마가 어색하게 느낀 움직임은 유키 중령이 왼쪽 다리를 절기 때문이었다.

유키 중령은 다시 책상 앞으로 돌아가 등받이가 달린 큼직한 의자에 앉았다.

"그래, 참모본부가 파견했다는 스파이가 자네인가?"

단도직입으로 따지듯 물어오는 통에 생각할 틈도 없이 말이 튀어나왔다.

"아닙니다. 저는 스파이 같은 비열한 짓은……."

사쿠마는 아차, 하고 도중에 말을 삼켰다.

"오호, 스파이는 비열한가?"

쏟아지는 햇살을 등지면서 다시 새카만 실루엣으로 돌아간 유키 중령이 싱긋 웃었다.

등줄기를 타고 오싹한 한기가 내달렸다.

그 순간 사쿠마의 뇌리에 참모본부 안에 파다하게 퍼진 소문이 스쳐 갔다.

유키 중령은 한때 유능한 스파이였다.

장기간 적국에서 잠복 활동을 하며 수집한 기밀을 일본 육군에 유출하는 임무를 맡고 있었다. 그러다가 아군의 배신으로 스파이 행위가 발각되어 체포되고 만 것이다. 가혹한 고문을 이겨내고 결국 탈출에 성공했는데 그 와중에도 적국 첩보기관의 기밀정보를 입수해 본국으로 빼돌렸다고 한다.

어디까지나 소문이었다.

'애들이나 읽는 모험소설 속 주인공이라면 또 모를까 그런 놈이 실재할 리가 있나.'

그 이야기를 처음 들었을 때 사쿠마는 콧방귀를 뀌었다.

사쿠마는 책상 위로 가볍게 깍지 낀 유키 중령의 손으로 슬쩍 시선을 옮겼다. 실내인데도 하얀 가죽 장갑을 끼고 있었다.

적국 첩보기관에 체포되었을 당시 받은 혹독한 고문 탓에 오른쪽 손가락 전부가 기묘한 형태로 비틀어졌고 그것을 가리기 위해 장소를 불문하고 흰 장갑을 낀다는 소문이다. 왼쪽 다리를 저는 것도 그때의 고문 때문이며 심지어 양복에 가려진 그의 등에는 아직도 그때 입은 흉측한 흉터가 고스란히 남아 있다고 한다.

'그런 놈이…… 실재할 리가…….'

사쿠마는 아득한 비현실감에 사로잡혔다.

1937년 가을 유키 중령의 발안發案에 따라 '정부근무요원 양성소 설립준비 사무실'이 개설되었다. 정부근무요원 양성소가 다름 아닌 스파이 양성학교라는 사실이 드러나자 육군 내부에서는 거센 반발이 일었다.

'우리 육군에서는 참모본부 2부 4반 및 5과부터 7과까지 총 3과 1반이 첩보업무를 담당한다. 이 이상의 조직은 무용지물이다.'

이는 표면상의 이유일 뿐 그 이면에는 첩보활동을 비겁하고 졸렬한 행위로 단정하는 육군 내부의 풍조가 강하게 깔려 있었다.

'스파이처럼 잔꾀나 부리는 짓은 예부터 내려온 우리 일본 무사도에 반하는 행위'라고 공공연히 토로하며 스파이 양성을 탐탁지 않아 하는 고위 간부들도 적지 않았다.

첩보전 담당이라는 '3과 1반'은 몇몇 참모장교들만 배치되어 있는 명목뿐인 조직이었다. 그러니 자신들의 임무를 부끄럽게 여기는 것은 3과 1반의 참모장교들 역시 다른 고위 간부들과 별다를 바가 없었다.

때마침 외국 스파이에 의한 기밀정보 유출 사건이 잇달아 발생하면서 육군성陸軍省, 제2차 세계대전 이전의 일본 육군 군정 기관은 대책 마련의 일환으로 관제를 개편했다. 그 결과 '스파이 및 스파이 양성학교 불필요론'은 잠시 수그러드는 듯했다.

그러나 오래지 않아 육군 내부가 또다시 들끓기 시작했다.

스파이 양성학교의 훈련생들이 육군사관학교나 육군대학교가
아닌 일반대학 졸업생 가운데서 선발된 자들이라는 게 알려진
까닭이다. 스파이 양성학교에 대한 육군의 반발은 어지간해서
는 가라앉을 기미가 보이지 않았다.

'군인이 아니면 사람도 아니다.'

이런 생각이 명명백백한 이치로 통하는 군인 사회에서는 당
연한 반응이었다.

"지방인地方人을 암만 훈련시켜봐야 반쪽짜리 군인 밖에 될
수 없다. 그런 녀석들에게 절대로 군사 기밀을 맡길 수 없다!"
라고 잘라 말하는 사람도 있었다.

'지방인'이란 군대용어로 군인 이외의 민간인을 말한다. 재
학시절부터 군인정신을 철저히 교육받은 육군사관학교 졸업생
이라면 몰라도 일반대학을 나온 학생을 신뢰하라니 어림 반 푼
어치도 없는 소리였다.

게다가 누구도 대놓고 입에 올리지는 않지만 육군 내부의
강한 반발을 부른 이유가 또 하나 있었다.

지금까지는 육군사관학교 및 육군대학교를 우수한 성적으
로 졸업한 이른바 군도조軍刀組, 일본 육군대학을 우수한 성적으로 졸업한 이들
에게 천황이 군도를 수여한 데서 유래가 각국의 일본 대사관 소속 무관武官
에 독점적으로 임명되었다. 대사관 소속 무관의 임기는 통상 2
년, 길어야 5년이고 해외 근무 후에는 대부분 참모본부로 발령

이 난다. 한마디로 최단 기간의 출세 코스인 셈이다.

'스파이 양성학교 출신자 따위에게 무관 자리를 빼앗기지는 않을까?'

그들이 우려하는 건 당연했다.

대일본제국의 명예로운 육군이라며 기세등등한 군대도 결국 관료조직이기에 기득권 확보에 열을 올릴 수밖에 없다.

그 후로 상부에서 어떤 흥정이 오갔는지는 모른다.

일 년 반 전. 무토 대령은 사쿠마 육군 중위를 호출해 '정보근무요원 양성소 설립준비 사무실' 파견 근무를 명했다. 임무는 참모본부와의 연락책 역할이었다.

육군 상부에서 유키 중령의 '스파이 양성학교' 설립 허가 조건으로 참모본부에서 파견하는 인물을 받아들이라고 제시한 것이다. 또한 서류상의 학교명은 'D기관'이었다.

내막이 무엇이든 간에 군인은 상사의 지시에 복종하면 그만이다. 사쿠마 역시 자세한 사정을 묻지 않았으며 무토 대령의 방에서 나가는 즉시 새로운 부임지로 출발할 작정이었다.

무토 대령이 벌레라도 씹은 얼굴로 사쿠마에게 물었다.

"이봐, 양복은 있나?"

"양복 말씀이십니까?"

사쿠마가 엉겁결에 되물었다.

"없으면 준비해. 그리고 바로 그쪽으로 가지 않아도 된다. 머리를 기를 때까지 오지 말라고 하더군."

책상 위의 서류를 훑어보던 무토 대령이 고개를 들어 사쿠마의 머리를 힐끗 본다.

새삼스레 확인할 필요도 없었다. 두피가 훤히 드러나도록 바짝 깎은 '군인 머리'를 하고 있으니.

"척 보기에도 군인인 사람, 군복 차림과 군인 머리를 한 사람은 절대 출입금지라는군. 머리를 어느 정도 기르고 양복을 갖춰 입기 전에는 그쪽에 얼씬도 말라고 하니 그때까지는 자택에서 대기하도록."

무토 대령은 의자에서 일어나 부동자세인 사쿠마를 향해 책상 너머로 몸을 내밀었다. 그리고 술 냄새가 풀풀 나는 낮은 목소리로 덧붙였다.

"잘 들어. 놈들이 뭔가 실수를 하면 그 즉시 보고해. 아무리 사소한 실수라도 좋다. 무슨 일이든 생겼다 하면 그걸로 놈들은 끝이니까. 하지만 만약 아무 일 없다면……."

– 자네, 무슨 말인지 알지?

무언의 협박이 사쿠마의 고막을 찔렀다.

3

"사쿠마 대장님!"

시선을 돌리자 헌병 하나가 사쿠마의 오른쪽에서 세 발자국 떨어진 위치에서 경례를 붙였다.

"전 대원을 저택 내부에 배치했습니다. 당장에라도 수색 작업을 개시할 수 있습니다."

"음."

사쿠마는 작게 신음하듯 대꾸했다.

다시 한 번 슬쩍 뒤를 돌아본다.

미요시는 헌병모를 깊이 눌러 쓰고 있어 표정이 전혀 보이지 않는다. 창백한 피부 덕에 유난히 더 붉어 보이는 얇은 입술의 가느다란 입꼬리만 희미하게 올라가 보였다.

사쿠마는 다시 헌병에게로 시선을 돌렸다.

방금 자신에게 경례하고 수색개시 명령을 기다리는 헌병 또한 모자를 깊숙이 눌러쓰고 있었다. 표정은 고사하고 누구인지 식별조차 어렵다.

'하타노波多野? 아니, 가미나가神永인가?'

사쿠마는 수하誰何, 상대편의 정체를 식별하기 어려울 때 아군끼리 약속한 암호를 확인하는 일로 당장 확인하고 싶은 충동을 간신히 억눌렀다.

"시작해!"

사쿠마의 한마디에 대기하던 헌병들이 일제히 수색을 개시
했다.

각 방으로 흩어진 대원들은 장롱 서랍이며 벽장을 닥치는
대로 열어 그 안의 물건들을 끄집어 내던졌고 천장을 뜯어내
고 맹장지^{盲障子, 빛을 차단할 목적으로 안과 밖에 겹 바르는 두꺼운 종이}를 찢어
발겼다.

"오우, 여러분! 여기는 제집입니다. 그것은 제 물건입니다.
다른 사람 물건 함부로 부수는 것 나쁜 짓입니다!"

고든이 목청을 높이며 항의했다. 아무도 그를 상대해 주지
않자 흥분했는지 얼굴이 다 시뻘게졌다. 그때부터는 영어로 마
구 지껄여대기 시작했다.

"나는…… 분명 단호하게 항의했습니다. ……일본의 헌병
대…… 내 물건 무단으로 파괴했습니다. ……이제 책임자가 할
복하는 정도로는 용서 못 합니다. ……이 건을…… 대사관에
고소하겠습니다. ……반드시 국제적인 문제로 발전하게 될 겁
니다."

고든의 목소리와 간발의 차이로 미요시가 사쿠마에게 속삭
이듯 그가 영어로 하는 말을 하나하나 통역해준다.

흥분하면 영어로 지껄이는 고든의 버릇쯤은 사전 조사를 통
해 이미 파악해 둔 바다. 그 때문에 미요시를 통역자로 데려온

것이다.

'성가시군.'

사쿠마는 얼굴을 찌푸렸다.

통역 없이도 고든의 영어 정도는 충분히 들을 수 있었다.

같은 내용의 불평을 영어와 일본어로 두 번씩 듣는 것은 고역이지만 그렇다고 내색할 형편도 아니었다.

사쿠마는 지긋지긋한 기분으로 주위를 둘러보았다.

헌병 제복을 입고 헌병모를 눈 밑까지 깊숙이 눌러 쓴 채 능숙한 손놀림으로 고든의 집을 수색하는 열한 명의 남자들은 사쿠마가 보기에도 영락없는 진짜 헌병이다.

그들이 가짜라고는 그 누구도 상상하지 못하리라.

'괴물 같은 놈들.'

혀를 차려다가 참았더니 목에서 신물이 올라왔다.

사쿠마는 스파이 양성학교 제1기생, 즉 'D기관' 초대 수험생들이 입학시험을 치를 때부터 가까이서 지켜보았다.

기상천외한 시험이었다.

건물 입구에서 시험장까지 몇 걸음인지 계단이 몇 개였는지를 묻지 않나, 세계지도를 펼쳐놓고 사이판 섬의 위치를 묻지 않나. 지도 상의 사이판 섬이 교묘하게 지워졌다고 수험자가 지적하면 지도를 펼치기 전에 책상 위에 무엇이 있었는가를 물었다.

아무 의미가 없는 문장을 몇 개 읽게 하더니 잠시 뒤 거꾸로 암송하게 하기도 했다.

사쿠마의 눈에는 죄다 어이없는 짓으로 비쳤다.

이런 황당한 문제들을 풀 사람이 과연 있기는 할까 싶었다.

그러나 놀랍게도 수험생 중에는 이런 터무니없는 질문에 척척 대답하는 자들이 적잖이 있었다.

그뿐만이 아니었다. 시험장까지 몇 걸음이었는지, 계단은 몇 개였는지를 정확하게 맞춘 사람들은 묻지도 않았는데 복도에 있는 창문의 개수, 개폐상태, 균열의 유무도 지적했다.

세계지도에 가려진 책상 위의 물건을 말해보라는 질문에는 잉크병, 책, 찻잔, 펜 두 자루, 성냥, 재떨이 등 열 개도 넘는 물건을 모두 정확히 맞췄다. 심지어 책등에 적힌 제목과 피우다 만 담배의 상표까지 정확히 기억하는 자도 있었다.

의미도 없는 문장을 거꾸로 암송하라는 과제를 받은 사람은 글자 한 자 틀리지 않고 완벽하게 읊어냈다.

사쿠마는 육군사관학교를 우수한 성적으로 졸업한 이른바 '엘리트'였다. 관찰력과 기억력에 나름대로 자신 있는 사쿠마였지만 그런 그가 보기에도 그들의 능력은 놀라웠다.

'이놈들 대체 정체가 뭐야? 지금까지 어디 박혀 있던 놈들이지?'

사쿠마의 의문은 금세 견고한 벽에 부딪혔다. 수험자의 경력, 이름과 나이까지 철저히 '극비'에 붙여졌기 때문이다.

다만 복장과 태도로 미루어보아 수험자 중에 육군사관학교 졸업생이 단 한 명도 없다는 사실만은 확실했다. 대부분 도쿄東京와 교토京都의 국립대학, 와세다早稲田나 게이오慶應 같은 일반대학을 나온 사람이었다. 하나같이 유복한 가정환경에서 고생을 모르고 자란 샌님들로 보였다. 국립대 교수나 장관급 고위층의 자녀로서 외국 대학에서 유학한 자들이 섞여 있다는 소문도 있었다.

어떤 기준을 적용했는지 모르겠지만 유키 중령은 수험자들 가운데서 십여 명의 사람들을 선발했다.

그들은 기숙사에서 숙식을 제공받으며 스파이가 되기 위한 훈련을 받았다.

그들이 머물게 된 건물은 빈말로라도 괜찮다고 할 수 없을 만큼 매우 형편없는 곳이었다.

그곳은 도쿄 지요다千代田 구의 구단자카九段坂下 고갯길 아래쪽에 위치해 있었다. 애국부인회 본부 뒤편에 남들의 눈을 피해 서 있는 낡은 2층 건물이 D기관의 교육장 겸 기숙사였다. 벽의 페인트는 반쯤 벗겨지고 손때 묻은 입구 기둥에는 '대동아문화협회大東亞文化協會'라고 쓰인 작은 나무간판이 볼품없이 걸려 있었다. 마치 시골의 초등학교 분교를 연상케 하는 외관이었다. '미래의 스파이' 양성소라는 말이 무색할 지경이었다.

처음 이곳을 방문했을 때 사쿠마는 낡은 건물 자체가 위장이 아닐까 의심했다. 그러나 D기관에서 이처럼 낡고 초라한 건물을 쓰는 이유는 단순히 예산 부족 때문이었다.

스파이 양성학교 설립을 놓고 육군 내부의 강한 반발이 여전히 존재하는 마당에 예산이 제대로 지원될 리 만무했다. 이건물도 예전에 육군이 사용하던 구사[鳩舍, 군대의 통신용 비둘기를 훈련시키고 관리하는 곳]를 급히 개축한 것이었다.

다소의 변동 끝에 최종적으로 열두 명이 남았다.

'열두 명의 괴물들이군.'

일 년간 그들의 훈련을 곁에서 지켜본 사쿠마로서는 그렇게 밖에 생각이 들지 않았다.

D기관에서의 훈련은 분야를 가리지 않았다.

훈련병들은 폭약과 무전의 취급방법, 자동차와 비행기 조종법을 배우고 세계 각국의 언어를 모국어 수준으로 구사하도록 훈련받았다. 저명한 대학교수를 초빙해 국체론[國體論, 일본은 천황을 중심으로 한 대가족이라는 사상], 종교학, 국제정치론, 의학, 약학, 심리학, 물리학, 화학, 생물학 등 다양한 분야의 학문을 배웠다. 학생들은 저희끼리 손자, 칸트, 헤겔, 클라우제비츠, 홉스와 같이 사쿠마의 귀에도 생소한 사상가와 전술가에 대해 깊이 있는 의견을 나누었다. 한편으로는 교도소에서 데려온 소매치기범과 금고털이범에게서 가는 철사 하나로 자물쇠를 여는 방법 등 실전 기술을 전수받았고 야바위꾼에게 카드 바꿔치기 수법을 배우기도 했다. 가부키歌舞伎, 음악, 무용, 기예가 어우러진 일본의 전통연극 배우에게 여장 기술과 춤을 배우고 제비족에게 여자를 유혹하는 수법을 익혀 밤거리에 나가 실제로 여자를 꾀어보기도 했다.

어떤 날은 옷을 입은 채 얼음장 같은 물속을 헤엄쳐 목적지에 도착한 후 그대로 다른 목적지까지 밤새 행군을 했다. 이동 후에는 전날 통째로 암기한 복잡하기 짝이 없는 암호들을 일상 용어처럼 자연스럽게 구사해야 했다.

빛 한 점 없는 완벽한 어둠 속에서 손끝의 감각만을 의지해 단파 라디오를 분해한 뒤 다시 사용 가능한 상태로 재조립하는 훈련도 받았다. 얇은 대나무 주걱 하나로 흔적 없이 편지 봉투를 개봉하고는 거울에 비친 좌우 반대의 글자를 한눈에 읽어 외워야 했다.

지령서指令書는 아무리 복잡한 내용이라도 읽은 즉시 외우고 그 자리에서 파기했다. 반대로 파기한 지령서를 다시 원상 복구하는 방법도 배웠다.

그들은 정신과 육체의 능력을 극한까지 요구하는 이 모든 훈련들을 가뿐하게 수행해냈다.

그뿐만이 아니었다.

고된 하루 일정이 끝나면 지치지도 않는지 밤의 거리로 몰려나갔다.

D기관 학생들의 기숙사에는 통금 시간이 따로 없었고 야간의 개인 활동은 자유였다.

삼삼오오 밤거리로 사라지는 학생들의 뒷모습을 볼 때마다 사쿠마는 착잡한 기분이 들었다. '내가 졸업한 육군사관학교와는 하나부터 열까지 다르다.'

D기관 학생들이 부러운 건 아니었다.

사쿠마에게 육군사관학교의 동기는 형제 같은 존재다. 한 사람의 실수는 전체의 책임이라는 생각으로 교관과 상급생의 기합을 이를 악물어가며 참았다. 그렇게 지독한 훈련을 끝내고 기숙사로 돌아오면 동기들은 흉금을 터놓고 이야기를 나누었다. 약한 소리를 하는 녀석을 위로하다가 같이 울기도 했다. 그런 얘기도 마지막에는 항상 조국을 위해 이 한 몸바치자고 굳게 맹세하며 끝이 났다.

사쿠마는 지금도 동기들의 얼굴을 한 사람도 빠짐없이 기억하고 있다. 그들은 피를 나눈 형제 이상의 존재였으며 그들을 위해서는 목숨을 던질 각오도 되어 있다. 사쿠마에게 한솥밥을 먹은 동기란 그런 의미다.

'하지만 이곳의 학생들은 우리 동기들과 달라.'

미요시, 가미나가, 오다기리, 아마리, 하타노, 지쓰이…….

사쿠마가 알고 있는 그들의 이름은 전부 가명이다. 동기라는 사람들이 서로를 가명으로 부르고 D기관에서 만들어준 가짜 경력을 토대로 스스로를 소개한다.

죽을 고생을 함께하면서도 옆에 있는 동료의 진짜 이름조차 모르다니.

'이런 생활을 어떻게 견딘단 말인가?'

사쿠마는 그들이 딱하기는 할망정 부럽다는 생각은 조금도 들지 않았다.

어느 날 밤 식당 앞을 지나던 사쿠마는 걸음을 멈췄다.

웬일로 학생들이 기숙사 식당에 모여 앉아 무언가 논의 중이었다.

문 가까이 다가가 이야기를 엿듣던 사쿠마는 삽시간에 표정이 굳어졌다.

– 천황제가 일본에 반드시 필요한가?

사쿠마는 누군가가 내놓은 질문을 듣자마자 식당 문짝이 떨어지라 열어젖히며 소리쳤다.

"이 자식들!"

몇몇이 천천히 사쿠마를 돌아보았다. 모두 동요하지 않고 태연한 기색들이었다. 술김에 하는 소리도 아니었다.

"너희들 도대체⋯⋯ 무슨 정신으로 그런 불경한 소리를⋯⋯?"

격분한 나머지 말도 제대로 나오지 않았다.

학생들은 씩씩대는 사쿠마를 바라보며 흥이 깨진 듯이 심드렁한 표정을 지었다.

"가능성을 논의해 봤을 뿐입니다."

그 자리에 같이 있던 미요시가 입을 열었다.

"천황제의 정통성과 합법성에 관해 저희 나름대로 따져보는 중입니다."

'정통성이라고?'

사쿠마는 아연실색했다.

반사적으로 '차려' 자세를 취할 뻔했다.

군인은 천황이라는 단어를 듣거나 말할 때 차려 자세를 취해야 한다. 멍하니 있다가는 따귀는 물론이거니와 끌려가 영창에 처박혀도 할 말이 없다.

하지만 이곳 D기관에는 오히려 '천황'이라는 단어에 반응해 차려 자세를 취한 자가 그 자리에서 벌금을 내는 규칙이 있다.

"천황 소리를 듣고 부동자세가 되는 사람은 군인뿐이다."

사쿠마의 부임 당일 유키 중령은 차가운 어조로 이곳의 규칙을 설명했다.

"아무리 양복을 입고 머리를 기르면 뭐해. '천황' 소리를 들을 때마다 '저는 군인입니다'라고 온몸으로 떠벌리고 있는데. 그런 녀석들이 이곳에 드나들게 할 수는 없지. 그래서 벌금 규칙을 만들었다.”

유키 중령이 빙그레 웃으며 덧붙였다.

“실은 우리가 군의 높으신 분들에게 미운털이 단단히 박혀서 말이야. 변변한 예산도 배정 못 받는 가난한 소대 아닌가. 자네의 벌금은 유용하게 잘 쓰도록 하지.”

사쿠마는 실제로 몇 번인가 적지 않은 벌금을 내야 했다.

벌금보다 더 견디기 어려웠던 건 학생들이 보내는 조소 어린 눈빛이었다.

“단순한 조건반사잖아? 자기 몸을 자기가 조절도 못 하다니. 정말 한심하군.”

어이없다는 듯 면전에 대고 그런 소리를 하는 녀석도 있었다.

최근에 와서야 사쿠마도 천황이라는 말에 차려 자세를 취하지 않게 되었다.

그러나 이번 일은 경우가 달랐다.

사쿠마는 잠시 호흡을 가다듬고 차분한 어조로 다시 물었다.

“그러니까 지금 너희들은 살아 있는 신이나 다름없는 천황 폐하의 정통성을 논의 중이란 말이지?”

“합법성의 문제도요.”

저 끝에서 학생 하나가 고개를 끄덕였다. 태연한 표정의 하얀 얼굴이 신경에 거슬렸다.

“천황제의 고유한 특수성은 아시아의 다른 국가에서 인정되지 않습니다. 미노베 교수의 천황기관설天皇機關說, 통치권은 국가에 소속되며 천황은 국가의 최고 기관으로서 다른 기관의 도움을 얻어 통치권을 행사하는 존재일 뿐이라는 학설로 돌아가 근본원리부터 뜯어고쳐야 한다는 게 제 생각입니다. 사쿠마 씨의 의견은······."

"동작 그만!"

생각할 틈도 없이 큰소리부터 나갔다. 반사적으로 허리에 손이 갔지만 양복 차림인 사쿠마가 칼을 찼을 턱이 없다. 사쿠마는 더욱 부아가 나 이를 부득부득 갈았다.

"자자, 그렇게 흥분하지 마시고 대화를 나눠 봅시다."

"입 닥쳐, 이 빌어먹을 놈들. 더 이상 말하고 자시고 할 것도 없다. 내일 당장 참모본부에 이번 건을 보고하겠다. 네놈들은 조용히 처분이나 기다려라. 각오를 단단히 해야 할 거다."

그때였다. 목에 핏대를 세워 소리치는 사쿠마의 등 뒤로 검은 실루엣이 소리도 없이 모습을 드러냈다.

하얀 장갑. 한쪽으로 쏠린 몸은 지팡이에 의지하고 있다.

"무슨 일이지?"

유키 중령이 좌중을 둘러보며 물었다.

미요시가 심드렁한 표정으로 사정을 설명하자 중령은 가볍게 손을 저으며 말했다.

"계속해도 좋다."

"지금 무슨 말씀을 하시는 겁니까?"

기가 막혀 뒷말을 잇지 못하는 사쿠마를 향해 돌아서며 유키 중령이 말했다.

"천황이 살아 있는 신이라고? 일본인이 진심으로 그렇게 생각하게 된 건 고작 10년 전부터다. 메이지시대明治時代, 1868-1912. 메이지 천황 통치 기간 이전까지는 교토 사람을 제외한 온 백성이 천황의 존재를 잊고 살았단 말이야. 그런데 이제 와서 살아 있는 신이니 뭐니 하면서 떠받들면 천황 본인도 황당하지 않겠나?"

"……."

"자네가 뭘 믿든 상관없네. 그리스도도 좋고 마호메트도 좋고 정어리 대가리라도 괜찮아. 마음대로 믿게나. 단, 자기 머리로 깊이 생각하고 고민한 뒤에 내린 결론이라야 해."

도를 넘은 유키 중령의 말에 사쿠마는 숨조차 제대로 쉴 수 없었다.

여기가 '밖'이었다면 당장에 불경죄로 연행되었으리라.

유키 중령은 실눈을 뜨면서 말을 이었다.

"잊지 말게. 여기는 스파이 양성학교다. 이 녀석들은 여기를 나가면 세계 각지로 흩어져 보이지 않는 존재로 살아가야만 하지. 외교관 꽁무니나 따라다니며 이삼 년 보내다가 귀국하는 속 편한 무관 따위와 차원이 달라. 십 년, 이십 년 혹은 그보다 더 긴 시간을 낯선 타국 땅에서 지내야 한다. 침투한 지역에 자연스럽게 섞여들어 그 나라의 정보를 모으고 본국으로 보내는 일을 오로지 홀로 해 나가는 거야. 누구에게도 정체를 밝혀서는 안 되고 비상사태가 발생해도 의논할 곳이 없어. 임무에 실패해 적에게 발각될 경우를 제외하고는 결코 그 존재가 드러나서는 안 된다. 단 한 순간도 방심할 수 없는 그 고독한 생활이 자네는 상상이 가나?"

사쿠마가 대답을 못하자 유키 중령은 천천히 학생들에게 시선을 돌리며 말했다.

"훗날 제군들은 깊은 고독과 마주하게 된다. 긴 고독과 불안에 떠는 나날 끝에 자신의 존재마저 의심하는 순간이 찾아오지. 외부에서 주입된 사상 따위는 모래성처럼 무너져 내리고 마음은 의지할 곳을 잃는다. 그 시점에서 대부분의 사람은 임무를 포기하고 투항하거나 국가를 배반한다. 혹은 미쳐버리기도 하고."

유키 중령은 잠시 말을 끊었다가 다시 사쿠마에게 물었다.

"만약 자네가 스파이라면 적에게 정체를 들켰을 때 어떤 행동을 취하겠나?"

"적을 죽이거나 그 자리에서 자결합니다."

사쿠마는 한 치의 망설임도 없이 대답했다.

명예는 목숨보다 소중하며 무사도란 죽음으로 그 뜻을 완성하는 길이다.

군인은 입대한 순간부터 무사도 정신을 철저하게 주입받는다. 죽든가 죽이든가 둘 중 하나였다. 마땅히 그래야 했다.

식당 안에 웃음소리가 작게 번졌다.

사쿠마는 자신의 대답을 듣고 웃어대는 학생들을 이해할 수
없었다.

"살인과 자결은 스파이에게 최악의 선택이다."

유키 중령이 고개를 저으며 말했다.

'살인과 자결이…… 최악의 선택?'

무릇 군인이란 적을 죽이고 자신의 죽음 또한 달갑게 받아
들이는 사람이 아니던가?

"말씀하신 의미를…… 잘 모르겠습니다."

"스파이의 목적은 적국의 비밀정보를 본국에 보내 국제정세
를 유리하게 이끄는 데에 있다."

조소하는 학생들과는 달리 유키 중령은 표정 하나 바꾸지
않고 말했다.

"죽음이란 당사자는 물론이고 사회에서도 간과하지 못하는
중대한 사건이다. 사람이 죽으면 반드시 현지 경찰이 출동한다.
경찰은 조직의 성격상 사건을 끝까지 파헤칠 것이고 그 와중에
스파이 활동으로 얻은 성과가 모조리 무용지물이 될 가능성도
있다. 스파이가 스스로 목숨을 끊거나 적을 제거하면 주위의
이목만 끌 뿐이야. 무의미하고 멍청한 짓이지."

'자결이 무의미하고 멍청한 짓이라고?'

피가 거꾸로 솟는 기분이었다.

"그건 죽음을 두려워하는 자들의 비겁한 변명입니다!"

사쿠마는 자신의 분노를 굳이 숨기려 하지 않았다.

"스파이는 정말 비열한 존재입니다. 제 생각은 변함이 없습니다."

유키 중령의 얼굴에 미소가 스쳤다.

"그렇다며 질문 하나 하지. 자네가 자결하고 난 후에는 어떻게 되는 건가?"

"제가 죽으면……."

사쿠마는 퍼뜩 머리에 떠오른 생각을 말했다.

"야스쿠니 신사에서 당당하게 죽은 동기들과 만납니다."

"자네는 야스쿠니 신사에서 동기들과 만나 무용담이나 늘어놓으려고 죽겠다는 말이로군. 만약 못 만나면 어쩔 건가?"

"그럴 리가 없습니다."

"어째서?"

"나라를 위해서 죽은 자는 반드시 야스쿠니 신사에 안치되니까요."

"그렇군."

유키 중령은 가볍게 고개를 끄덕이고는 학생들을 향해 돌아섰다.

"미요시, 어떻게 생각하나?"

"동어반복입니다. 사쿠마에게 골백번 물어도 같은 대답만 나올 겁니다. 게다가 군대에서 그렇다고 말하면 정어리 대가리라도 신이라 믿을 사람입니다. 단단히 세뇌된 듯합니다."

미요시는 사쿠마를 힐끗 보더니 어깨를 으쓱하며 덧붙였다.

"신흥종교의 광신도 같은 상태입니다. 집단에서 이탈하면 금세 흔들릴 믿음입니다."

말을 하는 동안에도 미요시의 눈은 사쿠마의 반응을 냉정히 살피고 있었다.

실험용 쥐에게 새로운 먹이를 주고 관찰이라도 하는 듯한 시선이었다.

"가미나가는?"

유키 중령이 물었다.

"제 생각도 미요시와 같습니다. 만일 일본이 전쟁에서 패하면 언제 그랬냐는 듯이 정반대의 관념을 믿을 게 뻔합니다. 지금처럼 철저하게 말이죠."

'일본이 전쟁에서 패한다고?'

사쿠마는 대꾸할 기력조차 잃었다.

'이놈들은 도대체 무슨 생각을 하는 거지? 다들 머리가 어떻게 된 거 아니야?'

"돈, 명예, 국가에 대한 충성심 그리고 사람의 죽음까지도 모두 인간이 만들어 낸 허구다."

망연자실한 사쿠마를 무시한 채 유키 중령이 학생들을 향해 말을 이었다.

"장차 제군들이 지독한 고독과 싸우며 임무를 수행할 때, 돈이나 명예 따위의 허구는 아무런 의지도 되지 못한다. 제군들에게 필요한 단 한 가지, 그것은 상황에 맞는 빠른 판단능력이다. 어디서 무슨 일이 생기든 자기 스스로 생각하고 판단하는 것이다. 천황제에 대한 오늘 같은 토론은 미래의 스파이로서 훌륭한 자세다. 더 깊게 논의해 보도록."

말을 마친 유키 중령은 불편한 몸을 지팡이에 의지하며 홀연히 식당을 빠져나갔다.

가짜 헌병들은 증거를 찾느라 혈안이 되어 있었다.

사쿠마는 그들을 눈으로 좇으며 그때 일을 떠올렸다.

'이 녀석들이 스파이라는 직업을 선택한 건 결코 명예나 애국심 때문이 아니다.'

마음속 깊은 곳에서 혐오감이 솟구쳤다.

어떻게 그 누구도 사랑하지 않고 아무도 믿지 않은 채 일생을 살아간단 말인가?

녀석들을 끓어오르게 하는 것은 오직 '나라면 이 정도 일쯤은 쉽게 해치울 수 있어.'라는 섬뜩하리만큼 높은 자부심뿐이다.

사쿠마의 상식으로는 그런 삶은 인간의 삶이 아니었다.

4

이틀 전 사쿠마가 참모본부의 명령을 전달하자 유키 중령은 미심쩍은 듯 눈을 가늘게 떴다.

"우리더러 이 사람을 조사하라고?"

유키 중령은 사쿠마가 제출한 존 고든의 자료를 건성으로 몇 장 넘겨보더니 책상 위로 거칠게 내던졌다.

"이유가 뭐야?"

"방금 보고 드린 바와 같이 현재 스파이 혐의가 짙은 요주의 인물입니다."

탐탁지 않아 하는 유키 중령에게 사쿠마가 한 번 더 설명 했다.

"무토 대령님께서는 D기관에서 확실한 증거를 찾아내길 바라십니다."

"증거라고? 쓸데없이 그런 걸 뭐하러 찾아."

유키 중령이 중얼거리듯 말했다.

"네? 지금 뭐라고 하셨습니까?"

"증거를 찾으려 애쓸 필요는 없어. 내버려 두면 스스로 모습을 감출 테니까."

'스스로 모습을 감춘다고?'

유키 중령은 사태를 너무 가볍게 보고 있는 듯했다.

답답한 마음에 자신도 모르게 목소리가 커졌다.

"그자는 지금 대일본제국 육군의 암호표를 몰래 촬영했다는 혐의를 받고 있습니다. 암호 유출은 일본군 전체에 심각한 타격을 입힐지 모를 엄청난 일입니다. 이런 중대한 스파이 행위 용의자를 그냥 내버려 두라니요. 도망치게 놔두라는 말씀이십니까?"

"스파이란 의심받는 그 순간에 이미 생명이 끝난 걸세. 죽은 거나 다름없는 스파이를 잡아다가 뭘 할 건데? 패잔병 같은 그자를 이제 와서 체포한들 무슨 소용이 있나?"

"그야 그럴지도 모르지만……."

사쿠마는 순간 말문이 막혔으나 곧 반박했다.

"잡아서 신문해 보면 이번 사건에 연루된 자들을 털어놓을지도 모르잖습니까?"

"그럴 가능성은 없다. 수법을 보아하니 분명 단독범행이야. 체포해서 신문을 해 본들 더 나올 것은 없어."

"지금 참모본부에서는 D기관이 훈련을 중지하고 실적을 내야 한다는 목소리가 불거지고 있습니다."

사쿠마는 할 수 없이 속사정을 털어놓았다.

"무토 대령님께서도 좋은 기회를 놓치지 말고 어떻게 해서

든 꼭 증거를 찾아오라고 하셨습니다. 다시 말해서 이 임무는 D기관에 내려진 정식 명령입니다."

"무의미한 임무다."

"설사 그렇다 해도 명령은 명령입니다."

사쿠마가 끈질기게 물고 늘어지자 유키 중령이 그를 똑바로 쳐다보며 물었다.

"증거를 찾기만 하면 된다는 말이지?"

D기관 제1기생 미요시 소위가 유키 중령의 호출을 받고 집무실로 들어왔다.

미요시는 고든의 조사서를 놀라운 속도로 완독한 뒤 유키 중령에게 물었다.

"그럼 저는 무엇을 하면 됩니까?"

"헌병대로 위장해서 들어가."

유키 중령이 대수롭지 않은 말투로 명령했다.

"미요시, 자네가 현장 지휘를 맡게. 증거를 발견하는 즉시 철수하도록. 작업 시간은 진짜 헌병대가 들이닥치기 전까지 대략 40분이다. 가능하겠나?"

"30분이면 충분합니다."

어깨를 가볍게 으쓱하며 미요시가 사쿠마를 향해 돌아섰다.

"그럼 사쿠마 씨에게는 헌병대장을 부탁해야겠군요."

"뭐? 나보고 헌병대장 역할을 맡으라고?"

허를 찔린 사쿠마가 눈을 껌벅이며 되물었다.

"현장 지휘 책임자는 자네가 아닌가?"

"저는 통역자로 동행합니다. 자료를 읽어보니 고든과 직접 대화를 하려면 그편이 좋겠습니다."

"그래도……."

"실제 헌병대라면 외국인 집에 쳐들어갈 때 통역사를 데리고 가지 않겠습니까? 헌병대원이 영어를 구사할 리가 없으니 말이죠."

사쿠마는 더 이상 반론할 말을 찾지 못해 입을 다물었다.

"작전은 이틀 후 오전 8시 정각에 실시합니다. 학생들에게는 제가 전달해 두겠습니다."

태연하게 제 할 말만 하고 문밖으로 나가려는 미요시를 사쿠마가 다급히 불러 세웠다.

"만약 증거가 안 나오면 어쩔 셈인가?"

미요시는 돌아서서 어리둥절한 표정으로 사쿠마를 잠시 동안 바라보았다.

"증거는 반드시 나올 겁니다."

그는 무슨 그런 당연한 이야기를 묻느냐는 듯 가볍게 대답했다.

그 말에 오히려 불길한 예감이 드는 사쿠마를 뒤로 하고 미요시는 히죽히죽 웃으며 문밖으로 사라졌다.

작전 당일.

헌병대로 위장한 D기관 학생들이 '표적'의 집을 급습했다.

예상대로 존 고든은 헌병대의 가택수색을 완강히 거부했다.

"저는 나쁜 짓 안 했습니다. 그런데 왜 가택수사 합니까? 저는 납득할 수 없습니다!"

덩치가 큰 고든이 대문 앞에 버티고 서서 소리쳤다.

헌병대가 막무가내로 밀고 들어가려 하자 고든은 우람한 양팔을 벌리더니 온몸으로 그들을 막았다.

고든은 주위에 서 있는 헌병대원들보다 머리 하나는 컸다. 흥분해서 목까지 시뻘게진 모습이 흡사 성난 도깨비 같았다. 강제로 진입했다가는 일이 커질 것이 분명했다. 때아닌 소동에 무슨 일인가 하고 엿보려는 동네 사람들이 하나둘씩 밖을 내다보기 시작했다.

'실랑이나 하고 있을 시간 없다.'

사쿠마는 초조했다. 그때 고든이 웅얼거리듯 묘한 소리를 내뱉었다.

"당신들 적당히 해. ……한 번은 그냥 넘어가도 ……두 번은 용서 못 해!"

"뭐? 이 녀석 지금 뭐라는 거야?"

사쿠마는 엉겁결에 미요시를 돌아보며 물었다.

미요시는 그 질문을 통역하는 것처럼 고든을 향해 무언가 낮게 속삭였다.

지금껏 가택수사를 완강히 거부하던 고든이 잠시 멍한 표정을 짓는가 싶더니 곧 박수를 치며 웃어댔다.

"오우, 알겠어요. 당신 그렇게까지 말하다니 멋진 결심입니다. 일본 무사에게 남아일언은 중천금이지요?"

급변한 상황에 놀란 것은 사쿠마였다.

"뭐야? 지금 이 녀석에게 뭐라고 한 거야?"

미요시가 태연하게 대답했다.

"가택수사를 해 아무것도 나오지 않으면 대장이 그 자리에서 할복할 거라고 했습니다."

"뭐?"

어이가 없어 말문이 막혔다. 계획에도 없는 일이었다.

"저는 일본 문화 아주 좋아합니다. 게이샤, 후지 마운틴. 웬만한 건 다 봤어요. 사무라이 할복 쇼도 빨리 보고 싶습니다. 웰컴 웰컴, 우리 집 얼마든지 조사하세요."

고든은 이죽거리면서 대문을 막아섰던 몸을 옆으로 비켜섰다.

이렇게 된 이상 각오를 하는 수밖에.

"들어가!"

사쿠마가 낮게 호령하자 헌병대로 위장한 D기관 학생들이 순식간에 집 안으로 쳐들어갔다.

"대장님, 왜 그래요? 안색 좋지 않습니다."

고든이 사쿠마에게 말을 붙였다.

"아직도 부하들이 우리 집을 수색하고 있습니까? 아무리 찾아도 나오는 것 없습니다."

고든의 얼굴에는 여전히 자신감이 넘쳤다.

도대체 이 수색을 어떻게 끝내려는 걸까?

현장 지휘를 맡은 미요시는 무표정한 얼굴로 일관한 채 어떤 반응도 보이지 않았다.

설마…….

사쿠마는 그제야 불길한 예감의 정체를 깨닫고 어금니를 으스러지게 깨물었다.

'내가 또 조커 게임에 걸려들었구나.'

지금 이 상황은 그때와 조금도 다르지 않았다.

대략 반년 전.

기숙사 식당에서 학생들이 포커판을 벌였을 때 사쿠마도 거기에 참여한 적이 있었다.

딱히 이렇다 할 취미가 없는 사쿠마가 유일하게 재미를 붙인 것이 포커였고 지지 않을 자신도 웬만큼 있었다.

하지만 그날 밤은 아무리 해도 이길 수가 없었다.

패가 나빠서도 아니었다.

사쿠마의 패가 좋을 때는 판돈이 작았고 반대로 나쁜 패가 들어왔을 때는 판돈이 커졌다. 좋은 패를 쥔 사쿠마가 판돈을 올리면 상대는 약간 더 좋은 패를 갖고 있는 식이었다.

게임 상대가 차례차례 바뀌어도 사쿠마는 연거푸 지기만 했다.

'뭐 가끔은 이런 날도 있는 거지.'

사쿠마는 미련을 털어내듯 어깨를 한번 으쓱하고는 주머니 안에 든 돈을 몽땅 꺼내어 탁자 위에 올려놓았다. 그제야 학생들이 딱하다는 표정으로 사쿠마가 질 수밖에 없었던 이유를 알려주었다.

그 자리에 있었던 전원이 한패였다.

사쿠마의 뒤에 서서 구경하던 학생이 그의 카드를 훔쳐본 후 탁자에 앉은 녀석에게 신호를 보내는 간단한 방법이었다.

사쿠마는 기가 막혀 헛웃음이 났다.

"고작 포커를 치며 치사하게 속임수나 쓰다니. 너희들, 그렇게 이기고 싶었나?"

학생들이 서로의 얼굴을 멀뚱멀뚱 쳐다본다.

"저희는 포커를 친 게 아닙니다."

"뭐? 그럼 지금까지 뭘 했다는 거냐?"

"저희끼리는 '조커 게임'이라고 부르고 있습니다만."

"조커 게임?"

"그러니까 말이죠⋯⋯."

그들이 설명해 준 게임은 포커의 형식만 빌린 전혀 다른 게임이었다.

탁자에 둘러앉아 평범하게 카드게임을 하는 듯 보이지만 실제로 그들이 하는 게임은 식당 안의 모든 학생이 게임에 참가하는 일명 '조커 게임'이다.

식당에 출입하는 사람을 자신의 스파이로 만들어 상대의 카드를 훔쳐보게 한다. 그가 보낸 신호로 상대편의 카드가 뭔지 알아내지만 그가 진짜 내 편인지는 단정할 수 없다. 스파이가 가짜 신호를 보낼지도 모르고 적의 스파이가 보내는 신호를 역이용할 수도 있다. 경우에 따라서는 적의 스파이를 포섭해 자신의 편으로 만드는 방법도 가능하다.

그 밖에도 여러 가지 복잡한 규칙이 있었지만 사쿠마는 더 이상 따라가지 못했다.

"무슨 게임 규칙이 그렇게 복잡해?"

"이 정도는 복잡한 것도 아니죠."

학생 중 한 명이 어깨를 들썩이며 말했다.

"기껏해야 국제정치 수준인데요, 뭐."

"국제정치?"

"우리가 앉아 있는 식탁 위를 국제정치 무대라고 생각해 보세요."

다른 학생이 옆에서 끼어들었다.

"정보가 새어나가면 게임에서 결코 이길 수 없습니다. 작년 이맘때 런던에서 열린 군축회의에서 일본의 입장이 그랬습니다. 회의에 참석한 다른 나라 대표들은 일본이 최대 어디까지 양보할지 미리 정보를 파악하고 있었습니다. 그런 상황에 승산이 있겠습니까? 그 당시에 일본 외교관은 게임의 규칙도 모르고 참가한 지금의 사쿠마 씨와 같은 입장이었던 거죠."

설명을 마치자 학생들은 서로 마주 보며 소리 내어 웃었다.

이후로 사쿠마는 학생들이 카드만 손에 들어도 절대 가까이 가지 않았다.

그들이 어떤 규칙으로 어떤 게임을 하는지 눈으로 보기만 해서는 도통 알 길이 없었다.

다만 한 가지는 확실히 깨달았다.

'저놈들에게 모든 일은 그저 게임에 불과하다.'

목숨을 건 스파이 임무조차 조금 더 흥미를 끄는 게임에 지나지 않는다.

자신 이외에는 그 무엇도 믿지 않는 허무주의자들.

인간이 아니다.

괴물이다.

이런 정체도 모를 무시무시한 녀석들에게 일본의 미래를 맡길쏘냐.

이번의 임무는 녀석들의 자만심을 무너뜨릴 절호의 기회일지도 모른다.

D기관에서 존 고든이 미국의 스파이라는 증거를 확보해도 괜찮다. 스파이 행위가 발각되어 체포당하는 고든을 눈앞에서 본다면 그들도 느끼는 바가 있을 것이다. 자신들도 그런 신세가 될지도 모른다는 불안은 현실을 직시하게 만드는 계기가 될 수 있다.

반대로 증거를 발견하지 못한다면 참모본부는 D기관의 무능함을 질책해 조직 자체를 없애려 들 것이다.

하지만…….

헌병대로 위장한 D기관의 학생들은 수색을 마친 뒤 사쿠마에게 차례차례 결과를 보고했다.

"부엌, 이상 없습니다!"

"정원, 이상 없습니다!"

"벽장, 이상 없습니다!"

"천장, 이상 없습니다!"

사쿠마는 보고가 끝나자 말없이 걸음을 옮기며 이미 말끔히 정리된 집 안을 둘러보았다.

학생들이 능숙한 솜씨로 샅샅이 수색했다는 사실은 인정

한다.

'찾아낼 증거는 애초부터 없었다.'

사쿠마의 뒤를 서성이던 고든이 군침을 삼키며 물었다.

"어떻게 합니까? 대장님, 슬슬 쇼 타임입니까?"

사쿠마는 그 말에 발걸음을 멈췄다.

'나는 또다시 조커 게임에 걸려든 건가……'

사쿠마는 눈을 감고 각오를 굳혔다.

'일이 이렇게 된 이상 도망칠 수는 없지. 멋지게 보여 주마.'

눈을 뜬 사쿠마가 마지막으로 다시 한 번 뒤를 돌아보았다.

깊이 눌러쓴 헌병모 아래로 미요시의 희미한 미소가 비쳤다.

5

"증거를 발견했다고?"

사쿠마의 보고를 들은 순간 책상 앞에 앉은 무토 대령의 얼굴이 경악으로 일그러졌다.

"그럴 리가……."

"저는 이번이 두 번째라는 말은 듣지 못했습니다."

부동자세로 꼿꼿이 서서 결과 보고를 하는 사쿠마의 시선은 대령 뒤의 벽에 못 박혀 있었다.

"뭐?"

무토 대령은 묻지도 않은 말을 꺼내는 부하를 놀란 눈으로 쏘아보았다.

"자네 방금 뭐라고 했나?"

"네. 저는 무토 대령님께 D기관을 이용해 존 고든이라는 미국인 스파이를 조사하라는 명령을 받았습니다. 그러나 이미 한 차례 고든의 집을 수색한 적이 있다는 사실은 듣지 못했습니다."

"당연하지!"

무토 대령이 소리쳤다. 처진 볼을 부르르 떠는 얼굴이 성난 불도그가 따로 없었다.

"그럼 일일이 설명이라도 하라는 말이냐? 똑똑히 들어! 너는 우리와 놈들 사이의 일개 연락병이야. 주제를 알고 까불어야지!"

사쿠마는 묵묵히 서서 무토 대령의 폭언을 받아넘겼다. 직업 군인이 상관에게 말대꾸를 했으니 이 정도 반응이 돌아오는 건 사쿠마도 충분히 예상한 바였다.

"됐으니까 증거가 어디에 있었는지 말해봐!"

잠시 뒤 무토 대령이 아직 화가 덜 풀린 얼굴로 물었다.

"네."

사쿠마의 보고를 듣던 무토 대령의 얼굴빛이 삽시간에 새파랗게 질렸다.

"뭐? 설마 네 녀석도 같이……?"

"아닙니다. 저는 손대지 않았습니다."

사쿠마의 대답에 무토 대령이 안도한 듯이 한숨을 쉬었다.

"그건 그렇다 치고 회수한 마이크로필름은 지금 어디에 있나?"

"증거는 회수하지 않았습니다."

"뭐라고?"

"증거는 확인만 했습니다. 회수는 하지 않았습니다."

"그게 무슨 헛소리야?"

"마이크로필름은 적군이 가져가도록 그대로 두고 왔습니다."

"너 이 자식, 무슨 말도 안 되는……"

굵은 눈썹 밑으로 푹 꺼진 눈을 부릅뜨자 충혈된 흰자위가 그대로 드러났다.

"그렇다면…… 알겠군. 고든의 집에서 찾아낸 마이크로필름은 육군 암호표를 촬영한 게 아니었단 말인가?"

"아닙니다. 육군의 암호표가 맞습니다."

"그런데도 필름을 적군 스파이에게 넘겼다고? 너 정신 나갔어?"

무토 대령이 주먹으로 책상을 내리치며 소리쳤다. 대령의 격노한 목소리가 참모본부를 쩌렁쩌렁 울렸음은 말할 것도 없다.

방안에 있던 다른 군인들이 두려운 눈빛으로 대령의 얼굴을 살폈지만 사쿠마는 아랑곳 않고 대답했다.

"어떤 암호표가 유출되었는지 판명되었으니 코드를 바꾸면 아군의 실질적인 피해는 없습니다. 또한 암호표가 유출된 사실을 우리가 모르고 있다고 적이 믿고 있을 경우 아군의 암호교신에 더 유리합니다."

"뭐, 그야 그렇긴 하지."

무토 대령은 이쪽을 처다보는 병사들을 향해 파리라도 쫓듯 팔을 휘저었다.

"스파이 놈은 어떻게 했나?"

그는 낮은 목소리로 물었다.

"설마 그놈도 그냥 두고 오지는 않았겠지?"

"고든의 신병은 유키 중령이 확보하고 있습니다. 교재로 사용한다고 합니다."

"교재?"

무토 대령이 큰 눈을 껌벅거리며 물었다.

"네, 이중 스파이로 만든다고 했습니다."

짧은 정적이 지나고 무토 대령이 이마에 굵은 핏대를 세우며 고래고래 소리치기 시작했다.

"제길, 유키 이 자식! 스파이와 증거를 전부 가로챘어. 공은 그 녀석이 다 세운 꼴이잖아. 거기다 뭐가 어쩌고 어째? 교재로 쓴다고? 사람이 무슨 장난감이야?"

사쿠마는 흐트러짐이 없는 자세로 한바탕 쏟아지는 그의 욕설을 묵묵히 들어주었다.

"무토 대령님께 전해 드릴 물건이 있습니다."

"나한테?"

무토 대령은 어리둥절한 얼굴로 사쿠마가 내민 시가 케이스를 받아 들었다.

"내 물건이 맞긴 한데 어디서 찾았나?"

"'하나비시'의 복도에 떨어져 있었다고 합니다."

"하나비시?"

무토 대령은 수상쩍은 듯 눈을 가늘게 떴다.

"하나비시에는 왜 갔나?"

"네, 잠시 실례하겠습니다!"

사쿠마는 책상을 돌아들어 가 대령에게 가까이 다가가서 귓속말로 속삭였다.

"아무리 상대가 단골집 게이샤라도 헌병대가 스파이 용의자의 집을 수색했다고 발설하는 건 군의 기밀 유지 위반입니다."

사쿠마는 제 위치로 돌아가 다시 부동자세를 취했다.

"유키 중령은 이 건을 공론화하지 않겠다고 했습니다. 이상 보고를 마칩니다."

무토 대령은 아무 말도 없이 조용히 있었다.

좀 전까지만 해도 시뻘겋게 달아올랐던 얼굴이 지금은 백지장처럼 하얗게 변해 있었다.

당장에라도 덤벼들 듯이 사쿠마를 노려본다. 사쿠마는 일부러 눈을 마주치지 않고 대령 너머의 벽만 응시했다.

이윽고 쥐어짜 내듯 낮은 목소리가 앙다문 잇새로 새어나왔다.

"너 이 자식, 언제부터 놈들 편으로 돌아선 거냐?"

사쿠마는 입꼬리가 올라가려는 것을 간신히 참았다.

'먼저 배신한 쪽은 당신이잖아'라고 대꾸라도 해주고 싶다.

존 고든이 스파이 용의자로 지목되었을 때 무토 대령은 직접 헌병대를 이끌고 가 그의 집을 수색했다. 좀처럼 책상 앞을 벗어나는 일이 없는 대령이 현장에 나섰다면 정보의 정확성이 그만큼 높다는 의미였다.

무토 대령의 지휘 하에 헌병대는 강제 진입한 고든의 집을 수색했다. 그러나 막상 뚜껑을 열어보니 예상치 못한 결과가 나왔다.

당연히 있어야 할 증거가 어디에도 없었던 것이다.

어안이 벙벙해진 무토 대령에게 고든은 명백하게 부당한 가택수사를 당했으니 미국 대사관에 정식으로 항의하겠다며 소란을 피웠다.

진심으로 한 말인지 아닌지는 모르지만 고든이 스파이로 밝혀진 지금 돌이켜보면 그가 굳이 대사관까지 쫓아가 일을 키울 필요는 없었다. 부당한 수사에 대한 자연스런 반응을 보이려고 해본 소리에 당시 무토 대령은 크게 동요하였다. 고든이 정말로 대사관에 항의를 한다면 지금까지 쌓아올린 자신의 경력에 오점을 남기는 건 물론이고 앞으로의 출셋길이 막힐지도 모를 일이었다.

초조해진 무토 대령은 상황을 타개할 방법을 궁리했다.

실패는 실패로 덮는다.

'누군가 다시 고든의 집을 수색하고 똑같은 결과가 나온다면 처음에 한 실패는 자연스럽게 가려진다. 고든도 똑같은 일을 두 번 당하면 더 화가 날 테고 대사관에 항의를 해도 나중에 받은 수사를 더 강조해서 말하겠지.'

아무것도 모르고 고든의 집에 쳐들어갈 녀석들이 필요했다.

'어느 놈을 써먹을까?'

그의 생각은 자연스럽게 D기관으로 이어졌다. 스파이 양성학교인 D기관은 그전부터 육군 내부에서 눈엣가시였다. D기관에서 두 번째 수사에 실패한다면 관심이 모두 그쪽으로 쏠려 자기가 벌인 일은 사람들 입에 오르내릴 겨를도 없을 것이다. 이참에 유키 중령의 무능함을 크게 부풀려서 조직 자체를 와해시켜버릴 수도 있다. 눈엣가시도 처리하고 자신의 일은 가벼운 실수로 넘어갈 수 있는 일석이조의 방법.

묘안이라 스스로 만족하며 무토 대령은 회심의 미소를 지었다.

이제 심부름꾼 하나만 찾으면 되었다.

가택 수사의 숨은 의도를 D기관이 눈치채지 못하도록 자신이 내린 명령을 아무 의심 없이 전달할 순진한 연락병 말이다.

볼일이 끝난 뒤에는 버리면 그만이었다.

'그게 나였다.'

구두로 받은 명령이니 증거도 없다. 문제가 생기면 '그런 명령은 한 적이 없다'며 시치미 뗄 작정이었겠지.

사쿠마는 비집고 나오는 쓴웃음을 참기 위해 어금니를 꽉 물었다.

"저는 명령하신 대로 일개 연락병으로서 소임을 다했을 뿐입니다."

애써 무표정을 유지하며 말했다.

무토 대령은 철천지원수라도 보듯 사쿠마를 노려보았다.

"나가."

"네?"

"나가라고 했다."

"알겠습니다. 사쿠마 중위, 이만 실례하겠습니다."

발뒤꿈치를 부딪치며 경례했다. 우향우로 돌아선 사쿠마의 등 뒤로 책상을 부서지라 걷어차는 소리가 들려왔다.

6

어두컴컴한 복도를 지나 건물 밖으로 나왔다.

따스한 햇볕 속에서 만개한 벚꽃이 눈에 들어왔다.

민간인의 접근을 차단하는 높다란 담에 둘러싸인 참모본부의 삭막한 풍경과는 대조적으로 담장 밖에는 한창 절정에 이른 벚나무가 가지를 늘어뜨리고 있었다.

햇빛을 받아 환하게 빛나는 벚꽃을 보며 사쿠마는 눈을 가늘게 뜨고 숨을 크게 들이마셨다.

'사람이 죽건 말건 봄은 오는군.'

할복해 죽을 뻔한 위기를 넘겨서일까.

매년 찾아오는 봄 풍경이 오늘따라 절실히 마음에 와 닿았다.

바로 그때였다. 자신의 그림자가 제멋대로 움직이기 시작했다. 엉겁결에 방금 들이마신 숨을 그대로 집어삼켰다.

사쿠마의 그림자가 아니었다.

그림자는 하얀 가죽 장갑을 낀 손으로 지팡이를 짚으며 다가왔다. 왼쪽 다리를 저는 어색한 걸음걸이의 소유자다.

유키 중령이 뒤에서 소리도 없이 다가와 사쿠마의 옆을 지나친다. 사쿠마는 고개를 작게 젓고는 앞서 걸어가는 유키 중령에게 다가갔다.

그는 자신의 옆에서 나란히 걸음을 옮기는 사쿠마에게 시선 한 번 주지 않고 정면을 향해 계속 걸었다. 사쿠마는 그런 유키 중령을 곁눈질로 슬쩍 쳐다보았다.

'돌이켜 생각하면 처음부터 모든 게 수상했다.'

스파이는 보이지 않는 존재라고 입버릇처럼 말하던 유키 중령이 아니던가. 그런 그가 보이지 않는 존재여야 할 D기관의 학생들을 백주 대낮부터 스파이 용의자의 집으로 쳐들어가게 해 세간의 이목을 끌었다.

'이유는 무엇인가?'

이번 작전에는 반드시 헌병대가 필요했기 때문이다.

고든은 이미 무토 대령이 지휘한 헌병대의 가택수사를 받았다. 무토 대령이 직접 팔을 걷어붙이고 나섰다는 사실로 미루어 보아 고든이 스파이라는 정보는 그만큼 신뢰성이 높았다. 그런데도 그가 이끌고 간 헌병대는 증거를 찾아내지 못했다.

이후 사쿠마의 가짜 헌병대가 쳐들어가 가택수색을 요구하자 고든은 '그래 봐야 같은 헌병대의 수색이니 이번에도 못 찾겠지'라고 안심했을 가능성이 높다. 그래서 고든은 두 번씩이나 쳐들어온 헌병대에게 대충 항의하는 시늉만 하고서는 오히려 자발적으로 수색대를 집안에 들였다. 조사가 시작된 후에도 요란하게 불평만 늘어놓았지 수색을 방해하거나 증거를 다른 장소로 옮기려는 시도조차 하지 않았다.

이런 고든의 방심은 자신의 눈앞에서 증거가 발각되는 결과로 이어졌다.

'하지만……'

이미 헌병대가 한 번 수색했다. '악명 높은' 헌병대가 수색을 했다면 그야말로 이 잡듯이 뒤졌다는 뜻이다. 그런 마당에 D기관의 학생들이 새삼스레 다시 수색할 필요는 없었다.

실질적으로 필요한 것은 헌병대라는 허울이었다.

평소의 D기관이라면 가택수사를 하는 번거로운 일 따위는 벌이지 않았으리라. 처음 고든의 집을 수색한 헌병대가 절대로 조사하지 않았을 장소만 조사하면 충분했다.

진짜 헌병대는 절대 조사하지 않을 장소.

고든의 집에 딱 한 군데 그런 곳이 있었다.

보고서에는 고든이 매일 아침저녁으로 어진영 앞에서 박수를 두 번 치며 합장한다고 쓰여 있었다. 불경하게도 고든은 천황 폐하의 사진 뒤쪽에 마이크로필름을 숨겨놓았다.

지금의 일본에서 천황의 사진을 직접 만지는 행위는 절대적인 금기다.

얼마 전 신문에 이런 기사가 실린 적이 있었다. 한 초등학교 교장이 맨손으로 어진영을 만졌다가 주변인들의 극심한 비난을 견디다 못해 자살했다는 내용이었다. 신문 논조는 죽을죄를 지었으니 목숨으로 죗값을 치르는 게 마땅하다는 투였다. 그처럼 단순한 실수를 두고 말이다.

이러한 심리적인 제약은 맨 처음 가택수사를 하러 들어간 헌병 대원들에게 마법의 주문을 걸었다. 그들에게 어진영은 바로 코앞에 있어도 보이지 않는 것이나 마찬가지다.

이와는 반대로 가짜 헌병대는 심리적 제약이 없었다. 눈 하나 깜빡 않고 학생들이 천황의 정통성을 토론하도록 교육하는 유키 중령은 직접 현장을 보지 않고도 거기서 일어난 일을 훤히 꿰뚫어 보았다.

'여기까지는 이해했다.'

단, 이 작전의 전제는 헌병대가 이미 고든의 집을 수색했다는 사실을 유키 중령이 사전에 알고 있어야 했다는 점이다.

사쿠마는 정면으로 시선을 돌리며 옆에서 그림자처럼 조용히 걸어가는 남자에게 말했다.

"그 지팡이는 위장이군요."

"이런, 들켰군."

유키 중령이 목구멍 깊은 곳에서 들릴 듯 말 듯 웃음소리를 냈다. 사쿠마는 거의 보이지 않을 정도로 살짝 턱을 당겼다.

고든을 체포한 뒤 사쿠마는 원점으로 돌아가 사건을 처음부터 다시 생각해보았다.

참모본부로 자신을 호출해 고든을 조사하라고 명령한 그날 무토 대령은 숙취가 심해 보였다. 사쿠마는 대령이 전날 밤에 어딘가에서 늦게까지 술을 퍼마셨다는 사실을 전제로 한 가지 가설을 세웠다. 그리고 그 가설을 확인하러 과거 무토 대령에게 이끌려 간 적이 있는 술집들을 찾아 나섰다.

하나비시의 여주인은 민간인처럼 머리를 기른 사쿠마의 모습에 놀란 기색이었다. 극비수사 중이라고 하자 육군 장교가 다니는 고급 술집의 여주인답게 더는 자세히 캐묻지 않고 질문에 대답해 주었다.

예상대로 무토 대령은 그 전날에 하나비시의 게이샤를 끼고 밤늦게까지 술을 마셨다. 그 옆방에는 술에 취해 곯아떨어진 손님이 있었다.

"그 손님은 어떤 사람인가?"

재촉하듯 묻는 사쿠마에게 여주인은 절대 수상한 손님은 아니라며 운을 뗐다.

"작은 무역회사 사장님이에요. 오래전부터 우리 가게의 단골 손님인데 붙임성도 좋고 재미있는 분이세요. 오실 때마다 우리를 웃게 해주시고……."

여주인의 말을 자르고 사쿠마가 다시 물었다.

"뭔가 눈에 확 띄는 특징은 없나?"

"특징이요? 음, 50대에 피부는 거무스름하고 마른 분입니다만 딱히 이렇다 할 특징은……."

"예를 들어 왼쪽 다리를 절고 지팡이를 짚는다든가 오른손에 흰 가죽 장갑을 낀다든가."

여주인은 고개를 가로저었다.

'잘못 짚었나?'

사쿠마가 인사를 하고 돌아서는데 여주인이 무언가 떠오른 듯 그를 불러 세웠다.

"아, 맞다! 그러고 보니 그날 밤에 무토 대령이 떨어뜨리고 간 물건을 그 손님이 주워 주셨어요. 시가 케이스인데 안에 든 것도 없고 해서 그냥 제가 보관하고 있었어요. 참모본부로 가시는 길이라면 무토 대령께 좀 전해 주시겠어요?"

기대하던 대답은 아니었다.

쓴웃음을 지으며 여주인에게서 시가 케이스를 받아 들고 참모본부에 왔을 때였다. 터무니없는 생각이 사쿠마의 뇌리를 스쳤다.

"왼손은 의수더군요."

사쿠마의 말에 유키 중령은 "흥." 하고 코웃음을 쳤다.

참모본부 내의 조사실에 의뢰한 결과 시가 케이스 표면에서는 지문이 검출되지 않았다. 정확하게 말하면 시가 케이스 주인인 무토 대령 본인과 하나비시의 여주인 그리고 사쿠마 이외에는 그 누구의 지문도 검출되지 않았다는 뜻이다.

'시가 케이스를 주운 사람은 지문이 없다.'

이 사실이 그동안 사쿠마가 품었던 의문을 해결해 주었다.

유키 중령은 외국에서 스파이 활동 중에 체포되었고 고문을 받다 한쪽 손을 잃었다. 그때 잃은 손이 왼손이다.

최근 유럽에서는 손가락까지 움직일 수 있는 정교한 의수가 발명되었다. 훈련만 제대로 하면 의수로도 지팡이를 쥐거나 찻 잔과 술잔을 잡는 간단한 동작은 가능하다는 얘기다.

하지만 아무리 정교한 의수라도 술집의 어둑한 조명 아래에 서나 자연스러워 보인다. 환한 대낮에 사람들 앞에 자주 노출 되면 의수라는 걸 들킬 수밖에 없다.

"의심받는 스파이는 더 이상 스파이가 아니다."

교육 중에 유키 중령이 누누이 강조하던 이 말은 본인을 빗 대어 한 말이었다.

왼손에 뚜렷한 신체적 특징이 생긴 유키 중령은 더는 외국 에서 현역 스파이로 활동할 수 없었다. 대신 그는 D기관을 설 립해 자신의 뒤를 이을 '보이지 않는 녀석들'의 육성에 나섰다. 동시에 본인은 흰 가죽 장갑을 낀 오른손, 절뚝거리는 왼쪽 다 리와 지팡이라는 몹시도 인상적인 외관으로 꾸몄다.

'속임수다.'

사쿠마는 확신했다.

보통 사람은 겉모습이 요란하거나 특이한 행동을 하는 사람에게 시선을 빼앗긴다. 반대로 늘 지팡이를 짚고 오른손에 흰 가죽 장갑을 끼고 있는 남자는 그 요소들만 제거하면 얼마든지 다른 사람 행세가 가능하다.

유키 중령은 지팡이 없이 정상적으로 걸을 수 있고 장갑 안의 손은 상처 하나 없이 매끈할 것이다.

하나비시의 여주인은 '붙임성 좋고 재미있는 분'이라고 했다. 흰 장갑에 지팡이를 짚고 왼다리를 저는 요란한 겉모습을 없애고, 평소 의도적으로 짓고 있는 그림자 같은 서늘한 표정을 미소로 바꾼다면 어떨까. 어느 누구도 둘이 같은 사람이라고 생각하지 못하리라.

상대가 외국 첩보기관이라면 또 몰라도 일반인에게는 그 정도면 충분하다. 무토 대령도 유키 중령에게는 일반인이나 마찬가지다.

"무토 녀석, 취해서 게이샤한테 주절주절 떠벌린 것도 모자라 복도에 자기 물건이나 흘리고 다니는 병신이었다니. 그 정도일 줄은 나도 몰랐다네. 무토가 간 뒤에 복도에 나가보니 바로 앞에 녀석의 시가 케이스가 떨어져 있더군. 옆에 있던 게이샤가 내 오른팔을 잡고 있어서 자연스럽게 보이려면 왼손으로 주워야 했지. 여주인에게 시가 케이스를 맡기고 돌아갔지만 설마 네 녀석이 지문을 조사할 줄이야."

유키 중령이 쿡쿡거리며 낮게 웃었다.

D기관의 창설자는 자신의 정체를 숨기고 무토 대령을 쭉 감시해왔다. 무토 대령은 자신의 하찮은 실패를 무마하기 위해 D기관을 이용해보려다 기회를 노리던 유키 중령에게 역으로 한 방 먹은 것이었다.

'대체 목적이 무엇이었단 말인가.'

유키 중령은 예전에 '우리는 변변한 예산도 배정 못 받는 가난한 소대'라고 말한 적이 있다. 앞으로는 약점을 잡힌 무토 대령이 참모본부가 꿰차고 있는 막대한 기밀비機密費에서 D기관이 원하는 예산을 얼마든지 끌어다 줄 것이다.

"미요시가 감탄하더군. 정말 할복 직전까지 갔다면서?"

유키 중령이 재미있다는 듯 싱긋 웃었다.

'이제야 알겠군.'

수사에 항의하는 고든에게 미요시는 증거가 나오지 않으면 그 자리에서 대장이 할복한다고 말했다. 그 말은 천황제의 정통성을 논하던 학생들에게 사쿠마가 내뱉은 말을 시험해 본 미요시의 농담이었다. 그와 동시에 마이크로필름이 어디에 있는지 일깨워주는 미요시의 힌트이기도 했다.

"자네 여기 남아서 스파이 훈련받아 볼 생각 없나?"

유키 중령의 제안에 사쿠마는 묵묵히 고개를 저었다.

할복의 각오를 품고 돌아섰을 때 미요시의 입가에는 희미하게 미소가 떠올라 있었다. 사쿠마는 그 표정을 보고 직감적으로 그의 의도를 알아차렸다. 즉각 영어로 어진영의 뒤를 확인하란 지시를 내렸다.

미요시가 감탄했다는 말은 진심일 것이다.

그래 봤자 자신은 그들의 실력에 반도 따라가지 못한다.

무토 대령은 자신의 실수를 은폐하려고 이 일을 꾸몄고 사쿠마는 그의 충실한 심부름꾼 노릇을 했다. 미요시와 다른 학생들은 이 사실을 오래전에 눈치챘지만 사쿠마는 짐작도 하지 못했다.

유키 중령의 밑에서 스파이로 활동한다 해도 도움은커녕 누만 끼칠 거라는 생각이 들었다.

"저는 어디까지나 군인입니다."

사쿠마는 미련을 떨치려 딱 잘라서 말했다.

"필요하다면 지금 당장에라도 할복할 각오가 되어 있습니다. 하지만……."

불현듯 평소에는 감히 생각조차 하지 못한 말이 떠올라 사쿠마는 걸음을 멈췄다.

'하지만 한 번 쓰고 버려지는 허수아비는 되고 싶지 않습니다.'

복잡한 심정으로 그 말을 가슴 속에 묻었다. 군인으로서는 절대 입에 담아서는 안 될 말이었다.

그러나 한번 싹을 틔운 위험한 생각은 사쿠마의 마음속에서 쉽사리 사라질 것 같지 않았다.

자리에 못이라도 박힌 듯 걸음을 멈춘 사쿠마를 뒤로한 채 유키 중령이 지팡이를 짚으며 어색한 동작으로 걸어간다.

사쿠마는 유키 중령의 마른 등이 모퉁이를 돌아서 사라지는 모습을 바라보았다.

누군가의 낮은 웃음소리가 파란 하늘 아래 바람결에 실려 왔다.

유령

1

눈앞에 펼쳐진 푸른 바다가 눈부신 계절이었다.

요코하마橫浜 항구가 한눈에 내려다보이는 야마노테 일대에
는 개항기<sup>1858년 미일수호통상조약에 따라 나가사키 등 5개 도시의 항구를 개방한 시
기</sup> 때부터 들어선 산뜻한 양옥집이 여러 채 늘어서 있었다. 그
중에서도 하얀 벽이 유난히 돋보이는 아름다운 건물은 영국인
기술자가 재작년에 신축한 영국 총영사의 관저였다.

가모 지로薄生次郎가 영국 총영사 관저에 출입한 지는 정확히
일주일째다.

그는 요코하마 바샤미치 거리에서 오래전부터 영업을 해온
'데라지마 양복점'의 점원이다. 총영사 관저에 맞춤 양복을 배
달하러 간 것이 지난주 일요일. 마침 저택에서 무료한 시간을

보내고 있던 어니스트 그레이엄 총영사가 가모에게 체스 상대를 부탁했다.

올해 예순다섯인 그레이엄은 체스가 취미인 만큼 실력에 꽤 자신이 있었다.

그레이엄은 일본인 청년이 체스를 둘 줄 안다는 말에 솔직히 반신반의했다. 제대로 겨룰 만한 실력을 갖추었을 거라곤 조금도 예상하지 못했다.

첫 번째 게임은 가모의 압승이었다.

허를 찔린 그레이엄은 그제야 진지한 태도로 게임에 덤벼들었다.

결국 그날은 3승 2패 2무로 그레이엄의 승리로 끝났다.

그날 이후로 가모와 체스 두는 데 재미를 붙인 그레이엄은 항구에 있는 영사관의 업무를 마치고 야마노테의 관저로 돌아오면 반드시 가모를 불러 체스를 두었다.

오늘은 일요일이라 가모는 아침부터 불려 나왔다. 그리고 관저 2층 창가에 앉아 격자 무늬판 위에 체스 말을 줄지어 세워놓고는 그레이엄과 정신없이 게임에 빠져들었다.

"체크."

가모가 나이트를 움직이며 말하자 그레이엄은 분한 듯이 얼굴을 찡그렸다.

"흠. 그런 수가 있었나?"

그레이엄은 입에 물었던 시가를 손에 들고 체스판을 노려보았다.

양탄자 위로 재가 떨어지거나 말거나 골똘히 생각에 잠겨 있던 그는 결국 말을 체스판 위로 던졌다.

"이걸로 제 전적은 15승 17패 6무가 되는군요."

가모가 싱긋 웃으며 말했다.

"영사님, 바쁘실 텐데 오늘은 여기까지만……."

"아니, 기다리게. 모처럼의 일요일인데 한 판 더 둬도 괜찮지 않나."

그레이엄의 손은 벌써 체스판 위에 말을 세우고 있었다.

그때 제인 그레이엄 영사부인이 두 사람이 있는 방으로 들어왔다.

"잠깐 괜찮아요?"

부인은 그레이엄 총영사에게 가까이 다가와 말을 걸었다.

영사 부인은 45세로 그레이엄과는 스무 살이나 차이가 난다. 살짝 비만인 영사와 달리 늘씬한 체형에 개암나무색 눈동자를 지닌 우아한 여성이다.

그러나 웬일인지 지금은 눈동자에 불안한 기색이 역력했다. 늘 보기 좋게 정돈된 아치형의 눈썹도 단단히 일그러져 있었다.

"보다시피 내가 지금 좀 바쁘군. 이따가 얘기하지."

무심히 대꾸하던 그레이엄은 부인의 표정이 예사롭지 않다는 걸 깨닫고는 그제야 말을 세우던 손을 멈추고 물었다.

"왜 그래? 무슨 일이야?"

부인은 대답 없이 창문을 가리켰다.

창밖에는 작업복 차림의 한 남자가 정원수 그늘에 몸을 숨긴 채 가만히 이쪽을 엿보고 있었다.

"어제도 저 남자가 뒷문에 왔었어요."

부인이 소리 죽여 말했다.

"하녀가 나가보니 누수 확인 차 요코하마 수도국에서 왔다고 하더래요. 그런데 정작 수도는 제대로 보지도 않고 집안을 살피고 있더라고요. 영 불안하고 기분이 좋지 않아요."

"그래? 어디 보자."

그레이엄은 의자에서 일어나 창문 밖을 유심히 살펴보았다.

남편의 어깨너머로 슬쩍 엿보던 부인은 금방 고개를 움츠리며 중얼거렸다.

"소름 끼쳐요. 저 눈초리, 꼭 스파이 같아."

그레이엄이 가모를 돌아보며 물었다.

"자네는 어떻게 생각하나?"

"일본 헌병이군요."

가모는 체스판에 말을 세우면서 대답했다.

"헌병이라고요? 그걸 어떻게 아세요?"

이번에는 영사부인이 물었다.

"간단한 추리입니다."

가모는 얼굴을 들고 창밖을 내다보면서 말을 이었다.

"저 남자의 얼굴을 보세요. 햇볕에 타서 새카맣지요. 단, 이마는 빼고요. 정수리의 머리숱이 적은 것도 보이시죠? 주로 밖에서 일하고 항상 모자를 쓰는 사람으로 추측할 수 있습니다. 그렇다면 지금은 왜 모자를 쓰지 않았을까요? 모자를 보면 누구라도 그의 직업을 알 수 있기 때문입니다. 평소에 그 정도로 특징 있는 모자를 쓰고 다니는 사람이 지금은 정체를 숨겨야 하는 상황이라면 가장 먼저 떠오르는 게 헌병이죠."

"아하하하, 뭐 대충 그렇게 짐작할 수 있겠지."

가모가 말을 마치자 그레이엄이 풍채 좋은 배를 들썩이며 호쾌하게 웃음을 터트렸다.

"놀랐지? 이 청년은 이만저만한 수완가가 아니라니까. 일본인인데도 영어를 수준급으로 잘하고 말이야. 이 정도나 되니까 내 체스 상대도 하는 거야."

그레이엄은 부인을 향해 윙크하며 가볍게 팔을 한 번 두드렸다. 그리고는 다시 체스판 앞으로 돌아와 가모와 마주 앉았다.

"진상이 밝혀졌으니 다시 승부를 내 볼까."

그레이엄이 체스판에 말을 세우면서 중얼거렸다.

"거 참, 저딴 게 스파이라니……"

한심하다는 듯 고개를 젓던 그가 체스판에서 얼굴을 들었다.

"우리 대영제국에 이런 속담이 있네. '스파이는 더러운 일이다. 그러므로 신사만이 그 일을 할 수 있다.' 예를 들자면 그 유명한 베이든 파월Robert Baden-Powell, 1857-1941. 영국의 전직 군인 겸 작가, 보이스카우트 창설자 경은 남아프리카에서 일어난 보어전쟁 때 곤충학자로 위장해 단신으로 적진에 뛰어들었네. 목적은 물론 적지에서의 첩보 활동이었지. 무엇보다 먼저 포충망을 능숙하게 다루는 방법을 익히고 현지에서 발견되는 나비들을 스케치북에 그려 두었어. 나비 날개 문양 안에 정보를 기록하면 만에 하나 조사를 받더라도 의심받지 않고 넘길 수 있다는 생각에서였지. 또한 적에게 체포될 경우를 대비해 놀랄 만한 준비를 해 놓았어. 입고 있는 셔츠를 브랜디에 흠뻑 적셔 둔 거야. 덕분에 실제로 적에게 붙잡혔을 때 '이렇게 술에 찌든 주정뱅이가 스파이일 리 없다'고 생각한 적군이 금방 그를 석방했다는군. 더욱이 경은……"

그레이엄은 그제야 말을 너무 많이 했다고 깨달은 듯 어깨를 으쓱했다.

"요컨대 스파이는 '신사의 일'이라는 말이네. 지금 우리 집 정원에 멍청하게 서 있는 저 녀석은 스파이라고 할 것도 못 돼. 신경 쓸 가치도 없다고."

그러자 부인이 남편을 보면서 말했다.

"하지만 지난 대전 때 이름을 날린 독일군 스파이 '마타 하됨'는 신사가 아니었잖아요."

"뭐? 마타 하리? 그렇기는 하지. 그 사람은 여자였으니까……."

그레이엄이 우물쭈물 얼버무리자 부인은 가모에게로 시선을 돌렸다.

"미스터 가모, 당신이니 하는 얘기지만 지금 일본은 점점 더 나쁜 방향으로 치닫고 있어요. 특히 최근 중국 대륙에서 자행한 일본군의 행각은 해도 너무해요. 이대로라면 일본은 세계적으로 고립될 거예요. 일본은 전 세계를 상대로 전쟁이라도 해 볼 생각인가요? 우리 집에까지 스파이를 보내다니 파렴치한……."

"제인, 그만! 적당히 해."

그레이엄이 평소의 그답지 않게 부인에게 엄한 목소리로 말했다.

"미스터 가모는 양복점의 점원이야. 일본 정부나 군과 상관이 없는 사람이라고. 단지 내 체스 게임을 상대해 주려고 왔을 뿐이야. 그에게 화풀이를 하는 건 그만둬."

"네. 하기는 그렇죠. 말이 지나쳤다면 미안해요, 미스터 가모. 제가 잠시 흥분했나 봐요."

"괜찮습니다. 신경 쓰지 않습니다."

"분명 이곳 날씨에 익숙해지지 않아 신경이 곤두선 걸 거야. 들어가서 좀 누워 있어."

그레이엄은 의자에서 일어나 부인의 어깨를 감싸며 말했다.

"정원에 있는 녀석은 하인에게 말해서 내쫓아 버리자고. 계속 끈질기게 굴면 내가 일본 정부에 엄중하게 항의하지."

부인을 문까지 바래다주고 돌아온 그레이엄이 의자에 털썩 앉더니 고개를 저었다.

"거 참, 우리 집사람이 실례를 했구먼. 자네가 너그러운 마음으로 이해하게. 자, 이제 훼방꾼도 없어졌겠다, 승부를 계속해 볼까?"

그레이엄은 체스판에 손을 뻗어 서슴없이 백색 킹 앞의 폰을 전진시켰다. 가모가 정면의 폰으로 되받아쳤다. 한결같은 더블 킹스 폰 오프닝Double King's Pawn Opening. 체스에서 흔히 사용하는 첫수 놓는 방식. 그레이엄이 좋아하는 시작방식이다. 여기서부터는 대개 스코치 게임Scotch Game. 졸의 교환을 통해 중앙을 장악하는 전술 양상으로 진행된다.

"홍, 스파이? 멍청한 놈들 같으니라고. 스파이는 신사의 일이야. 스파이에게는 모험과 로맨스가 있어야지. 저런 꾀죄죄한 녀석이 스파이라니 말도 안 되는 소리."

그레이엄은 게임을 시작하고도 여전히 못마땅한지 연신 투덜거렸다. 가모는 다음 수를 생각하는 척 체스판을 내려다보며 희미하게 웃었다.

'눈앞에 진짜 스파이가 앉아 있는 걸 알게 되면 대체 어떤 표정을 지을까?'

싱거운 생각을 몰아내듯 가모는 손에 든 루크rook로 상대의 비숍bishop을 밀어냈다.

2

두 시간 뒤.

영국 총영사 관저를 나선 가모는 그 길로 항구 근처 공원을 향해 발길을 옮겼다.

그리고 공원 입구에 멈춰 서서 자연스럽게 좌우를 둘러보았다.

공원 중앙에 있는 거대한 원형 분수대는 정해진 시간에만 작동하는지 지금은 물이 나오지 않는다. 강렬한 석양빛이 내리는 공원 안을 막대기를 든 열 명가량의 아이들이 새된 소리를 내며 뛰어다녔다. 아이들은 모두 판에 박은 듯 빡빡머리였다. 햇볕에 새까맣게 탄 몸에 짧은 바지와 다 늘어난 러닝셔츠를 걸치고 있었다. 공원 구석의 나무 그늘에는 아이들의 어머니로 보이는 여자 몇 명이 서서 이야기를 나누는 중이었다. 연못가에 놓인 벤치에는 산책을 나온 듯한 노인 한 명이 지팡이를 옆에 놓고 앉아서 쉬고 있었다.

가모는 느긋한 걸음걸이로 연못가로 다가가 노인이 앉은 벤치와 등을 맞댄 쪽 벤치에 앉았다.

시간이 되었는지 분수대의 장치가 작동하면서 물을 뿜기 시작했고 뛰어다니던 아이들의 목소리도 한층 높아졌다.

잠시 후에 뒤쪽에서 붙임성이라곤 전혀 없는 낮은 목소리가 들려왔다.

"보고해."

가모는 정면을 바라본 채 희미하게 쓴웃음을 지었다.

입을 거의 움직이지 않고 원하는 상대에게만 자신의 말을 전달하는 특수한 발성법.

등 뒤에 앉아 있는 노인의 목소리는 방향이 완벽하게 통제되어 가모에게만 들렸다. 지금 주변을 뛰어다니는 아이들이 우연히 노인 옆에 멈춰 선다 해도 그가 말을 하고 있다는 것조차 눈치채지 못하리라.

그런데도 노인은 분수대가 작동한 후에야 입을 열었다.

공원 벤치에 앉아 있는 초라한 노인이 변장한 유키 중령인 줄은 접선자인 가모조차 곧바로 알아차리지 못했다.

'주의에 주의를 기울여 철저하고 신중하게 행동으로 옮긴다.'

D기관의 학생들은 귀에 못이 박이도록 이 말을 듣는다.

D기관은 유키 중령의 발안에 따라 설립된 스파이 양성학교다. 유키 중령은 육군 내부의 강한 반발을 누르고 사실상 거의 혼자서 D기관을 만들었다. 가모는 그 D기관의 기념할 만한 1기생 중 한 명이었다.

"심증으로는 결백합니다."

가모는 시선을 정면으로 향한 채 유키 중령과 마찬가지로 방향을 통제한 낮은 목소리로 말했다.

'가모 지로'는 이번 임무에 사용하는 가명이다.

D기관 학생들은 평소에도 위장된 이름과 경력을 사용했고 맡은 임무에 따라 신분을 바꾸어 가며 활동했다.

"저로서는 그 영감이 사건 관련자란 생각이 들지 않습니다."

"이유는?"

"아시다시피 체스는 지극히 단순한 게임이라서 그만큼 상대의 성격이 쉽게 드러납니다."

가모는 체스를 두며 파악한 그레이엄의 성격을 빠른 말투로 열거했다.

단순하나 계략 꾸미기를 좋아함.

미신을 잘 믿음.

권력에 약함.

보수적이고 허영심이 많음.

잡다한 지식에 해박함.

"이런 특징들로 볼 때 그가 이번 사건에 연루되었다는 의혹과 그 사실을 주변에 숨기고 있을 가능성은……"

"5퍼센트 이하로군."

유키 중령은 스스로 확률을 산출하고는 잠시 침묵했다.

가모는 그 침묵의 의미를 잘 알고 있었다.

5퍼센트.

그것만으로는 부족하다.

'가능성이 제로가 아닌 이상 상대가 결백하다는 생각은 버려라.'

이 또한 가모가 D기관에서 배운 첩보활동의 원칙이었다.

자신을 감추고 적국에 홀로 침입해 활동하는 스파이는 주변 사람이 품는 1퍼센트의 의혹에도 목숨이 위태로워진다. 반대의 경우지만 이번에 가모가 맡은 임무도 5퍼센트의 가능성이 남아 있는 한 결론을 단정 지을 수는 없었다. 그릇된 판단이 가져올 결과는 상상 이상으로 심각하기 때문이다.

사건은 약 1개월 전에 시작되었다.

요코하마 헌병대가 심야 순찰을 돌던 중 헌병대를 보고 도망치는 한 중국인 남자를 붙잡았다.

켕기는 구석이 있으니 도망쳤으리라 여긴 헌병들은 난폭하게 그를 신문했고 뜻밖에도 놀라운 음모가 드러났다.

체포된 중국인은 테러를 준비 중인 비밀조직의 일원이었다. 그는 다가오는 황기皇記, 기원전 660년을 원년(元年)으로 한 일본의 기원(紀元) 2600년 기념식에서 주요 인사의 암살을 목적으로 한 폭탄 테러 계획이 진행 중에 있다고 자백했다.

이를 보고받은 헌병대 간부들의 낯빛이 새파랗게 질렸다. 기념식에는 황족도 참석할 예정이었다. 만약 실제로 폭탄 소동이 일어난다면 경비 담당자 전원의 '할복'만으로 끝날 문제가 아니었다.

- 수단과 방법을 가리지 말고 계획의 전모를 샅샅이 밝혀내라!

평소보다 크게 격앙된 상부의 지시로 현장은 살기를 띠었다.

그것이 뜻밖의 결과를 낳았다.

어떻게든 입을 열게 하려고 가해진 모진 고문에 그만 용의자가 사망하고 만 것이다.

그동안 알아낸 것이라고는 고작 접선에 이용한 장소 몇 군데였다. 테러 계획의 구체적인 내용까지는 미처 파악하지 못한 상태였다. 접선장소는 외국 무역회사가 입점해 있는 빌딩, 세관, 언론사, 은행, 레스토랑, 카페 등이었는데 사망한 중국인 남자는 조직이 이 장소들에 두고 간 '지령서'에 따라 행동을 해왔다.

접선장소라 판명된 모든 곳에 감시를 붙였다. 건물 출입구를 봉쇄하고 매일같이 철저하게 내부를 수색했다. 그 결과 지령서로 의심되는 암호가 적힌 메모 두 장이 발견됐다.

- 도대체 누가 두고 갔단 말인가?

수상한 인물은 닥치는 대로 끌어내 신문했지만 만족할 만한 성과는 얻지 못했다. 헌병대가 조바심에 마음을 바짝 졸이던 어느 날, 접선 장소를 출입한 사람들의 방대한 리스트를 일일이 확인하던 한 헌병이 우연히 단서를 발견했다.

헌병대의 감시가 시작된 후 열흘 동안 접선 의심장소에 모두 모습을 드러낸 사람이 있었던 것이다.

요코하마 주재 영국 총영사 어니스트 그레이엄.

접선장소의 출입자 리스트에는 그 이름이 공통적으로 포함되어 있었다.

유력한 용의자를 포착했다는 보고에 헌병대 간부들은 펄쩍 뛸 정도로 기뻐했다. 그들은 신속하게 외무성에 그레이엄의 취조 허가를 요청했다. 그러나 사태를 눈치챈 육군 참모본부가 제동을 걸었다.

일본 헌병이 확실한 증거도 없이 영국 총영사를 취조한다면, 그리고 혹시라도 그가 용의자가 아닌 것으로 판명된다면 그렇지 않아도 미묘한 영국과의 관계가 악화될지도 모른다는 우려 때문이었다. 사건의 결과에 따라 향후 군의 작전 방침이 변경될 수도 있었다.

육군 참모본부는 헌병대의 움직임을 봉쇄하는 한편 은밀하게 D기관에 조사를 의뢰했다.

"영국 총영사 어니스트 그레이엄이 이번 폭탄 테러 계획과 연관이 있는지 혐의를 확정하도록. 이게 의뢰 내용이다."

유키 중령이 헌병대가 조사한 서류들을 건네주면서 무뚝뚝하게 말했다.

"주어진 시간은 단 2주다. 참모본부 녀석들은 사태가 사태이니만큼 이 이상은 헌병대의 활동을 지연시키기 어렵다고 하는데 어떤가. 가능하겠나?"

"해내야겠죠?"

건네받은 서류를 민첩하게 훑어보며 가모는 어깨를 으쓱했다.

유키 중령이 가능하다고 판단했기에 자신을 이곳으로 부른 것이다.

- 가능하겠나?

질문의 대답은 이미 정해져 있었다.

서류를 쭉 읽어 본 후 중령에게 돌려주었다.

유키 중령의 어두운 눈동자에는 아무런 움직임이 없었다.

"어떻게 할 건가?"

"기간이 한정되어 있으니 시간을 들여 꼼꼼하게 파고드는 일반적인 잠입 조사는 불가능할 테고……. 바로 상대의 품으로 뛰어들어 보겠습니다."

유키 중령은 마치 대답을 예상하고 있었다는 듯 서랍에서 두툼한 파일을 꺼내 책상 위로 밀어 보냈다.

표지에 '가모 지로'란 이름이 쓰여 있었다.

"영국 총영사 관저에 출입하는 양복점 점원이다. 이번에는 시간이 없으니 사흘 안에 카피하도록."

"이틀이면 충분합니다."

얼굴을 들어 싱긋 웃으며 말했다.

카피란 스파이가 어떤 인물의 외모, 경력, 인간관계, 몸짓, 말버릇, 취미, 특기, 음식의 기호에 이르는 모든 정보를 자신의 내부에 흡수하는 걸 말한다.

파일에 따르면 진짜 가모 지로는 실제로 몇 년 전부터 '데라지마 양복점'에서 입주 점원으로 일하고 있었다.

'스파이' 가모 지로는 이틀 만에 카피를 완료하고 즉시 현장에 투입되었다.

작전 중 진짜 가모 지로는 육군이 극비리에 신병을 확보하여 사람들 눈에 띄지 않는 장소에 수용한다. 관계자 외에 사정을 아는 사람은 가모를 고용한 '데라지마 양복점'의 주인밖에 없다. 군의 기밀작전이란 구실로 엄중하게 입막음해 놓았다. 이 주인조차 눈앞에 있는 사람이 진짜 가모 지로라고 번번이 착각할 만큼 카피는 감쪽같았다.

가모는 '데라지마 양복점'의 점원 신분으로 요코하마 영국 총영사 관저에 양복을 배달하러 갔다. 마침 총영사 어니스트 그레이엄이 무척 무료해하던 시각이었다. 그는 가모를 보더니 체스 상대를 부탁했다.

이 모든 것이 우연의 일치처럼 보여도 실제로는 면밀한 사전 조사의 결과였다.

그레이엄은 이른바 '체스 애호가'로서 그동안 그의 체스 상대를 해주던 인물은 최근 영국으로 귀국한 상태였다.

가모는 총영사가 관저에서 무료함을 주체하지 못할 시간대를 노려 양복을 배달하러 갔다. 그리고는 자신도 체스를 좋아한다는 뉘앙스를 넌지시 풍겼다.

그레이엄이 가모에게 체스를 권유한 것은 우연이 아닌 가모의 계획에 의한 필연이었던 것이다.

게다가 첫 게임에서 이긴 다음부터는 적당한 선에서 져주었다.

그 결과 예상대로 그레이엄은 매일 가모를 관저로 불러들이게 되었다.

그레이엄은 가모에게 처음 체스를 권한 것도 계속 상대를 부탁하는 것도 모두 자신이라고 생각하고 있을 터였다.

상대의 의사를 조종해 스스로 행동한 일인 양 생각하게 만드는 건 흔히 마술사의 선택magician's choice이라 하는 기술이다. 보통 사람들보다 많은 정보를 손에 쥔 사람에게는 그다지 어려운 일도 아니다. 유능한 스파이에겐 더욱 그렇다.

가모는 일주일 내내 그레이엄과 체스를 두며 상대의 성격을 냉정하게 분석했다. 그 결과 나온 대답이 심증으로는 거의 혐의 없음, 흰색이다.

그런데 얼마 뒤 헌병대는 접선 장소에서 발견된 암호문의 종이가 영국 총영사 관저에서 사용하는 특수한 종이와 일치한다는 사실을 알아냈다. 정황과 증거로 미루어 보면 거의 혐의 확정, 검은색이다.

'흑'과 '백'.

상반되는 두 가지 가능성을 아무리 엮어보려 해봐야 어차피 회색이다.

이 상황에서 영국 총영사 그레이엄에 대한 처분은 중요치 않다. 어차피 참모본부와 헌병대가 각자의 편에 유리한 주장을 되풀이하느라 끝없는 논쟁만 이어갈 테니 가모는 자신이 맡은 임무 즉, 그레이엄의 혐의사실을 확정하는 일에만 충실하면 그만이다. 현재의 상황에서 임무는 실패였다.

제한 시간까지 앞으로 나흘이 남았다.

아니다. 표적의 주변에 헌병들의 모습이 보이기 시작한 걸 고려하면 남은 시간은 그보다 짧다. 육군 참모본부가 요코하마 헌병대를 붙잡아두는 기간은 기껏해야 앞으로 삼일이다. 이 사실은 유키 중령도 눈치챘을 게 분명하다.

'이제 어쩔 거야?'

가모는 자문해보았다.

남은 수단은 하나다.

'모 아니면 도, 한번 해봐?'

그때 갑자기 등 뒤의 유키 중령이 일어서는 기척이 났다.

분수대는 어느새 작동을 멈추었다. 주변에서 뛰놀던 아이들이 유키 중령이 앉아 있는 벤치 주변에 모여들고 있었다. 유키 중령이 더 이상 위험을 감수하면서 대화를 계속할 리는 없었다.

노인은 지팡이를 짚으며 위태롭게 걸음을 옮겼다. 공원의 나무들을 빙 돌아 가모가 앉아 있는 벤치 앞을 지나서 공원 출구로 향했다. 가모의 앞을 지나던 찰나 노인이 걸음을 멈추고 손에 쥐고 있던 지팡이의 손잡이를 고쳐 잡았다. 나직한 목소리가 들렸다.

– 어떤 조사도 완벽한 것은 없다. 그것을 잊지 말도록.

유키 중령은 느릿한 걸음걸이로 공원을 빠져나갔다.

3

스파이의 일상에는 모험도 로맨스도 존재하지 않는다.

가모가 D기관에 들어간 직후부터 지겹게 들어 온 말이다.

그레이엄 총영사 부부가 이야기한 마타 하리는 제1차 세계 대전 중에 활동한 여자 스파이로 일본에도 잘 알려진 인물이다. 그녀는 타고난 미모와 늘씬한 몸매, 섹시한 춤을 무기로 프랑스 외무성과 군부는 물론이요, 각국의 대사관 직원까지 사로잡아 그들로부터 얻은 극비정보를 비밀리에 독일군에게 유출했다.

사실 그녀가 독일군에게 유출한 정보는 신문기사와 별 차이가 없는 이류급 정보였다.

전쟁이 시작되기 전부터 마타 하리는 여기저기에 염문을 뿌리고 다녔고 그런 그녀에게 아무리 침대 위라고 해도 정부 부처와 군의 고위급 관료들이 극비정보를 누설할 리 만무했다.

국가 기밀에 관여된 사람들은 그 직무를 맡기 전에 '섹스 스파이'에 대한 충분한 교육과 주의를 받는다. 겨우 그 정도 유혹에 넘어갈 인물이라면 애초에 국가의 일을 수행할 자격이 없다.

일반적으로 알려진 화려한 이미지와는 달리 스파이의 본질은 '보이지 않는 것'이다.

자신을 숨기고 혈혈단신으로 적국에 잠입하는 스파이는 그 정체를 결코 주변에 들켜서는 안 된다.

진짜 스파이들의 활동은 대략 이런 식이다.

우선 적의 조직 안에서 쓸 만해 보이는 인물을 철두철미하게 뒷조사한다. 그리고 그에게 은밀하게 접근해 회유와 협박 등 온갖 수단을 동원하여 '협력자'로 만든다. 협력자가 넘겨준 단편적인 정보를 종합해 그것이 무엇을 의미하는지, 어느 정도 가치가 있는지 판단한 후 적이 눈치채지 못하는 방법을 사용해 본국으로 정보를 보낸다.

스파이가 활동한다는 사실 자체가 상대에게 알려져서는 안 된다.

첩보활동의 결과는 외교 협상에서 비장의 카드 또는 군사 작전상 유리한 위치 선점 등으로 나타난다. 그때가 되어서야 적군은 자신들도 모르는 사이에 극비정보가 유출되었다는 사실을 알게 된다.

– 어둠 속에서 무언가가 움직인다. 그러나 그것이 무엇인지는 아무도 모른다.

이런 의미에서 스파이는 유령에 가깝다. 또는 회색의 키 작은 남자. 그레이 리틀 맨gray little man.

'눈에 띄지 않는 것'이야말로 스파이의 절대조건이었다.

데라지마 양복점에 있는 자신의 방으로 돌아온 가모는 낮에 관저에서 겪었던 일을 떠올리며 눈살을 찌푸렸다.

총영사 부인을 겁에 질리게 한 그 남자는 작업복으로 옷만 바꿔 입은 어설픈 위장으로 그레이엄을 감시했다. 어제는 요코하마 수도국 사람으로 위장하여 뒷문에 나타났다고 했던가.

'이래서 풋내기는 곤란해.'

가모는 작게 혀를 찼다.

선무당이 사람 잡는 법이다.

영사부인도 금방 알아챌 만큼 어중간한 변장은 표적의 공연한 의심을 사 상황을 혼란시킬 뿐이다. 정 감시를 하고 싶다면 변장은 때려치우고 당당하게 헌병대 신분을 밝히며 정면 돌파하는 게 훨씬 더 효과적이다.

최근 헌병대 일부에서 첩보활동을 하는 낌새가 보인다는 소문은 아무래도 사실인 모양이었다. 물론 그들이 하는 첩보활동은 스파이의 본질과는 하늘과 땅만큼 거리가 멀었다. 지나칠 정도로 세간의 이목을 끌며 활동한 마타 하리와 같다.

가모는 다시 한 번 작게 혀를 차고는 자신의 업무로 돌아갔다.

스파이. 눈에 띄지 않는 업무.

가모는 이번 임무에서 표적인 그레이엄의 앞에 직접 모습을 드러냈지만 이것은 어디까지나 한정된 시간이라는 이유로 부득이하게 선택한 예외적인 수단이었다. 스파이는 대체로 표적이나 협력자에게 얼굴을 드러내지 않는다.

이번 경우에도 체스 상대를 하면서 심증을 얻은 건 임무의 극히 일부분이고 보이지 않는 장소에서 활동한 시간이 훨씬 더 길었다. 그 중 하나가 표적의 경력조사다.

인간은 이유 없이 행동하지 않는다. 과거에 쌓은 경험이 성격을 형성하고 행동으로 나타난다. 따라서 스파이는 가장 먼저 표적의 과거를 조사한다. 그레이엄이 이번 사건과 관련되어 있다면 전에도 비슷한 조짐이나 징후를 보였을 가능성이 높다. 가모는 모든 수단을 동원해서 그레이엄의 경력을 철저하게 검토했다.

어니스트 그레이엄.

잉글랜드 중부의 가난한 가정에서 태어나 어릴 때 인도로 건너간 뒤 자수성가했다. 영국 총영사라는 지위와 명문가 출신의 아내는 인도에서 벌어들인 막대한 재산을 이용해서 '돈으로 사들인' 셈이다. 지금은 완벽한 신사인 척하고 있지만 인도에서는 아주 악질적인 장사에도 손을 댔었다.

- 마음이 넓고 비범해 보이나 의외로 교활하다.

그레이엄과 알고 지내는 몇 명의 영국인은 경멸을 담아 이렇게 말했다.

가모 자신도 체스 상대를 하며 오래지 않아 그 말의 의미를 알 수 있었다. 체스 시합 중 그레이엄이 몇 번인가 자리를 뜨는 일이 있었는데, 대게 부인이 용건이 있어 부르거나 소변을 보러 갈 때였다. 그럴 때 그레이엄은 절대 가모를 혼자 방에 남겨 두지 않았다.

자리를 뜰 때는 항상 자연스러운 행동을 가장해 하인 중 한 명을 방에 불러놓았다. 물론 그의 역할은 그레이엄이 돌아올 때까지 가모를 감시하는 것이었다.

또한 그레이엄은 본인이 직접 가모를 불러놓고도 은밀히 가모의 뒷조사를 의뢰하기도 했다. 영국 총영사 관저에서 체스 상대를 하는 동안 흥신소 사람이 탐문하러 왔었다고 데라지마 양복점을 감시하던 D기관의 동료가 귀띔했다.

물론 예상한 행동이었다.

그레이엄은 가모가 수년간 양복점에서 입주 고용인으로 일해 왔다는 조사 결과를 듣고 마음을 푹 놓았을 터였다.

겉으로는 마음씨 좋은 할아버지나 호인으로 보이는 그레이엄이 미소 뒤에 감추어둔 또 다른 얼굴. 영국의 신분제도는 일본인이 막연히 생각하는 것 이상으로 엄격하다. 그레이엄이 이룬 신분 상승은 그 정도의 교활함 없이는 꿈도 못 꾼다.

'약점이 있다면…… 부인인가?'

머릿속에서 정보를 정리하다가 가모는 생각을 잠시 멈추고 눈을 가늘게 떴다.

영사부인의 모습을 떠올린다.

개암나무색 눈동자에 빛깔이 옅은 금발머리. 언제나 우아한 모습의 제인 영사부인은 아이가 없어서인지 실제 나이보다 훨씬 젊어 보인다. 명문가 출신의 고상하고 아름다운 아내를 그레이엄이 끔찍이 위하는 것은 확실하다. 그뿐인가. 그녀는 중국 대륙에서 일본군이 자행한 행위를 상당히 혐오한다.

2주라는 짧은 기간에 그레이엄이 용의자가 아니라고 확정하기는 대단히 어려웠다. 그레이엄이 음모와 관련됐다는 결정적인 증거를 그의 경력에서 찾아내기도 힘들었다.

혐의는 여전히 흑도 백도 아닌 회색.

가모는 그레이엄 총영사가 싫지 않았다.

가난한 환경에서 제대로 된 교육도 받지 못했지만 그에 굴하지 않고 보란 듯이 자수성가한 남자. 명문가 출신의 부인을 얻어 영국 총영사라는 지위도 거머쥐었다. 마음씨 좋은 할아버지의 겉모습 이면에 교활함을 숨기고 살아가는 그레이엄의 삶의 방식은 가모에게 흥미를 넘어 모종의 흥분을 느끼게 했다.

스파이는 정체를 숨기고 타국에 잠입해서 몇 년이든 몇십 년이든 홀로 임무를 수행해야만 한다. 경우에 따라서는 현지인과 결혼도 하고 자식을 얻기도 한다. 그편이 주위의 이목을 끌지도 않고 자연스러운 까닭이었다.

임무를 완수하면 가족들에게 한마디 말도 없이 돌연 자취를 감춘다.

만에 하나 그의 비밀을 눈치채면 배우자와 자식이라도 사고사나 자살로 위장해 제거한다.

가모의 이번 임무는 그레이엄의 혐의를 확정하는 일이다.

가모와 같은 스파이에게 '표적'에 대한 좋고 싫은 감정은 임무와 아무런 상관이 없다.

임무완수를 위해서라면 수단과 방법을 가리지 않을 작정이었다.

가모는 임무를 맡은 후부터 줄곧 그레이엄을 미행해왔다.

그레이엄이 아침에 관저를 나서 차를 타고 영사관으로 향할 때부터 공무로 이곳저곳을 방문하고 다시 관저로 돌아갈 때까지 가모의 눈을 벗어나는 순간은 거의 없다고 해도 과언이 아니다.

스파이도 아닌 자가 D기관 출신의 미행을 알아챌 가능성은 희박하다. 그럼에도 가모는 만일을 대비해 여러 모습으로 변장해 가며 그의 주변을 맴돌았다.

그레이엄은 관저에 돌아가면 늘 '데라지마 양복점'에 전화를 걸어 체스 상대인 가모를 불러냈다. 그러면 가모는 하루 종일 그레이엄을 미행하고도 시치미를 뚝 떼며 그레이엄의 앞에 나타나는 식이었다.

연일 이어진 미행의 성과로 몇 가지 흥미로운 점이 드러났다.

밑바닥부터 치고 올라가 성공한 자들은 예전의 신분을 감추고 철저한 보수주의자로 행세하는 공통적인 특징이 있다.

그레이엄도 예외는 아니어서 영국신사로서 갖추어야 할 복장과 태도에 온 신경을 기울였다.

모자, 빳빳하게 풀 먹인 흰 셔츠, 헤링본이나 감색의 조끼를 갖춘 스리피스three-piece 양복, 가슴 포켓에 꽂는 손수건과 외출할 때면 늘 손에 드는 우산까지. 영국과는 관습도 기후도 다른 먼 이국땅 일본에서 그런 복장을 고집하는 모습이 영국신사의 캐리커처를 보는 듯해 다소 우스꽝스러웠다. 하지만 그레이엄은 외출할 때마다 그런 차림을 고집했다.

가는 곳은 영국 무역회사 사무소, 은행, 세관, 언론사, 카페…….

죽은 남자가 자백한 비밀 조직의 접선장소와 겹치는 곳이 많았다. 외출 빈도도 일반적인 총영사의 업무를 고려하면 지나치게 잦았다.

그레이엄이 일본에서도 고지식하게 지키는 팁을 주는 습관도 미행하는 입장에서 여간 성가신 게 아니었다.

문을 열 때나 짐을 맡길 때, 잔심부름을 시킬 때 등 그는 아무리 사소한 경우라도 팁을 건넸다.

미행을 하는 가모의 입장에서는 그레이엄이 정말로 팁만 건넸는지 아니면 서로 무언가 다른 것—이를테면 통신문—을 주고받았는지 확인할 방도가 없었다. 팁을 주는 관습은 영국의 스파이가 자연스럽게 정보를 교환하려고 고안한 것이 아닐까 하는 원망이 들 정도였다.

지금까지의 상황으로 미루어서 판단했을 때 그레이엄이 일본에서 비밀임무를 수행하고 있다는 것은 확실했다.

그의 수상한 행동은 이것으로 설명 가능했다.

그러나 애당초 외국에 주재하는 영사나 대사는 본국에서 인정받은 이른바 '공인 스파이'다. 새삼스러운 사실도 아니다.

문제는 그들이 주고받는 정보의 질이었다.

일본에 중대한 피해를 끼치는 게 아니라면 그들의 활동을 엄중하게 단속할 필요가 없다. 일본 대사관도 외국에서 비슷한 일을 하고 있으니 피차일반이었다.

하지만 그가 주요 인사 암살 폭탄 테러 관계자라면 이야기는 달라진다.

현시점에서 영국이 '국가적 차원'에서 일본의 주요 인사에게 폭탄 테러를 감행할 가능성은 희박하다. 그러나 만에 하나 폭탄테러 사건이 실제로 발생하고 거기에 영국 총영사가 관여한 혐의가 확인된다면 일본과 영국의 관계는 단절되고 나아가 양국 간의 전쟁이 발발할 가능성도 배제 못 한다.

변변찮은 조직의 어리석은 행동으로 국가 간에 전쟁이 발발한다.

그런 사태는 어떻게든 막아야 한다.

'혐의가 있는 이상 일단은 끌고 가서 조사해야 한다'라는 헌병대 측의 주장도 일리가 있다.

허나 만일 그레이엄이 무혐의로 판명 날 경우 그를 폭탄 테러 혐의로 신문한 일 자체가 그렇지 않아도 미묘한 일본과 영국의 관계에 결정적인 타격을 입힐 우려가 있다.

일주일간의 조사에서도 혐의는 여전히 오리무중이다.

'지금의 방법을 고수하며 이대로 계속 조사할 것인가? 아니면 다른 방법을 써봐야 하나?'

가모는 다다미 위에 벌렁 드러누워 머리 뒤로 깍지 낀 채 천장을 응시했다.

덫을 놓고 기다려 볼까도 생각했지만 그레이엄이 결백할 경우 공연히 보이지 않는 적에게 이쪽의 활동을 알려주는 결과만 낳는다.

'더는 시간이 없어.'

가모는 얼굴을 찌푸렸다.

정황상 육군 참모본부가 더 이상 헌병대를 저지하는 일은 불가능하리라.

헌병대 놈들이 섣부른 행동으로 일을 그르치기 전에 어떻게 해서든 매듭을 지어야 했다.

'직접 확인할 수밖에 없다.'

선택할 수 있는 최선의 방법은 이것뿐이었다.

4

소리 없이 서재 문을 연다.

가모는 바듯하게 연 문틈 사이로 미끄러지듯 서재 안으로 들어갔다.

숨을 죽이고 실내를 살핀다.

새벽 두 시.

영국 총영사의 관저에는 그레이엄의 코 고는 소리만이 희미하게 들릴 뿐이다.

모두가 조용히 잠든 시간이다.

정확히 말하면 집사인 장다밍張大明은 예외였다. 지금 이 순간에도 관저에서 나는 모든 소리에 귀 기울이며 촉각을 곤두세우고 있을 터였다. 과연 그가 소리도 없이 침입한 가모의 존재를 눈치챘을까? 눈치를 챘든 채지 못했든 그가 가모의 일을 방해할 염려는 없었다.

장다밍은 가모가 이번 임무를 위해 손을 써둔 '내부 협력자'
였다.

상대 조직 내에 '내부 협력자'를 만들어 두는 것은 스파이의
임무에서 빼놓을 수 없는 일이다. 물론 상대 조직도 가만히 손
놓고 당하지만은 않는다. 내부인이 스파이에게 포섭되지 않도
록 여러 방법을 강구한다.

가령 이곳 영국 총영사 관저는 일본인을 한 명도 고용하지
않았다.

관저에서 일하는 사람들은 모두 중국인이었다.

일본인 친구가 있거나 일본에 조금이라도 호감을 가진 사람
은 단 한 명도 쓰지 않았다. 다들 일본인이 말만 걸어도 질색할
자들이었다.

이런 상황에서 내부 협력자를 만들기란 언뜻 불가능해 보이
지만 가모는 임무를 시작한 후로 닷새 만에 집사인 장다밍을
포섭했다.

인간인 이상 누구라도 약점은 있다.

돈, 여자, 형제, 부모에 대한 정 혹은 증오, 술, 사치품, 이상
한 취미, 성벽_{性癖}, 과거에 경험한 실패, 육체적 콤플렉스……

무엇이든 좋다.

다른 사람들에게 숨기고 싶은 비밀 하나쯤 찾아보면 반드시
드러나게 되어 있다.

특정인에게만은 절대로 알리고 싶지 않은 비밀이 있는 경우도 있다.

남들 눈에는 별것 아닌 사소한 일도 본인의 생각에 따라 특별한 비밀이 되기도 했다.

장다밍의 경우에는 도박이었다.

그는 홍콩에 있던 시절에 도박에 빠져 많은 빚을 진 적이 있었다. 고용인인 총영사는 이 사실을 모른다.

그 사실을 알아낸 가모는 일본에 막 입국한 중국인으로 위장해 장다밍에게 접근했고 비밀 지하 도박장으로 그를 불러냈다. 장다밍은 일본으로 건너오면서 도박에서 완전히 손을 떼기로 단단히 작정한 터였다. 그러나 굳은 결심도 잠시뿐 가모의 꾐에 넘어간 그는 다시금 손이 근질근질했다.

이곳은 판돈도 적으니 아주 조금 맛만 보자고 생각한 것이다.

하지만 첫날 돈을 딴 장다밍은 그 길로 절제력을 잃었다.

그는 어느새 스스로 통제할 수 없는 욕망에 사로잡혀 도박장을 드나들었다.

첫날은 땄다. 행운은 두 번째 날에도 이어졌다.

사흘째.

판돈이 오른 게임에서 그는 크게 잃었다. 다음 게임에서도, 그다음 게임에서도 연거푸 돈을 잃었다. 바로 전날까지 그에게 미소 짓던 승리의 여신은 거짓말처럼 사라지고 계속 잃기만

했다.

도박 빚은 눈 깜짝할 사이에 눈덩이처럼 불었다.

망연자실한 장다밍의 귓전에 대고 누군가가 속삭였다.

"돈이 없으면 목숨으로 갚든가."

새파랗게 질린 장다밍이 가모에게 달려와 울며불며 매달렸다.

"나 좀 살려주게."

가모는 잠시 생각하는 척하고 하는 수 없다는 듯이 한숨을 쉬며 주머니에서 액체가 든 조그만 병을 꺼냈다.

"당신이 일하는 영국 총영사 관저에 매일 교대 근무를 서는 심야 경비원 있잖소. 내가 신호를 보내면 그날 당번에게 이 약을 먹이쇼. 무색무취니 마실 것에 타면 절대 모를 거요."

"그래도……."

"걱정할 것 없소. 그냥 수면제요. 우리가 필요한 건 돈뿐이오. 조용히만 있으면 아무도 해치지 않을 거요."

가모는 여전히 주저하는 장다밍의 어깨를 두드리며 빙긋이 웃었다.

"따지고 보면 다 영국인이 중국에서 아편을 팔아 번 돈 아니오? 우리가 좀 가져가는 게 뭐가 나쁘오?"

장다밍은 지금도 돈이 목적인 범죄를 돕고 있다고 철석같이 믿고 있으리라.

장다밍은 일본인을 죽도록 미워하는 사람이다. 일본 스파이를 위한 일인 줄 알았다면 목에 칼이 들어와도 협력하지 않았을 것이다. 또한 총영사의 체스 상대로 매일 관저를 들락거리는 일본인 점원이 그를 도박장으로 이끈 중국인과 동일 인물이라고는 상상조차 못하고 있겠지.

'사주使嗾'의 기본은 당근과 채찍을 적절히 활용하는 데에 있다.

사주할 상대의 약점을 잡아 그것을 빌미로 '사소한 것'을 요구한다.

직접 훔치지는 못하지만 훔치러 들어갈 타이밍을 알려줄 수는 있다. 음식에 독약을 타지는 못해도 수면제를 넣는 일 정도는 가능하다. 사람은 못 죽여도 죽게 내버려두는 건 괜찮다…….

사람에 따라 양심의 가책을 느끼지 않고 태연하게 할 수 있는 행동의 정도는 다 다르다.

따라서 상대의 본성을 꿰뚫어 보고 그 정도를 가늠해야 한다.

정해진 법칙은 없다.

상대와 상황에 따라 능수능란하게 임기응변으로 대처해야 한다.

이번 경우에도 가모는 장다밍의 의심을 사지 않으려 현금을 보관하는 장소와 액수에 관해서 집요하게 캐물었다. 하지만 그에게 경비원의 음식에 수면제를 타는 것 이상의 일은 시키지 않았다.

'현금은 서재 금고에 있다. 경비원이 잠들어도 서재에 들어가기 위해서는 반드시 열쇠가 필요하다. 그 열쇠는 총영사가 늘 몸에 지니고 다닌다. 금고 역시 단단히 잠겨 있다. 거기서 돈을 훔치는 일은 사실상 불가능하다.'

이런 식으로 장다밍은 자신을 안심시켰을 것이다.

'나는 범죄에 가담하는 게 아니다.'

필사적으로 자신의 행동을 합리화하는 그의 속내가 가모에게는 손바닥 보듯 훤히 보였다.

어떤 수를 써서라도 스스로를 납득시킬 이유만 만들어주면 상대는 뜻대로 움직여준다.

가모는 지금 막 정신없이 잠들어버린 경비원을 확인했다. 장다밍이 약속대로 마실 것에 수면제를 탔다.

내일 아침 돈을 훔쳐가지 않은 사실이 확인되면 장다밍이 이상하게 여길 수도 있다.

그를 데려간 지하의 도박장은 급조한 가짜 도박장이다. 물론 승패도 조작한 것이다.

이번에는 시간이 부족해서 다소 억지로 일을 짜 맞추었다. 장다밍이 냉정을 되찾으면 의혹을 품을지도 모른다. 그러나 자기 손으로 경비원에게 약을 타 먹인 이상 의심이 들어도 먼저 말을 꺼내기는 어려울 것이다.

잠시 숨을 고른 후에 가모는 천천히 움직이기 시작했다.

문을 닫자 서재 안은 칠흑 같은 어둠에 휩싸였다. 하지만 그것이 가모에게는 아무런 장애도 되지 않았다.

서재 안의 모든 것은 머릿속에 있다.

소파, 의자, 선반, 선반 위에 늘어놓은 물건, 책상, 책, 사진, 시계, 전기스탠드…….

각각이 배치된 위치와 간격부터 바닥에 깔린 양탄자의 두께에 이르기까지 가모는 모든 것을 머릿속에 그릴 수 있었다.

그는 우선 문 옆에 세워져 있는 우산을 발로 차지 않도록 신중하게 발을 내디뎠다.

가볍게 뻗은 손에 견고한 금속의 감촉이 느껴진다.

금고다.

낮에 확인했던 금고의 형태가 머릿속에 또렷이 떠오른다.

가로세로 1미터, 폭 80센티미터.

일명 '처브 금고'라고 불리는 묵직한 영국제 내화^{耐火} 금고다. 강철로 된 문짝 표면에는 영국 왕실의 문장이 새겨져 있고 강철판 두께는 5센티미터다.

레버 텀블러lever tumbler, 자물쇠 속의 납작한 금속 조각. 열쇠로 움직이며 빗장을 드나드는 데 도움을 주는 장치를 정식 열쇠가 아닌 다른 도구로 열려고 하면 탐지기가 작동해 자동으로 빗장이 잠긴다. 그런 식으로 잠기고 나면 정식 열쇠로도 바로는 열지 못한다. 부정한 방법으로 금고를 열려는 시도가 있었음을 알려주기 위해 고안된 안전장치였다.

레버 텀블러의 수는 여덟. 평범한 도둑이 건드릴 물건이 아니다.

장다밍이 알려준 바로는 관저 내의 모든 현금이 밤에는 이 금고 안에 보관된다. 영사관이 본국과 연락할 때 사용하는 암호표도 같이 들어 있으리라.

가모는 순간 억지로라도 금고를 열고 싶은 충동을 느꼈다.

그러나 이번 임무는 암호표가 목적이 아니었다.

가모는 내심 아쉬웠지만 금고를 한 번 쓰다듬고는 천천히 앞으로 움직였다.

오른쪽으로 돌아 방구석에서 정확히 세 걸음.

오른손을 머리 위로 든다.

지문을 남기지 않도록 얇은 장갑을 낀 손에 액자가 만져진다.

풀을 뜯는 말 몇 필을 그린 유화.

크기는 15호캔버스 치수. 약 65.2㎝×50㎝ 정도다.

가모는 조심스럽게 액자를 벽에서 떼어내 바닥에 내려놓았다.

벽면을 더듬자 미미하게 튀어나온 부분이 느껴졌다.

암흑 속에서 가모는 씩 미소를 지었다.

'여기까지는 일단 예상대로다.'

5

정황으로는 유죄.

심증으로는 무죄.

둘 사이에서 판단이 서지 않는 이상 제3의 방법으로 물증을 확보해야 한다.

폭탄으로 일본 주요 인사를 암살하려는 대규모의 음모를 그레이엄이 혼자서 계획하고 실행할 리는 없다. 분명 다른 조직이 배후에 존재할 것이다. 그가 진짜로 음모에 가담했다면 조직과 관련된 증거가 어딘가에 반드시 남아 있으리라.

조직에서 보낸 지령이나 통신 기록.

그레이엄의 입장에서 생각하면 그런 증거를 남의 눈에 띄도록 내버려둘 리가 없다. 쉽사리 처분하지도 못한다. 그는 다른 사람에게 보이고 싶지 않은 물건을 대체 어디에 숨길까?

낮 동안 그레이엄이 집무를 보는 영사관은 불특정 다수가 드나드는 곳이다. 금고에 넣어둔다 하더라도 금고를 간수하는 사람이 그레이엄뿐이라고 단정하기 어렵다.

따라서 영사관은 아니다.

사택처럼 쓰는 관저는 어떤가?

관저 서재에는 그레이엄 밖에 열 수 없는 묵직한 금고가 보란 듯이 놓여 있다. 그 금고에서 매일 현금을 넣고 꺼낸다. 그 사이에 누군가의 눈에 띨 가능성이 없지 않다.

호방한 듯 보이지만 의외로 교활한 구석이 있는 그레이엄이 그런 위험을 감수하려고 할까?

그렇다면 남은 가능성은 집안 어딘가에 감춰진 비밀 금고다.

총영사 관저 설계도는 영국에 있다. 사본도 없고 영국에서도 기밀문서로 취급되므로 쉽게 손에 넣을 수 없다.

가모는 그레이엄의 체스 상대를 하면서 일상적인 대화를 나누는 중간 중간 실마리가 될 만한 단어를 은근슬쩍 끼워 넣고 그때마다 그의 반응을 확인했다.

비밀, 은닉, 은밀, 다른 사람 눈에 띄지 않았으면 하는 것들, 기밀, 발각, 극비, 폭로, 서류, 비공개, 탄로, 내밀……

그레이엄은 체스에 열중할 때도 이런 단어에 자기도 모르게 눈동자가 흔들리는 등의 반응을 보였다. 가모는 그레이엄의 그런 미세한 반응을 관찰한 끝에 비밀 금고의 존재를 확신할 수 있었다. 그 뒤로 조금씩 범위를 좁혀 가던 가모는 비밀 금고의 위치가 '서재'에 있는 '말 그림'의 '뒤'라고 확신하기에 이르렀다.

지금 가모의 손에 만져지는 자물쇠 손잡이가 벽 안에 숨겨진 금고의 존재를 알려주고 있다.

'일반적인 다이얼 키로군. 그다지 열기 힘든 금고는 아니야.'

처브 금고처럼 대단한 상대에 도전해 보고 싶었던 가모는 조금 실망했지만 바로 작업에 들어갔다.

손끝으로 전해지는 미세한 진동에 의지해 정확한 숫자의 조합을 찾아낸다. 서재에 들어온 후로 한 번도 불을 켜지 않았다. 빛은 방해만 될 뿐이었다.

"자물쇠는 여자 몸과 같아서 부드럽게 대하면 반드시 열리게 돼 있습죠."

예전에 강사로 초빙된 왜소한 체격의 노인은 D기관의 학생들 앞에서 거만한 얼굴로 말했다.

기시타니라는 이름의 그 작고 깡마른 늙은이는 도쿄형무소에서 데려온 자물쇠 따기 전문 도둑이었다.

"우리 같은 도둑이 일하러 들어갔다가 나올 때까지 걸리는 시간은 보통 오 분입니다. 침입하는 데 일 분, 돈을 찾아내는 데 삼 분, 도주하는 데 일 분. 대략 그 정도지요."

늙은이는 그렇게 말하고는 철사 한 가닥으로 일반 가정집

현관문에 달린 자물쇠를 불과 삼십 초 만에 열었다.

기시타니는 한껏 젠체하며 시범을 보였으나 D기관 학생들이 단 한 번 본 것만으로 기술을 습득해내자 기가 차다는 듯이 눈을 껌벅거렸다. 그때부터는 진지한 얼굴로 변해 D기관이 준비해둔 여러 종류의 금고 자물쇠를 따기 시작했다.

영국제 처브 금고, 미국의 모슬러 금고, 프랑스의 피셰 금고, 독일의 펠츠…….

그는 자신이 '일본에서 제일가는 금고털이 전문가'라고 큰소리치며 그 금고들을 열쇠 없이 열어 보였다. 다소 애를 먹기는 했지만 말이다.

그는 이마에 맺힌 땀을 훔치며 의기양양한 얼굴로 방법을 설명하였지만 얼마 지나지 않아 놀라움에 눈이 휘둥그레졌다. 평생에 걸쳐 습득한 금고 따기 기술을 D기관의 학생들은 불과 며칠 만에 터득하고 자신의 것으로 만들어버린 까닭이다.

며칠 후 모든 기술을 탈탈 털리고 더 이상 쓸모없는 늙은이로 전락한 기시타니는 다시 형무소로 돌려보내졌다.

그는 수갑을 차고 연행되던 중 갑자기 학생 한 명을 불러 세우고 귓속말로 속삭였다.

"자네, 내가 형무소에서 나오면 나랑 동업해 볼 생각 없나?"

지금 와서 얘기지만 서재의 열쇠는 여기 온 첫날 이미 확보에 두었다.

맞춤 양복을 전해주러 온 가모는 바지 기장을 확인한다는 구실로 그레이엄에게 옷을 갈아 입혔다. 그리고 그 틈을 타 그가 입고 있던 바지 주머니에서 열쇠를 꺼내 밀랍 틀에 넣었다. 그 틀을 본떠 복제 열쇠를 만들어 둔 것이다.

늙은 금고털이범 기시타니가 혀를 내두를 만큼 출중한 실력을 지닌 가모다. 이런 서재의 문 따위 이십 초면 따고도 남는다. 철사 하나로 간단히 해결될 일을 일부러 틀까지 써서 복제 열쇠를 만든 이유는 철사를 사용할 경우 남게 되는 미세한 흠집 때문이었다.

스파이는 도둑과 달리 상대방이 털렸다는 사실을 알게 해서는 안 된다. 따라서 가능한 한 열쇠를 사용해서 문에 흔적을 남기지 말아야 한다.

암흑 속에서 그레이엄의 비밀 금고를 여는 데 소요된 시간은 약 5분.

혹시 다른 장치가 있는지 신중하게 확인한 후 천천히 금고의 문을 열었다.

금고 안에 펜 모양의 손전등을 넣고 빛이 새어 나오지 않도록 손으로 감싼 뒤 스위치를 켰다.

좁은 금고 속에는 수첩 몇 개가 들어 있었다.

가모는 수첩을 꺼내 빠르게 내용을 훑어보았다.

암호가 아닌 통상적인 영어로 쓰여 있었다. 독특한 필기체. 그레이엄의 자필임이 틀림없다. 내용은…….

가모의 입가에 쓴웃음이 번졌다.

수첩에 쓰여 있는 건 그레이엄이 인도에 있던 시절부터 써 온 일기였다.

현지에서 벌였던 범죄나 다름없는 악랄한 사업들. 나쁜 소문. 그것을 덮기 위한 거액의 뇌물. 다른 사람에게는 말할 수 없는 은밀한 욕망. 문란한 여자관계. 귀족계급을 향한 갖은 욕설.

그런 모든 것들을 조금도 가감 없이 솔직하게 적어놓았다.

그러나 폭탄 테러를 계획한 조직과의 관계를 보여주는 기록은 어떤 수첩에도 쓰여 있지 않았다.

그레이엄이 비밀 금고를 만들면서까지 숨기고 싶어 한 것은 그저 그의 치부가 담긴 일기였을 뿐이다.

혹시나 해서 좀 더 살펴보았으나 수첩 자체에는 어떤 트릭도 없었다.

가장 있을 법한 곳에서도 물증은 발견되지 않았다.

이것으로 그가 폭탄 테러에 연루되었을 가능성은 거의 제로에 가까워졌다.

가모는 수첩을 다시 금고 안 원래 있던 자리에 집어넣었다.

손전등을 끄자 주변은 다시 한 치 앞도 보이지 않는 어둠에 휩싸였다.

'거의 제로에 가깝다'가 '제로'를 의미하지는 않는다.

다만 완벽한 무혐의를 입증하는 것은 현실적으로 불가능하다.

이 정도 선에서 그만둘 수밖에 없었다.

금고문을 조용히 닫으면서 문득 가모는 전날 유키 중령이 자신에게 남긴 말을 떠올렸다.

'어떤 조사도 완벽한 것은 없다. 그것을 잊지 말도록.'

그때 이미 유키 중령은 이런 결과를 예측한 것일까?

어둠 속에서 유키 중령이 자신을 지켜보고 있는 듯한 섬뜩한 느낌이 들었다.

가모는 손끝에 의식을 집중하며 애써 잡생각을 떨쳐냈다.

임무의 성패야 어찌 됐든 누군가가 침입했던 사실을 적이 눈치채면 그 시점에 스파이로서 실격이다. 침입하기 전과 완벽히 똑같은 상태로 되돌려 놓고 그 장소를 떠나야 한다.

가모는 바닥에 내려놓았던 말 그림을 들어 올려서 비밀 금고 위에 걸었다.

액자가 오른쪽으로 미세하게 기울었다.

손끝의 감각이 기억하고 있는 대로 다시 조정한다.

그 순간 가모는 왠지 모를 거부감에 동작을 멈췄다.

'뭐지?'

공원…… 유키 중령……. 그 근처다. 그때 유키 중령은…….

생각났다.

'어떤 조사도 완벽한 것은 없다. 그것을 잊지 말도록.'

그렇게 말한 유키 중령은 지팡이의 손잡이를 고쳐 잡았다. 그건 분명 '불필요한 행동'이었다. 작은 눈 깜박임 하나조차 이유 없이 하지 않는 유키 중령이다.

그런 그가 불필요한 행동을 했을 리가 없다.

한 가지 가능성이 뇌리를 스쳤다.

설마…….

칠흑 같은 어둠 속에서 가모는 뒤를 돌아봤다.

보일 리 없는 것이 순간 보인 듯했다.

6

사흘 후 저녁 무렵.

가모는 평소처럼 영국 총영사의 부름을 받고 관저에 갔다. 그는 체스를 한 판 두고 난 뒤에 그레이엄에게 내일부터 올 수 없게 된 사정을 전했다.

"빨간 종이가 날아와서요."

그레이엄은 갑작스러운 이야기에 눈을 동그랗게 뜨며 가모를 보았다. 가모는 고개를 끄덕이며 말했다.

"소집영장을 받아서 육군에 징집됩니다. 입대는 다음 주지만 그전에 고향 친척들을 뵙고 오려고요. 가게는 오늘부터 쉽니다. 그러니 체스를 두는 것도 오늘이 마지막입니다."

"그렇군. 일본 육군에 입대를 한단 말이지."

그레이엄의 미간에 깊은 주름이 생겼다. 그는 아쉽다며 중얼거리더니 의자에서 일어나 가모에게 손을 내밀었다.

"건투를 비네. 그동안 자네에게 신세를 많이 졌네. 언젠가 다시 자네와 체스를 두는 날이 오면 좋겠군."

그레이엄과 악수를 하던 가모는 속으로 쓴웃음을 지었다.

'자네에게 신세를 많이 졌군.'

그레이엄은 이렇게 말했다.

그는 죽는 날까지 이 말의 진정한 무게를 모를 것이다. 하마터면 폭탄 테러 용의자로 체포될 뻔한 자신을 가모가 아슬아슬한 상황에서 구해준 것을 말이다.

일본 헌병대가 영국 총영사 그레이엄을 용의자로 지목한 이유는 비밀조직의 접선장소마다 그가 나타났기 때문이다. 게다가 헌병대는 조사를 통해 지령서로 보이는 암호문에 사용된 종이가 영국 총영사관에서만 사용되는 특수한 종이란 사실을 밝혀냈다.

정황만 놓고 보면 그레이엄이 지령서를 전달했을 가능성은 매우 높았다.

물증으로는 검은색이다.

그러나 가모가 그레이엄과 직접 접촉하면서 얻은 심증은 오히려 흰색에 가까웠다.

이러한 모순 앞에서 가모는 어느 쪽이 옳은지 확실한 판단을 내려야 할 기로에 섰다.

생각을 바꾸어서 양쪽 다 맞는 경우라면 어떨까?

테러 조직의 지령서를 접선 장소에 전달하고도 그 사실을 정작 본인이 모르고 있다면?

사흘 전 영국 총영사 관저에 잠입했던 가모는 현장에서 나오기 직전에 유키 중령이 시사한 작은 힌트로 어떤 가능성에 착안했다. 그리고 조사를 통해 그 가정이 옳았음을 확인했다.

영국 신사다운 모습에 집착하는 그레이엄은 어디를 가든 지팡이 대신 우산을 손에 든다.

가모는 서재 우산꽂이에 세워져 있는 그레이엄의 우산을 살펴보다가 우산 손잡이에서 빈 구멍을 발견했다.

그레이엄이 '착한 배달부'로 이용당했다면? 우산 손잡이에 들어 있는 암호문을 본인은 전혀 알지 못한 채 지니고만 다녔다면 가모를 헷갈리게 한 모순은 쉽게 설명된다.

대체 누가 무엇을 위해 그런 수고스러운 일을 한 걸까.

'여기에 대한 답도 곧 밝혀지겠지.'

그레이엄과 마지막으로 체스를 두며 가모는 흘끗 시계를 보았다.

영국 총영사 관저로 출발하기 직전 가모는 익명으로 한 통의 전화를 걸었다.

상대는 요코하마 헌병대 본부였다.

공을 세우려고 안달하는 요코하마 헌병대가 육군 참모본부의 제지를 싹 무시하고는 영국 총영사 어니스트 그레이엄을 용의자로 체포하기 위해 막 출발하려던 참이었다.

헌병대장을 바꿔달라고 한 가모는 다가오는 황기 2600년 기념식에서 주요 인사 암살 계획을 꾀하고 있는 주모자들의 이름과 직업, 상세한 주소를 알려주었다.

헌병대장은 갑자기 걸려온 익명의 전화에 당혹스러운 눈치였지만 상관없었다. 가모는 정보의 신빙성을 의심하는 그에게 위협하듯 낮은 목소리로 다음과 같이 말하고 전화를 끊었다.

'찬스는 오늘 밤뿐이다. 즉시 출동해 체포하지 않으면 영원히 놓칠지도 모른다.'

애당초 '황기 2600년 기념식에 참석하는 주요 인사 암살 계획' 음모가 존재한다는 사실 자체가 극비사항이다. 요코하마 헌병대로서는 암살 계획을 아는 자로부터의 정보를 무시할 수 없을 것이다.

적어도 오늘 밤은 헌병대에게 그레이엄을 체포할 여유가 없다.

가모가 언급한 용의자는 열 명에 달한다. 단 한 명도 놓치지 않으려면 요코하마 헌병대 전원을 동원해야 한다. 지금쯤 용의자의 거주지를 급습해 체포하는 중이겠지.

"나이트로 퀸을 잡아보죠."

가모는 그레이엄이 쳐 놓은 단순한 속임수를 모르는 척 대담하게 말을 전진시켰다.

'체포한 자들을 아무리 신문해보라지. 영국 총영사 그레이엄이 관계되었다는 증거는 나오지 않을 테니까.'

가모는 확신하고 있었다.

첩보전에서 우산 손잡이에 통신문을 숨기는 건 진부하다고 할 정도로 흔해 빠진 방법이다. 통신문을 전달하려면 굳이 그런 귀찮은 방법을 쓸 필요가 없다. 너무 단순한 수법이라서 조사 과정에서 그 부분을 놓친 일이 이번 사건의 맹점으로 작용했다.

가모는 누군가가 일부러 이런 수단을 선택했다고 보고 있다.

목적은 그레이엄에게 테러 혐의를 덮어씌우는 데에 있다.

혐의를 받은 그레이엄의 결백을 완벽히 증명하는 것은 가모에게도 쉽지 않은 일이었다.

처음부터 없었던 것을 증명하기란 불가능하다.

일반적으로는 그렇다.

그레이엄이 범죄에 연루되었을 가능성을 없애는 방법이 한 가지 있었다.

진짜 범인을 찾는 것.

관저에 침입했던 그날 밤 가모는 그레이엄의 우산에 살짝 손을 써 두었다.

손잡이를 빼서 안에 있는 구멍에 손가락을 집어넣으면 손에 잉크가 묻어나게 하는 장치였다.

D기관이 육군 연구소에 의뢰해 개발한 특수 형광잉크다. 이 잉크는 평소에는 무색투명하지만 특정한 파장의 빛에 반응하여 색을 발한다.

그 후 사흘간 가모는 그레이엄을 미행하며 주변 사람들의 손가락을 유심히 살펴보았다.

가모가 몰래 가져간 장치로 빛을 비추자 몇 사람의 손가락에 색이 나타났다.

영국 총영사관에서 근무하는 중국인 서기관, 그레이엄이 출입하는 빌딩의 물품보관소 담당자, 카페의 웨이터 등이다.

그들이 그레이엄의 우산을 이용해 통신문을 주고받았음이 분명했다.

그레이엄의 손가락은 내내 무색이었다.

정황상 '거의 흑'이던 그레이엄의 혐의가 이 시점에서 완전히 풀렸다.

새로 떠오른 용의자들을 헌병대에 넘겼으니 이 가짜 혐의도 곧 해결되리라.

가모는 그레이엄의 혐의 유무를 밝히는 이번 임무를 수행하며 한 가지 결론에 도달했다.

폭탄 테러 계획은 처음부터 존재하지 않았다.

그레이엄 대신 헌병대로 넘긴 중국인들은 모두 열렬한 애국주의자이다. 그들은 지금 중국을 휘젓고 다니는 일본군의 만행에 분노하여 진심으로 폭탄 테러 계획을 실행하려 했으리라.

하지만 중국인들을 모아 지시를 내리고 폭탄 제공을 약속한 조직은 그 존재를 결코 드러내지도 누가 밝혀내지도 못할 것이다. 마치 유령과도 같이.

이번 소동의 목적은 영국 총영사를 일본 헌병대가 체포함으로써 영일英日 관계 악화를 유도하려는 것이었다. 유령 같은 조직은 이 계획에 일본에 거주하는 중국인 애국주의자들을 이용했다.

수법으로 미루어 보건대 어느 국가의 스파이가 배후에서 은밀하게 움직였음이 분명하다.

중국 대륙에서 일본군 병력을 철수시키기 위해 중국공산당이 일본 땅에 거주하는 자국의 애국자를 이용한 것일 수도 있다. 혹은 만주와 몽골에서 일본군과 직접 대치 중인 소련 첩보부의 짓이거나 유럽에서 영국과 첨예하게 대립하는 독일이 일본을 자기들 편으로 끌어들일 심산으로 쓴 책략일 가능성도 있다.

배후에서 조종한 스파이가 있다 해도 여기서 더 자세히 알아내는 작업은 결코 간단하지 않다.

- 어떤 조사도 완벽한 것은 없다. 그것을 잊지 말도록.

유키 중령은 가모에게 필요 이상으로 깊이 파고들지 말라 경고했다.

이번 임무는 이쯤에서 중단해야 한다.

그레이엄의 혐의가 풀리자 유키 중령은 가모에게 임무가 끝났음을 알렸다.

가모는 육군 징집 대상자를 가장해 그레이엄의 앞에서 모습을 감춤으로써 지금까지 진행한 작전에 종지부를 찍었다.

작전 중에 격리보호 상태였던 진짜 가모 지로는 그대로 군에 징집되어 대륙으로 보내질 예정이다. 가모가 그레이엄에게 거짓말만 한 건 아닌 셈이다. 그는 그레이엄이 일본을 떠날 때까지 전쟁터에서 부상을 입어도 임시귀국조차 허가받을 수 없도록 조치 되었다. 어떤 일이 있어도 그레이엄이 진짜 가모 지로와 만날 위험은 없다.

오늘 밤 헌병대에 체포된 자들 중에는 영국 총영사관의 서

기관이 포함되어 있지만 황기 2600년 기념식 주요 인사 암살 계획이 표면상으로는 존재하지 않는 극비 사항인 이상 내일 총영사 그레이엄은 '서기관이 어젯밤 술에 취해 난동을 부린 이유로 체포되었다'라는 보고를 받을 것이다.

그레이엄은 자신이 실로 엄청난 혐의를 뒤집어썼던 사실과 그의 주변에서 일어났던 긴박한 일들을 앞으로도 영원히 알지 못할 것이다.

가모는 그레이엄이 눈치채지 못하도록 마지막 한 판 승리를 양보하고 자리에서 일어났다.

마지막이라 그런지 그레이엄은 전에 없이 현관까지 나와 그를 배웅했다.

"내일부터 자네 없이 어떻게 시간을 보내지?"

그레이엄은 헤어지기가 못내 아쉬운 얼굴이었다. 그가 한 번 더 악수를 청했다. 손등에 흰 털이 무성한 그의 손을 잡자 그레이엄이 좌우를 살피며 작은 소리로 말했다.

"우리끼리 얘기인데 어쩌면 나도 가까운 시일 내에 일본을 뜰지도 모르겠어."

"귀국하십니까?"

"자네도 알다시피 나는 일본이 꽤 마음에 든다네. 나 혼자면 여기서 계속 살아도 괜찮은데 집사람이 말이야……."

"부인께서요? 무슨 일이 있었습니까?"

"아무래도 늘 앓던 신경쇠약 때문인 듯한데."

그레이엄은 주저하듯 잠시 머뭇거리다가 목소리를 좀 더 낮추고는 이렇게 말했다.

"유령을 봤다며 겁에 잔뜩 질려 있어."

"유령이요?"

"사흘 전 밤에 소리 없이 집안을 떠돌아다니는 남자 유령을 봤다나. 이런 집에서는 하루도 더 못 살겠다는 소리만 되풀이하고 있다네. 내 말은 듣지도 않아. 자네도 알겠지만 이 관저는 세워진 지도 몇 년 안 됐고 여기서 죽은 사람도 없어. 영국처럼 조상 대대로 사는 오래된 저택이라면 모를까 이런 집에서 과연 유령이 나오겠냐 이 말일세."

가모는 그의 말이 지당하다는 듯 미소 띤 얼굴로 말없이 고개를 끄덕였다.

"자네도 그렇게 생각하지? 근데 집사람은 내가 몇 번을 말해도 들은 척도 안 한다니까. '제발 영국으로 돌아가자'며 막무가내야. 집사람이 친척들에게 손을 써서 정부기관에 괜찮은 자리를 마련했다니 뭐 안갈 수도 없는 노릇이고."

어쩔 수 없다는 듯이 중얼거리는 그레이엄의 눈동자에는, 그러나 미처 숨기지 못한 야심이 활활 불타고 있었다.

'이 나이에도 한 계단 올라갈 기회가 찾아오는군.'

이 기쁨을 누군가와 나누고 싶어 견딜 수가 없는 모양이었다. 가모는 싹싹한 태도로 그레이엄이 더 좋은 자리에 가게 된 것을 축하하며 이별을 고했다.

7

항구로 이어지는 언덕길을 내려가며 가모는 방금 들은 정보를 반추해 보았다.

'어니스트 그레이엄은 조만간 영국으로 귀국해 정부 요직을 맡는다.'

관저에 잠입했던 그날 밤 가모는 그레이엄의 일기를 훔쳐보았다.

인도에 살 때 벌인 악랄한 사업, 여성 편력, 남들에게는 말 못할 무시무시한 욕망, 귀족계급을 향한 갖은 욕설.

눈으로 한 번 훑은 일기를 글자 한 자 빠트리지 않고 정확히 떠올릴 수 있다.

그레이엄은 그 정보가 공개되는 걸 원치 않는다. 특히 부인에게 알려지는 사태를 무엇보다 두려워한다.

그레이엄이 귀국 후 정부 요직을 맡아 일하며 극비 정보에 자유롭게 손댈 수 있게 되는 그날, 과거의 유령이 다시 나타난다. 정체불명의 누군가가 그레이엄을 은밀히 찾아가 부인에게 일기 내용을 알리지 않는 걸 조건으로 영국 정부의 극비 정보를 요구한다.

협박과 대가.

그레이엄은 영혼을 팔아서라도 지위를 유지하려 할 것이다.

그때야 비로소 부인이 일본에서 본 유령의 참된 의미를 깨달으리라.

가모 지로라는 남자의 정체를 말이다.

'그날이 올 때까지 조금 더 기다리자.'

앞으로 몇 명의 적을 더 쓰러뜨릴 수 있을까.

새로운 임무에 대한 기대가 그의 심장을 뛰게 했다.

그는 체스를 좋아하는 호쾌한 청년 가모의 가면을 벗어던지고 휘파람을 불며 어둑해진 언덕길을 내려갔다.

로빈슨

1

런던에서 차마 눈뜨고는 못 볼 실책이 있었다.

그랜드호텔을 나오자마자 미행이 따라붙은 걸 알아차렸다. 이자와 가즈오伊沢和男는 얼굴을 찌푸렸다.

뒤돌아보지 않고 감각만으로 미행자의 동향을 파악한다.

'두 명, 아니 세 명인가?'

이자와는 런던에서 발행되는 중도 노선의 고급 일간지 '데일리텔레그래프The Daily Telegraph' 사옥 앞에서 발을 멈췄다. 그는 쇼윈도에 진열된 신문을 읽는 척하면서 유리에 비친 미행자들을 살폈다.

'틀림없군.'

눈에 잘 띄지 않는 회색 양복에 회색 중절모를 쓴 보통 체격의 남자가 10미터가량 떨어진 중고서점을 바라보고 있었다. 반대편 길가에서 아무렇지 않은 척 빵집으로 들어간 남자가 파트너일 것이다.

두 사람 모두 아마추어는 아니다.

그렇다면 이자와의 시선이 미치지 않는 장소에 최소 한 명내지 두 명은 더 잠복해 있을 것이다.

이자와는 지금 막 헤어진 상대의 자신만만한 태도를 떠올리고는 작게 혀를 찼다.

'이래서 내가 뒤를 조심하라고 그렇게 주의를 줬건만.'

방금 접선을 마친 상대가 미행을 당한 것이다. 그것 말고는 이자와에게 갑자기 미행이 따라붙을 이유가 없다.

어찌 되었든 지금은 그런 걸 따지고 있을 때가 아니었다.

'자, 그럼 슬슬 움직여볼까.'

이자와는 쇼윈도에서 떨어져 가볍게 휘파람을 불면서 플리트 가Fleet Street, 영국 주요 신문사, 잡지사, 출판사 등이 밀집한 지역를 걸었다.

도중에 '광대의 왕관crown of clown'이라는 카페에 들러 커피를 한 잔 주문했다. 창가 자리에 앉아 태연하게 커피를 마시며 거리에 있는 미행자들의 동태를 살폈다.

중고서점을 바라보던 남자가 카페 앞을 지나쳐 길모퉁이를 돌아 사라지자 잠시 후 예상대로 세 번째 미행자가 모습을 드러냈다.

'이걸로 미행자들의 위치 파악은 다 끝났어.'

이자와는 커피를 마저 마신 뒤 카페를 나섰다.

그리고 가판대 앞에서 동전을 꺼내 이브닝 스탠다드 신문 한 부를 사 들더니 갑자기 뭔가 생각난 얼굴로 때마침 도착한 버스에 올라탔다.

저녁 무렵이라 역 앞에서 교통이 정체되었다. 그는 버스에서 내려 곧장 지하철역으로 들어가 한 구역짜리 표를 구입해서는 개찰구를 통과했다. 그리고 플랫폼으로 들어온 열차의 맨 끝 차량에 올라탔다.

열차 출발 직전이 되자 이자와는 출입문을 억지로 열고 플랫폼으로 뛰어내렸다. 자신을 따라 내린 사람이 없는지 확인하고 반대편 플랫폼으로 향했다.

그곳에서 방금 내린 열차와 반대 방향의 열차에 올라 채링 크로스charing cross 역으로 갔다.

역 앞 광장으로 나와 줄지어 서 있던 택시 두 대를 그냥 보낸 그는 세 번째 택시를 탔다. 적당한 장소에 내려서 다시 택시 두 대를 더 갈아탄 후 운전기사에게 목적지에서 두 블록 떨어진 장소에 세워달라고 했다.

이자와가 옥스퍼드 가oxford street에 있는 건물에 도착했을 때 해는 이미 저문 지 오래였다. 초가을의 런던 거리에는 밤이 일찍 찾아왔다.

그는 가로등 불빛에 모습을 드러낸 간판을 슬쩍 쳐다보았다.

'마에다 런던 포토 스튜디오.'

15년 전 마에다 야타로前田弥太郎라는 사람이 일본에서 런던으로 건너와 이 스튜디오를 차렸다. 개점 초기에는 손님에게 게이샤 풍의 기모노를 입히거나 후지산 풍경화를 배경으로 '가짜 동양풍' 사진을 찍어 팔았으나, 요 몇 년 사이 영국으로 이주해 온 일본인뿐만 아니라 현지인들 사이에서도 '솜씨 좋고 성실한 스튜디오'로 인정받게 되었다. 그러나 세월에는 장사가 없다고 했던가. 최근 마에다의 건강상태가 악화되면서 부부가 함께 일본으로 돌아갔다. 마에다의 뒤를 이어 스튜디오를 맡게 된 사람이 일본에서 사진을 전공한 마에다의 조카 이자와 가즈오였다.

이자와는 스튜디오 뒤쪽으로 돌아들어 가 출입문을 확인했다.

문틈 사이에 머리카락 하나가 끼어 있었다.

외출할 때 해놓고 나간 그대로였다. 지극히 초보적인 방범 장치지만 오늘처럼 갑작스런 호출을 받고 급하게 나갈 때 유용하게 쓰이는 방법이다.

이자와는 주머니에서 열쇠를 꺼내 낮게 휘파람을 불며 문을 열었다.

검은 막을 두른 스튜디오 내부는 완전한 어둠에 잠겨 있었다. 적막한 어둠 속에 이자와의 휘파람 소리만이 조용히 울려 퍼졌다.

젊은 날의 슈베르트가 괴테의 시에 붙인 유명한 멜로디이다.

「마왕」

아들을 안고 말을 달리는 아버지, 질주하는 말, 공포에 떠는 사내아이, 달콤한 말로 어린아이의 영혼을 빼앗으려는 마왕, 겁에 질려 울음을 터트리는 아이. 아버지는 갖은 애를 쓰며 아들을 달랜다. 집에 도착했을 때 아버지가 본 것은……

이자와는 불을 켜려고 스위치 쪽으로 손을 뻗었다. 그러나 손이 스위치에 닿기도 전에 방안이 확 밝아졌다.

눈이 부셔 눈살을 찌푸렸다.

불청객이 와 있었다.

회색 양복에 회색 중절모를 쓴 남자였다. 손에 든 권총은 정확히 이자와를 겨누고 있었다.

"찾았다."

무표정한 남자가 낮은 목소리로 말했다.

"……"

이자와가 말없이 서 있자 남자는 총부리를 겨눈 채 가볍게 어깨를 으쓱해 보였다.

"숨바꼭질은 끝났어. 너를 스파이 용의자로 체포한다."

이자와는 도망갈 길을 찾아 좌우로 재빨리 시선을 움직였다.

그때 등 뒤로 두 자루의 총부리가 이자와의 양 옆구리를 찔러왔다.

'혼자 온 게 아니었군.'

이자와는 몸의 힘을 빼고 천천히 양손을 들었다.

2

"이게 웬 소동입니까? 제가 도대체 뭘 어쨌다는 겁니까!"

이자와는 놈들이 재갈을 풀어주기 무섭게 거세게 항의했다.

스튜디오에서 이자와에게 권총을 들이댄 의문의 남자들은 이자와의 양팔을 꽉 붙들고 밖으로 끌고 나왔다. 그리고 길가에 세워둔 승용차 뒷좌석에 밀어 넣었다.

순식간에 눈가리개와 수갑이 채워졌다. 재갈까지 물렸다. 혀를 내두를 정도로 솜씨가 좋았다. 이런 일에 익숙한 자들이다.

차가 달리기 시작한 뒤에도 양옆에 딱 붙어 앉은 남자들은 말이 없었다.

좌석 아래로 느껴지는 도로의 상태로 추측하건대 차는 런던 시내를 벗어나 어딘가 교외를 향해 달리는 듯했다. 그들은 목적지에 대해서 아무런 설명도 없었다.

30분 정도 지났을까? 갑자기 차가 멈췄다.

문이 열리고 내리라고 재촉하는 누군가의 목소리가 들렸다.

꼼꼼한 몸수색이 있은 후 눈가리개를 한 상태 그대로 양팔이 단단히 붙들려 건물 안으로 끌려들어 갔다.

긴 복도를 따라 걷다가 계단을 오르고 몇 개의 모퉁이를 돌았다. 어느 지점에 이르자 갑자기 바로 앞에서 문이 열리는 기척이 났고 누군가 거칠게 등을 떠다밀었다.

뒤에서 문이 닫히는 소리와 함께 또 다른 사람이 이자와를 끌고 가 의자에 앉혔다.

눈가리개가 풀렸다.

경찰서 취조실 같은 좁은 방이었다.

사방이 흰 벽인 방에는 창문 하나 없었다. 발밑에 얄팍한 회색 카펫이 깔려 있을 뿐이다.

방 한가운데에는 멋대가리 없는 철제 책상이 하나 있고 책상을 사이에 두고 마주 보듯 딱딱한 철제 의자가 하나씩 놓여 있었다. 이자와는 그 중 한 의자에 앉혀졌다.

이자와의 뒤에는 영국 군복을 입은 다부진 체격의 병사 두 명이 양옆을 지키듯 서 있었다.

그리고 또 한 사람이 있었다. 뒤편이라 보이지는 않았지만 분명 누군가의 기척이 느껴졌다.

재갈이 풀리자 곧바로 항의를 시작한 이자와는 고개를 뒤로 돌려 그들을 보려 했지만 금세 양옆에 서 있던 남자들이 어깨와 머리를 내리눌렀다.

"제기랄, 뭐 하는 짓이야? 사람 잘못 봤다니까!"

이자와는 큰 소리로 항의했지만 아무도 대꾸해 주지 않았다.

"이건 분명 무슨 오해가 있었던 것 같소. 부탁이니 수갑 좀 풀어줘요. 아무한테도 말하지 않을 테니 집으로 보내주시오."

책상 위에 놓인 전등이 강한 빛을 내며 이자와를 정면에서 비췄다. 반사적으로 얼굴을 돌리려다가 또다시 머리와 어깨를 양쪽에서 꽉 붙들렸다.

눈 부신 빛 때문에 눈을 반쯤 감고 있자 아까부터 뒤에 조용히 서 있던 사람이 방을 크게 빙 도는 기척이 느껴졌다. 이윽고 이자와를 정면으로 비추는 강한 빛의 그림자 속에서 남자의 낮은 목소리가 들려왔다.

"유감스럽지만 네가 일본 육군의 극비 스파이라는 사실은 이미 들통 났다. 포기해."

"뭐요, 스파이? 내가 일본 육군의 극비 스파이라고요?"

이자와는 어처구니가 없다는 표정을 지었다.

"그게 대체 무슨 얼토당토않은 소리입니까? 그리고 보니 아까 사진관에서 누군가 그런 말을 하던데. 저는 작은 스튜디오

를 운영하는 일개 사진사입니다. 못 믿겠다면 백부에게 확인해
보세요."

"백부?"

"마에다 런던 스튜디오의 주인, 미스터 마에다 말입니다! 얼
마 전에 일본으로 귀국하긴 했지만 야타로 백부라면 제 신분을
증명해줄 겁니다."

"그것도 한 가지 방법이긴 하겠군."

남자가 거드름을 피우며 말했다.

"그런데 이를 어쩌지. 우리는 더 그럴싸한 사람으로부터 너
에 대한 정보를 얻은 거라 말이지. 한번 들어볼 텐가?"

남자가 가볍게 손을 들어 신호를 보내자 방안 어딘가에 설
치된 스피커에서 음성이 흘러나왔다.

"……그럼 말해주겠는데 대신 비밀이야, 진짜 아무한테도 말
하면 안 돼. 너 옥스퍼드 가에 있는 마에다 런던 스튜디오라고
알아? ……응, 맞아. 거기. 그 가게를 운영하던 마에다라는 아
저씨가 얼마 전에 일본으로 돌아가서 대신 조카라는 젊은 남자
가 왔는데 말이야. 근데 너 정말 비밀 지켜야 한다. 이건 극비
사항이니까. ……그래. 나도 알아. 우리 사이에 비밀은 없지. 그
일본에서 새로 온 녀석은 이자와 가즈오라는 놈인데 당신도 본
적 있을걸? ……항상 가게 앞에서 사진기를 만지작거리거든.
작은 몸집에 괜히 아무한테나 친한 척 하는 젊은 남자야. ……

잘생겼냐고? 뭐 그럭저럭 봐줄만 하지. 그래도 생긴 거라면 내가 훨씬 낫지. 어쨌든 그 녀석은 사실 마에다 영감의 조카도 뭣도 아니야. 일본군 스파이라고. ……거짓말? 거짓말이 아니야. 잘 들어 봐. 외무성에서도 극소수 사람들만 아는 얘긴데 일본 육군 내에는 'D기관'이라는 극비조직이 있어. 그 녀석은 거기서 파견됐고. ……목적? 글쎄, 뭐가 됐든지 영국의 내정을 살펴 후방을 교란시킬 속셈 아니겠어. ……그렇지. 나쁜 놈이지. 스파이라는 게 원래 비열하고 남 엿보기 좋아하는 변태들이나 하는 짓이잖아. 무엇보다 우리의 돈독한 우정에 찬물을 끼얹다니 참 괘씸한 놈이지. 그럼 우리 사이를 확실히 하는 의미에서……"

음성이 끊겼다.

녹음이 되는 줄도 모르고 나불나불 지껄이는 저 목소리의 주인공은 소토무라 히토시外村 均였다. 최근 새로 부임한 런던 주재 외교관이다.

부임한 지 2개월도 안 돼 영국 섹스 스파이에게 홀딱 넘어가 침대에서 태평하게 극비정보를 떠벌리다니 외무성도 참 대단한 인물을 보냈다.

"유키는 잘 있나?"

남자가 지나가는 말처럼 던진 질문에 이자와는 퍼뜩 정신이 들었다.

유키 중령의 이름을 아는 걸 보면 상대는 영국 첩보기관에서도 꽤 높은 지위에 있는 자라고 봐도 무방할 것이다. 그렇다면 이자와도 그의 정체를 어느 정도 알아볼 가능성이 있다.

이자와는 눈을 가늘게 뜨고 눈 부신 빛 너머에 앉아 있는 남자의 특징을 자세히 관찰했다.

회색 눈동자, 단단하게 죄여진 마른 체구. 갸름한 얼굴에 짧게 깎은 은발 머리. 그다지 젊은 나이는 아니다. 무난한 회색 양복을 입고 있지만 군복을 입은 다른 자들보다 훨씬 군인다운 외모였다. 오른쪽 뺨에 세로로 길게 남은 상흔은 전쟁터에서 훈장과 맞바꾼 것일 테지.

하워드 마크스 중령이다.

영국 첩보기관에 적을 두고 있는 '보스급 스파이' 중 한 사람이다. 지금은 대령 또는 준장까지 승진했을 가능성도 있지만 양복 차림인 탓에 거기까지는 추측이 어렵다.

적의 정체를 파악한 이자와는 각오를 다졌다.

지금부터는 스파이 대 스파이의 흥정이다.

스파이 양성학교 제1기생.

이자와 가즈오가 D기관에서 받은 수많은 훈련 중에는 '적국 첩보기관에 체포된 경우 대처방법'도 있었다.

"적국에 잠입한 스파이의 정체가 탄로 나는 순간 작전은 실패다."

직접 강단에 선 유키 중령이 어두운 눈동자로 학생들을 둘러보며 말했다.

"그런 상황을 바라는 바는 아니다. 허나 어떤 임무든 실패할 가능성은 항상 존재한다. 중요한 건 임무에 실패했을 경우 어떻게 대처하느냐다. 예를 들면……."

유키 중령은 잠깐 말을 끊더니 비아냥거리듯 입술을 일그러뜨렸다.

"요즘 얼빠진 육군 멍청이들은 작전이나 임무가 실패할 경우를 생각도 하지 않는다. 녀석들은 '우리에게 실패란 없다, 비상시엔 목숨으로 책임진다'고 호언장담을 하는데. 그런 놈들은 병신 중의 상병신이다. 죽는 건 그리 어렵지 않다. 그딴 짓은 누구라도 할 수 있다. 허나 목숨을 끊는다 해도 임무 실패의 책임을 졌다고 볼 수는 없다."

이자와와 동기들은 '살인과 자결은 스파이에게 최악의 선택이다'라는 유키 중령의 말을 귀가 따갑게 들어왔다.

"죽음은 세간의 가장 큰 관심거리다. 누군가 죽으면 어김없이 주위의 관심을 끌게 되고 경찰이 움직인다. 그 와중에 '보이지 않는 존재'여야 할 스파이의 정체가 밖으로 드러난다. 아주 사소한 일이라도 주변의 관심을 끄는 순간, 작전은 실패라 할 수 있다."

D기관 학생들에게 죽음은 가장 피해야 할 상황이었고 일본 육군은 그들의 그런 사고방식을 지독히도 꺼렸다. 스스로 목숨을 끊거나 적을 죽이는 행동이 전제되는 군인에게 스파이는 군대라는 상자 안에 잘못 굴러들어온 썩은 사과였다.

다른 사과까지 썩어들어가기 전에 들어내 버려야 하는 존재라고나 할까.

"만약 제군들이 적에게 붙잡혀 고문을 당한다 해도 동요할 필요는 없다."

유키 중령은 태연하게 그 이유를 다음과 같이 설명했다.

"인간이 느낄 수 있는 고통에는 한계가 있게 마련이다. 고통이 어느 한계를 넘어서면 의식을 잃고 감각의 문이 닫힌다. 사람의 마음을 허물어트리는 것은 고통이 아니라 고통에 대한 두려움이다. 자신의 상상력으로 키운 과장된 공포만 극복한다면 고문 자체는 아무것도 아니기 때문이다."

똑같은 말이 다른 사람의 입에서 나왔다면 전혀 설득력이 없었을 것이다.

그러나 유키 중령은 현역 스파이 시절, 임무를 수행하던 중 동료의 배신으로 적국에서 체포되어 가혹한 고문을 당했다. 신체의 일부를 고문으로 잃고도 빈틈을 노려 적지를 탈출했으며 그 와중에도 극비정보를 본국으로 가지고 돌아왔다. 이러한 실적이 그의 말에 진실성을 부여했다.

"심장이 멈추지 않는 한 무슨 수를 써서든 탈출하라. 그리고 캐낸 정보를 본국으로 가지고 돌아와라. 이게 바로 제군들의 사명이다. 이를 위해 필요한 건 정신력이나 일본 남아의 고유한 정신 같은 막연하고 추상적인 것들이 아니다."

유키 중령은 학생들 한 명 한 명의 마음속을 꿰뚫어 보기라도 하는 듯 차가운 눈빛으로 좌중을 둘러보고 본격적인 설명에 들어갔다.

"제군들이 미리 익혀둘 것은 체포되어 신문당할 때의 대응 기술이다."

이자와는 D기관에서 체포 초기 단계의 대응방법부터 여러 가지 신문 상황을 가정하여 그에 대처하는 기술을 배웠다. 배운 기술이 몸의 일부분으로 자리 잡을 때까지 훈련은 반복되었다.

– 어떤 정보라도 쉽게 털어놓아서는 안 된다. 처음에는 어떤 죄명을 갖다 붙여도 부인하라. 바로 인정해 버리면 반대로 의심을 사기 쉽다.

– 상대가 어느 정도의 정보를 가지고 있는지 알아내라. 먼저 입을 열지 마라. 반드시 상대방이 말을 하게 하라. 다짜고짜 무력행사부터 해온다면 상대가 가진 정보가 별로 없다는 뜻이다.

– 상대를 화나게 만들어라. 그다음 압박에 굴복하는 듯 천천히 털어놓아라. 그래야 적의 신뢰를 얻는다.

－신문하는 쪽이 정보를 캐내는 방식이 되게끔 유도하라. 이를 위해서 일부러 번잡스러운 말로 상대를 혼란시킨다. 어떤 부분은 기억이 안 난다며 얼버무려라.

－신문하는 자는 항상 추리를 하고 싶어 몸이 근질근질하다. 추리의 계기가 될 만한 하찮고 애매한 단서나 슬쩍 봐서는 절대 알아내지 못할 힌트들을 천연덕스럽게 떠벌려라. 상대는 반드시 미끼를 문다.

－신문 또한 어찌 보면 말로 하는 흥정이다. 상대가 정보를 캐내려는 한 당하는 입장에서도 상대의 정보를 캐낼 기회가 생긴다. 그 기회를 절대 놓치지 마라.

'설마 이렇게 써먹게 될 줄이야.'

이자와는 작게 한숨을 내쉬었지만 이내 태연한 얼굴로 마크스 중령을 마주 보았다.

신문은 일주일 동안 계속되었다.

그들은 이자와를 거칠게 다루지는 않았다.

'포로'의 입장에서는 썩 나쁘지 않은 대우였다.

이자와는 신문을 당하는 과정에서 몇 가지 사실을 확인했다.

상대방이 이미 알고 있는 것.

모르고 있는 것.

알고 싶어 하는 것.

잘못 알고 있는 것.

의외로 그들은 이자와가 체포당하기 직전 그랜드호텔에서 만난 사람의 존재는 아직 모르고 있었다.

"이 정도 했으면 됐잖습니까?"

이자와는 적당한 시기를 봐서 매우 지친 모습을 가장해 천천히 고개를 저었다.

"내가 아는 건 다 말했습니다. 전부 다 깨끗이 털어놨다고요. 거짓은 조금도 없습니다. 이제 더는 할 말도 없어요."

"아닌 게 아니라 지금까지 네가 한 증언들의 내용은 그리 나쁘지 않아."

마크스 중령은 파이프에 담뱃잎을 채운 후 불을 붙였다.

"아귀가 너무 잘 맞아떨어져서 신경이 쓰일 정도지."

"잘 맞을 수밖에요. 진실만을 말씀드렸으니 당연하죠."

"그럴지도 모르지. 그 반대일 수도 있고."

"거참, 무슨 의심이 그리도 많으십니까?"

마크스 중령은 천천히 담배 연기를 내뿜으며 혼잣말처럼 읊조렸다.

"네가 유키의 부하만 아니라면 이쯤에서 우리도 납득했겠지."

"유키? 유키 중령, 제기랄 그딴 자식 똥이나 처먹어라!"

이자와는 돌연 언성을 높이며 빠른 어조로 유키 중령에 대해 온갖 욕설을 퍼부었다.

피도 눈물도 없는 놈.

사람을 팔아 치우는 놈.

뚜쟁이.

저승사자.

젊은이들의 생피를 빨아 먹는 흡혈귀.

사디스트.

…….

실컷 욕설을 퍼붓고 나서 이자와는 기운이 빠진 듯 고개를 푹 꺾어 책상 위에 이마를 박았다.

"아이고, 좀 봐주세요. 이젠 할 만큼 했잖습니까. 이 이상 내게 뭘 더 바라십니까?"

"간단해. 알고 있는 것 전부를 털어놓게나."

이자와는 한숨을 내쉬고 눈동자만 위로 굴려 상대를 살폈다. 그리고는 잠시 뒤 작은 소리로 중령에게 말했다.

"당신네 쪽에서 저를 써 보지 않겠습니까?"

마크스 중령은 파이프 담배를 문 채 상당히 놀란 얼굴로 물었다.

"영국 쪽 이중 스파이를 해보겠다는 건가?"

"여기까지 발설한 마당에 어차피 난 이미 배신자요. 일본에 돌아간다는 건 생각도 못 할 일이고. 이렇게 된 이상 될 대로 돼라지요. 저를 써주신다면 뭐든지 하겠습니다."

마크스 중령은 실눈을 뜨고 잠시 이자와를 빤히 쳐다본 후 입을 열었다.

"좋아, 그럼 다음 단계로 넘어가지."

"다음 단계라고요? 설마 이제 와서 고문하는 건 아니겠지요?"

"아쉽지만 고문 같은 건 없다. 우리는 나치와 다르거든."

마크스 중령은 파이프를 입에 물고 섬뜩한 웃음을 지으며 말했다.

"단, 진심으로 우리 편에 설 셈인지 아닌지 너의 본심을 확인해 둘 필요는 있지."

'본심을 확인한다고?'

이자와의 등 뒤로 문이 열리더니 군복을 입은 한 남자가 방으로 들어왔다. 남자는 책상 위에 작은 은색 상자를 올려놓고 마크스 중령에게 경례를 한 뒤 말없이 도로 밖으로 나갔다.

마크스 중령은 상자의 뚜껑을 열고 주사기 하나를 꺼냈다.

"우리가 개발한 최신 자백 유도제야."

투명한 액체가 들어 있는 주사기를 이자와의 눈앞에 들이대며 태연하게 말했다.

"포악스러운 고문보다 더 깔끔하게 네 본심을 확인할 수단이지."

이자와는 눈을 크게 뜨며 몸을 비틀어 의자에서 일어나려고 버둥댔다.

"뭐하는 거야! 부탁이오. 그것만은…… 제발 하지 마."

등 뒤에서 뻗어온 건장한 팔뚝 네 개가 이자와를 강제로 의
자에 앉히고 옴짝달싹도 못하게 내리눌렀다.

놈들이 그의 오른팔 셔츠를 말아 올렸다.

드러난 팔에 주삿바늘이 박아 누르듯 꽂혔다.

3

"작별 선물이다. 가져가."

슬쩍 눈을 치켜뜬 유키 중령은 서랍 안에서 종이꾸러미 하
나를 꺼내 이자와에게 던졌다.

D기관에서 훈련을 마친 이자와가 첫 임무를 맡아 런던으로
출발하는 날이었다.

스파이의 특성상 해외로 부임해도 다른 군인과 달리 성대한
환송회 따위는 없었다. 가족은 물론 D기관 동기에게조차 한마
디 언급도 없이 조용히 떠난다.

유키 중령만이 유일한 예외였다.

D기관 학생들 사이에서 '마왕'이라 불리는 유키 중령은 파견 명령을 받은 스파이의 부임지와 임무 내용, 출발 일시까지 정확히 알고 있었다.

마지막 인사를 하는 이자와에게 유키 중령은 작은 종이꾸러미를 던져 주었을 뿐 평상시와 다름없이 표정이 읽히지 않는 얼굴로 서류업무를 할 뿐이었다. 이 꾸러미와 관련해 무슨 설명이라도 있나 해서 기다렸지만 나가봐도 좋다는 손짓만 돌아왔다.

"거참, 명색이 첫 임무인데. 잘 해보라고 어깨라도 한번 두드려주면 손에 금이라도 가나?"

유키 중령의 태도가 자못 섭섭했던 이자와는 종이꾸러미를 열어보려고도 하지 않고 곧바로 항구로 향했다.

배웅하는 사람 하나 없이 영국행 선박에 오른 이자와는 배의 출항을 축하하는 화려한 행사가 끝난 뒤 객실로 돌아와 침대에 드러누웠다. 문득 유키 중령이 작별 선물이라며 준 종이꾸러미 생각이 났다.

꾸러미를 풀어보니 빨간 표지로 된 한 권의 책이 나왔다.

빠른 속도로 휙휙 책장을 넘기자 가로쓰기로 된 알파벳 단어가 눈에 들어왔다. 영어 원서다. 책장을 끝까지 넘겨보았지만 카드 한 장 들어 있지 않다.

고개를 갸우뚱거리며 책 제목을 확인한 이자와는 자신도 모르게 웃음을 터뜨릴 뻔했다.

『*The Life and Strange Surprising Adventures of Robinson Crusoe*』

『로빈슨 크루소의 생애와 이상하고 놀라운 모험』

일본에도 『로빈슨 크루소』 또는 『로빈슨 표류기』라는 제목으로 각종 초역서가 출판된 책이다. 이자와도 어린 시절에 읽은 기억이 있었다.

"영국까지의 긴 항해 기간 동안에 책이라도 읽으며 시간을 때우라는 뜻인가?"

이자와는 석연치 않은 웃음을 지으면서 침대에 누운 채로 책을 읽기 시작했다.

- 요크 출신 선원인 로빈슨은 아버지의 만류를 뿌리치고 모험을 떠나지만 큰 태풍을 만나 배가 난파한다. 로빈슨은 운 좋게 생명을 부지하고 혼자 무인도에 정착한다. 가까스로 난파된 배에서 건진 변변찮은 도구로 집을 짓고 곡식을 재배하며 꿋꿋하게 살아간다.

그가 무인도에 정착한 지 25년째 되던 해에 평화로운 일상에 사건이 발생한다.

로빈슨은 해안가에서 '식인종'에게 잡아먹힐 위기에 처한 야만인 청년을 구해준다. 그날이 마침 금요일이라 그 청년의 이름을 '프라이데이'라고 지어준다.

'또 한 명의 주민'을 얻은 섬에는 그날을 기점으로 많은 방문자가 나타나기 시작한다. 숱한 고난 끝에 로빈슨은 고국 영국으로 돌아가지만…….

오랜만에 다시 읽은 로빈슨 크루소의 모험기는 의외로 흥미로웠다. 하지만 로빈슨이 진지하고 집요하게 그리고 바보스러우리만큼 되풀이하는 '신의 말씀'과 '정의의 문제'에 관한 내용은 논리가 뒤죽박죽이라 넌더리가 났다. 작품 속에서 시종일관 계속되는 백인중심주의도 역겨웠다.

책이 흥미로웠던 이유는 다른 데에 있었다.

로빈슨은 무인도에서 홀로 생존을 이어가면서도 고집스럽게 영국인의 자부심을 지키려 한다. 이자와가 느끼기에 그런 로빈슨의 정신자세는 스파이와 정확히 일치했다.

무인도에 표류한 사람이나 신분을 위장해 다른 나라에 잠복한 스파이는 동료도 하나 없이 홀로 살아가므로 항상 정신적인 위기에 노출되어 있다.

주변 사람들의 눈을 속이는 행동은 일반적인 사람들의 생각과 달리 그렇게 힘든 일이 아니다. 속이는 행위 자체는 경험 여부의 문제일 뿐 스파이도 직업의 하나라고 보면 별것 아니었다.

"그 정도는 어지간한 사람이라면 누구든지 가능하다."

D기관 사람이라면 하나같이 입가에 가벼운 미소를 띠며 이렇게 말하리라.

배우, 사기꾼, 마술사, 도박꾼.

이런 직업에 종사하는 사람들도 스파이와 마찬가지로 사람들을 속이며 살아간다.

단 활동시간 면에서 엄청난 차이가 있다.

스파이의 업무에는 휴식시간이 단 1초도 없다.

사기꾼이나 마술사 같은 사람은 자신의 연기를 언제든지 내려놓고 관객 속에 섞여 들어가 편하게 즐기는 순간이 있다. '역할'에서 벗어나 본연의 모습으로 돌아가는 시간이 허용되는 것이다.

하지만 적국에 잠입한 스파이는 한순간도 긴장의 끈을 놓지 말아야 한다. 그들은 그런 위안에 마음을 내려놓을 수 없으며 자기 자신과 전혀 다른 사람의 인격을 내부에서 끊임없이 동화시키며 살아야 한다.

'이자와 가즈오'라는 이름과 경력도 이번 임무 수행을 위해 부여받았다.

진짜 이자와 가즈오는 런던에서 사진관을 경영했던 마에다 야타로의 조카이며 실제로 일본에서 사진을 공부한 청년이다. 지금은 육군에 복무 중이며 외부와의 접촉이 전혀 없는 곳에서 병역의 의무를 다하는 중이다.

이자와는 런던의 정보를 수집하고 분석하여 일본으로 보내는 잠입 스파이 임무를 맡고 있었다. 만약 누군가가 한순간이라도 '정말 이자와 가즈오 맞나?'라는 의심을 하는 날에는 임무에 커다란 지장이 온다.

이자와 가즈오라는 사람에 관한 방대한 정보는 일본을 떠나기 전에 철저하게 머리에 심어 두었다.

그 덕에 어떤 상황과 장소에서든 누가 물어도 마에다 야타로의 조카 이자와 가즈오로 행세하는 게 가능했다. 만전을 기하기 위해 사진 기술도 습득해야 했지만 D기관에 몸담고 있는 사람에게 그쯤은 일도 아니었다. 실제로는 과거의 인간관계나 사소한 버릇, 음식의 기호처럼 사사로운 정보를 맞추는 데에 더욱 신경을 곤두세워야 했다.

한순간이라도 방심하면 그 자리에서 파멸한다.

그것은 외딴 섬에 홀로 사는 동안에도 자신이 영국인이라는 자각을 잃지 않으려 노력했던 로빈슨 크루소의 생활과 흡사했다.

로빈슨 크루소는 무인도에서 성서를 읽고 예수 그리스도에게 기도를 올린다.

로빈슨 크루소는 무인도에서 곡식을 재배해 밀을 빻고 빵을 굽는다.

로빈슨 크루소는 무인도에서 파이프를 만들어 담배를 핀다.

로빈슨 크루소는 산양의 가죽으로 바지를 만들어 영국풍의 복장을 갖춘다.

로빈슨 크루소는 '프라이데이'라고 이름 붙인 야만인 청년에게 자신을 '주인어른'이라 부르게 하고 당연한 듯 강제적인 주종관계를 맺는다.

……

생존 문제와 결부하면 거의 쓸데없는 내용이었다. 무인도에서는 로빈슨 크루소가 말하는 소위 '야만인 생활'이 훨씬 적합한 생활방식일 것이다.

그 모든 건 로빈슨이 영국인으로서 살기 위해 필요한 일이었다. 로빈슨 크루소는 무인도에서 홀로 생활하면서 '영국인'이라는 역할을 버리지 않았으며 스스로 창조한 그 역할에 자신을 동화시켜 나갔다.

이 책은 스파이의 일상을 그린 일종의 우화였다. 스파이가 잠입지에서 만든 가족과 친구에게 무엇하나 밝히지 않은 채 태연히 살아간다는 이야기다.

– 스파이 소설로서의 『로빈슨 크루소』.

그렇다 해도 유키 중령이 그런 문학적 모티브에 흥미를 느낄 사람인가. 누군가에게 별 뜻 없이 한 권의 책을 건넬 사람은 더더욱 아니다.

이자와는 신중하게 페이지를 넘겼다. 여백에 어떤 지시사항을 적어 놓지는 않았을까 싶어서 꼼꼼히 확인해 보았지만 헛수고였다. 모든 페이지가 깨끗했고 책을 과연 누가 만지기나 했는지도 가늠하기 어려웠다.

확실히 해 두려고 D기관에서 사용하는 여러 시약과 자외선 램프도 동원해봤지만 비밀 잉크가 사용된 흔적은 없었다.

로빈슨의 모험기를 앞에 두고 이자와는 객실 침대 위에서 양반다리를 하고 팔짱을 낀 채 유키 중령의 의도를 다각도로 추측해 보았다.

'로빈슨 크루소는 28년 동안 무인도 생활을 했다. 이번 임무에 대해 그렇게 오랜 기간 동안 잠입할 각오를 하라는 뜻인가?'

한동안 이것저것 궁리해 봤지만 끝내 진의를 파악하지 못했다. 이자와는 다시 한 번 처음부터 책을 읽기로 했다. 그러다 문득 책 마지막에 첨부된 저자 경력의 한 문장이 이자와의 눈길을 끌었다.

- 저자 대니얼 디포는 앤 여왕의 스파이였다.

이어진 내용은 다음과 같았다.

17세기 말부터 18세기 초에 살았던 위대한 작가 대니얼 디포는 영국 군주체제 하의 '앤 여왕의 영예로운 비밀 기관'에서 일했다.

잉글랜드와 스코틀랜드 통합의 배후에서 은밀히 활약했고 '알렉산더 골드스미스' 또는 '클로드 기요' 등 현재까지 밝혀진 바 있는 복수의 가명으로 각지를 여행했다. 그는 여행 도중 자신과 직접 연결된 하노버 파의 스파이망을 구축하는 한편 적국 스파이의 정체를 파헤치는 데에 힘썼다.

뿐만 아니라 디포는 천문학과 연금술에도 정통했으며 이에 관한 지식을 이용해 각종 암호를 고안했다. 또한 전 생애에 걸쳐 당대의 일류 인기 작가로서 명성을 이어간다.『로빈슨 크루소』,『몰 플랜더스』,『잉글랜드와 웨일스의 여행』. 디포의 이런 저작활동은 스파이 임무의 자투리 시간을 활용한 '짭짤한 부업'이었다.

'런던에서 사진관 일로 돈 좀 벌어보라는 소리인가?'

이자와는 쓴웃음을 지으며 테이블 위로 책을 던져 버리고 침대에 벌렁 누웠다.

유키 중령의 의도를 이것저것 생각하는 것은 그만두자.

유키 중령이 일부러 감추었다면 지금으로선 이자와가 알아낼 도리가 없다.

'때가 되면 반드시 무언가의 단서가 될 테지.'

이렇게 생각할 수밖에 없었다.

눈을 감자 졸음이 쏟아졌다.

잠들기 전 머릿속에 무언가가 번뜩 떠올랐다.

'그래. 그거였어.'

하지만 의문이 완전히 풀린 것은 아니다.

수수께끼의 답이 곧 손에 닿을 듯하다.

……조금만…… 조금만 더…… 아주 조금만 더 가면 되는데…….

'제길.'

이자와는 눈을 감은 채 살짝 얼굴을 찡그렸다.

아까부터 귓가에 들려오는 거슬리는 소리가 생각의 정리를 방해한다. 저건…… 휘파람 소리? ……슈베르트의 「마왕」 멜로디잖아. 칠흑 같은 어둠 속에서 아이를 안고 말을 달리는 아버지. '마왕이 와요, 마왕이!' 하며 바들바들 떠는 사내아이. 아가야, 저건 마왕이 아니야. 앙상한 나무의 그림자일 뿐이란다. 아니 아니야. 그렇지 않아. 저것은. 그림자가 뒤를 돌아본다. 얼굴이 보인다. 저것은…….

'유키 중령이다.'

4

"으악!"

이자와는 비명을 지르며 눈을 떴다.

눈앞에 있는 물건의 윤곽이 이중 삼중으로 뿌옇게 보였다.

마치 런던의 희뿌연 안갯속에 있는 것처럼.

힘주어 몇 번이고 눈꺼풀을 깜빡이자 초점이 어느 정도 잡힌다.

정신을 차리니 옅은 회색빛의 눈동자가 자신을 정면에서 바라보고 있다.

"기분은 좀 어때?"

마크스 중령이 싱글대며 날씨 얘기라도 하듯 이자와에게 물었다.

"글쎄, 나쁘진 않네요."

이자와도 반사적으로 씩 웃으며 대답했다.

솔직히 말하면 속이 울렁거려서 당장에라도 토하고 싶을 지경이었다. 자신의 목소리가 아득하게 들린다. 머리는 식은땀으로 흠뻑 젖어 있었다.

"사실은 죽을 지경일 텐데? 아무래도 약 효과가 떨어진 모양이군."

마크스 중령이 중얼거리는 소리가 귓가에 들렸다.

'약…… 효과?'

몽롱한 의식 속에서 문득 자신이 처한 상황이 머리에 떠올랐다.

- 자백 유도제.

지금까지 의식 없는 상태에서 신문을 당한 모양이다.

마크스 중령은 옆에 서 있던 군복 차림의 동양계 남자에게 턱짓으로 물러가라 명령했다. 아마도 내가 내뱉는 말을 통역했겠지.

대체 몇 시간이나 신문을 당한 걸까?

시간 감각을 완전히 잃어버렸다. 아니 그보다도.

'난 무슨 질문에 어떤 대답을 한 거지?'

가늘게 눈을 뜨고 정면을 살핀다.

곧이어 이자와는 '그것'을 깨닫고 엉겁결에 신음하고 말았다.

부하를 불러 낮은 목소리로 지시를 내리는 마크스 중령의 표정은 지극히 만족스러워 보였다.

"물 좀 마시겠나?"

마크스 중령이 이자와를 향해 고쳐 앉으며 물었다.

물이라는 말을 듣고 나자 갑자기 목이 타들어가는 듯한 갈증을 느꼈다.

마크스 중령은 부하에게 주전자와 컵을 가져오라 지시했다.

"이 자백 유도제는 갈증이 생기는 부작용이 있어. 그게 유일한 단점이라네. 아직 미완성인 게지."

마크스 중령은 직접 컵에 물을 따라 이자와에게 권하며 쾌활한 어조로 말했다.

이자와는 건네받은 물을 단숨에 들이켠 후 크게 한 번 숨을 내쉬고 물었다.

"제가 무슨 말을 했습니까?"

"걱정할 필요 없네. 자네가 지금까지 털어놓은 내용을 혹시나 해서 확인한 거니 말이야."

마크스 중령은 파이프에 불을 붙이다가 문득 떠올랐다는 듯이 덧붙였다.

"호들갑 떨 일은 아니지만 새로운 사실도 알아냈지."

"새로운 사실?"

"그쪽이 쓰는 무전암호에 관한 비밀 중 우리에게 말하지 않은 게 있었더군. 모스부호morse符號로 정보를 보낼 때 사용하는 암호명 외에 개인의 독특한 버릇도 함께 등록해 이중으로 보안을 한다는 것 말이야. 개인별로 신호에 사용하는 점과 선의 길이가 다 달라서 지문 같은 역할을 한다면서."

"내가 그런 것까지……."

"그리 나쁘게만 생각하지 말게."

마크스 중령은 살짝 어깨를 으쓱였다.

"이러는 편이 자네한테도 이득이니까."

"나한테 이득이라고요?"

"그래, 잘 된 일이지."

마크스 중령은 성과에 크게 만족했는지 계속 친밀한 태도로 말을 건넸다.

"자네 의지와는 상관없이 다소 난폭한 방법을 쓴 건 사과하지. 하지만 덕분에 우리는 자넬 믿기로 했어. 앞으로 우리와 함께 일하게 될 거야."

이자와는 의심스런 눈초리로 상대를 응시했다.

마크스 중령의 태도가 이해되지 않았다. 도대체 무엇이 그를 저리도 의기양양하게 만들었을까.

"그래. 이왕 이렇게 됐으니 선심 한 번 쓰지. 뭘 말했는지 알려 주겠네."

마크스 중령은 파이프를 입에 물고 곁눈으로 흘끗 이자와를 보며 말했다.

"자넨 바로 아까까지 우리가 묻지도 않았는데 '제기랄 유키에게 속았어', '유키 중령이 날 팔았다고'라고 몇 번이고 반복해서 말하지 않았나. 유키에게 버림받은 남자. 자네를 신뢰하기에 이것만 한 보증서가 어디 있겠나? 하하하!"

마크스 중령이 유쾌하게 웃음을 터트리자 오른쪽 뺨에 길게 남은 상흔이 기괴한 형태로 일그러졌다.

이자와는 입술을 꽉 깨문 채 코앞에서 웃고 있는 마크스 중령을 분노에 찬 눈빛으로 노려보았다.

하지만 얼마 지나지 않아 스스로 눈길을 돌리고 힘없이 고개를 떨어뜨렸다.

체포당한 이후 처음으로 수갑이 풀렸다.

"이르긴 하지만 네가 해야 할 일이 있어."

군인의 모습으로 돌아온 마크스 중령이 딱딱한 어조로 부하에게 통신용 모스 신호기를 가져오라 명령했다.

"이것을 사용해서 본국으로 암호문을 송신하는 게 너의 첫 임무다."

"일본으로 암호문을 보내라고요?"

이자와는 힘없이 고개를 들었다.

"송신 내용은 우리가 준비해놨어. 쓸데없는 친절을 베푼다는 생각은 들었지만 네 상태를 고려해 송신 내용을 암호화하고 모스부호로 변환하는 작업까지는 우리가 마쳤다. 너는 앞에 있는 신호기로 통신문을 치기만 하면 돼. 간단한 일이야."

'이게 진짜 목적이었구나.'

이자와는 어금니를 꽉 깨물었다.

허위 정보를 믿게만 한다면 적국에 막대한 손해를 입힐 수 있다.

'어느 나라가 특정지역에 군사력을 집중한다'라는 잘못된 정보가 전달되면 적대국에서는 해당 지역의 군사력을 증강한다. 그로 인해 진짜 필요한 곳의 군사력이 약화된다.

혹은 한 나라가 편성한 육·해·공군의 예산이 실제보다 과대하게 알려지면 적국은 이에 대항하기 위해 더 많은 국방 예산을 투입하게 되고 이는 막대한 예산 낭비로 이어진다. 그 결과 국력 자체에 치명적인 타격을 입는다.

그 정도의 큰일이 아니라도 외교 교섭장에 누가 나오는지 사전에 허위 사실을 알려 상대방이 믿게 만들면 교섭은 전혀 다른 양상으로 진행되기도 한다.

일부러 허위 정보를 배포해 상대국 정보기관을 교란시키는 일은 잠입 스파이에게 맞서는 유용한 대응 수단이다. 따라서 스파이를 파견한 쪽은 자국 스파이에게 전달받은 정보를 식별하는 데에 온 신경을 집중한다. 자국에서 파견한 스파이가 보낸 정보가 맞는지 동시에 적에 의해 강제적으로 보내진 것은 아닌지 가려내는 작업이 반드시 필요하다.

이 때문에 각국 정보기관은 정보 식별을 위해 여러 방법을 고안했다.

통신을 주고받을 때에는 반드시 사전에 정해둔 단어를 넣어 아군임을 확인한다.

통신 시간을 미리 정한다.

특수한 주파수를 이용한다.

암호를 사용한다.

어떤 방법을 쓰든 언젠가는 상대국 정보기관에 알려지고 지금 상황처럼 역이용될 가능성이 있다.

'송신내용을 암호화해 모스부호로 변환하는 데까지는 우리가 작업을 마쳤다.'

마크스 중령은 방금 분명히 그렇게 말했다.

영국 첩보기관은 이미 현재 일본이 사용하는 암호를 해독했을 뿐 아니라 암호표까지 입수했다는 말이다. 만약 D기관이 허위 정보를 식별하려 '스파이마다 자기만의 특정 타법을 등록한다'라는 특수한 방식을 채택하지 않았더라면 일본 국내에는 이미 허위 정보가 범람해 엄청난 혼란을 야기했으리라.

"이봐, 왜 그러나?"

파이프를 입에 문 마크스 중령이 모스 신호기 앞에서 주저하는 이자와를 비웃으며 물었다.

"이제 와서 뭘 망설이지? 송신문은 우리가 다 준비했잖아. 아무 생각 말고 손만 놀리면 돼. 말이야 바른 말이지 간단한 일 아니야? 아니면 뭐야 혹시⋯⋯."

마크스 중령이 심술궂은 표정을 지으며 비아냥거렸다.

"이 지경까지 와서도 유키를 배신하는 게 망설여지나? 뭐 그

마음도 이해하네. 놈은 이 세상에 둘도 없는 지독한 남자니까. 하지만 아까 네 입으로 유키가 먼저 너를 팔았다고 했잖아. 그리고 잊었나 본데 너는 절대로 발설해서는 안 될 것들을 미주알고주알 털어놨다고. 이제 와서 태도를 바꾼다고 유키가 널 받아줄 것 같아? 너에게는 이미 선택권이 없어."

이자와는 마크스 중령의 말 한 마디 한 마디가 믿기지 않는 듯이 고개를 절레절레 흔들었다.

잠시 정적이 흘렀다.

이자와는 크게 한숨을 내쉬었다. 책상 위에 있는 모스 신호기에 천천히 손을 올렸다.

"그래. 이걸로 진정한 우리 동지가 된 거야."

허위 정보를 한 자 한 자 타전하는 이자와의 모습을 끝까지 지켜본 뒤에 마크스 중령은 만족한 듯 고개를 끄덕였다. 암호문에 사용된 점과 선의 길이에는 이자와 특유의 타법이 확실히 각인되어 있었다.

마크스 중령이 이자와의 뒤에 서 있던 군복 차림의 젊은 남자에게 명령했다.

"저쪽에서 밥이라도 먹게 해 줘."

이자와를 힐끗 보더니 "담배도." 하고 쌀쌀맞게 덧붙였다.

이자와가 의자에서 일어서자 암호문을 재차 확인하던 마크스 중령은 눈길도 주지 않고 "수갑 채우는 거 잊지 말고."라고 지시했다.

"수갑 말씀이십니까?"

군복 차림의 젊은 남자가 망설이듯 되물었다.

"이번에 보낸 허위정보로 일본이 제대로 피해를 입었다는 사실을 확인하기도 전에 저 녀석을 풀어 주는 건 곤란하지. 한 시도 눈을 떼지 말고 감시해."

조용한 어조였지만 젊은 병사는 번개같이 자세를 바로 하고 이자와의 두 손목에 수갑을 우악스럽게 채웠다.

동지라고 할 때는 언제고 이자와의 뒤에는 지금까지와 마찬가지로 무장병사가 찰거머리처럼 따라붙었다.

몸무게가 이자와보다 두 배는 더 많이 나가 보이는 덩치 큰 젊은 남자다.

허위 정보를 타전한 뒤 이자와는 기진맥진해 아무 말도 하지 못했다.

다리에 힘이 빠져 제대로 걷지 못하자 젊은 병사가 부축해 주었다.

독방으로 이동하던 중 이자와는 갑자기 복도에서 멈추며 화장실에 가고 싶다고 말했다.

병사는 한마디도 하지 않고 턱짓으로 복도 오른쪽을 가리켰다.

병사가 가리킨 곳으로 걸음을 옮기면서 이자와는 등 뒤를
슬쩍 곁눈질하며 물었다.

"반대편 모퉁이에도 화장실이 있을 텐데. 그쪽이 더 가깝지
않나?"

반사적으로 고개를 끄덕인 병사는 곧 의심스런 눈빛으로 물
었다.

"그걸 어떻게 알았지?"

이자와는 얼렁뚱땅 대충 둘러댔다.

"빨리하고 나와."

젊은 병사는 화장실 문을 열고 입구에서 이자와의 등을 떼
밀었다.

화장실벽에는 고정식 창문이 한 개 달려 있을 뿐이다. 가느
다란 빛줄기만 겨우 새어 들어오는 정도다. 창문 밖으로도 튼
튼한 철책이 둘러쳐져 있다. 개미 새끼 한 마리 빠져나갈 구멍
이 없었다.

"말하자면 작용과 반작용, 지레와 원심력의 원리란 말이지."

이자와가 용변을 보면서 중얼중얼 혼잣말을 했다.

"뭐야, 이 새끼! 뭐라고 지껄이는 거야!"

병사의 목소리가 비좁은 화장실에 쩌렁쩌렁 울렸다.

이자와는 돌아보지 않았다. 나지막한 소리로 무언가를 중얼

거리며 세면대로 이동해 손을 씻기 시작했다.

"아!"

이자와가 갑자기 소리를 빽 질렀다.

"아! 아! 아악!"

그는 손으로 거울을 가리키면서 반복해서 소리를 질러댔다.

"뭐야? 무슨 일이야?"

이상한 낌새를 느낀 젊은 병사가 화장실 안으로 들어왔다.

"아악! 아악!"

이자와는 손으로 거울을 가리키며 두려움에 떨듯 괴성을 지르며 뒷걸음쳤다.

"왜 그래, 거울이 뭐 어쨌다고?"

젊은 병사는 허리를 구부려 이자와의 어깨너머로 거울을 들여다보았다.

거울에는 공포에 질려 벌벌 떠는 이자와의 얼굴만 비칠 뿐이었다.

순간 이자와는 등으로 병사의 두꺼운 가슴팍을 냅다 밀어제쳤다.

거울 속에 비친 이자와가 사라지면서 동시에 신장 180센티미터, 체중 95킬로그램의 병사의 몸이 솟구치듯 공중에 붕 뜨더니 화장실 바닥에 내동댕이쳐졌다.

5

문 뒤에 몸을 숨기고 귀 기울인다.

'괜찮아. 아직 조용해.'

이자와는 숨을 골랐다.

그 젊은 병사도 설마 자신의 반밖에 안 되는 왜소한 체구의 일본인이 자신을 메다꽂을 줄은 꿈에도 생각지 못했을 것이다.

이자와는 감시병을 화장실 바닥에 쓰러뜨린 후 급소를 내리쳐 기절시켰다. 주머니에 든 열쇠로 수갑을 풀고 기절시킨 병사를 화장실 구석 칸에 처넣었다. 변기에 앉혀 놓았으니 한동안은 발각되지 않을 것이다.

– 다시 말해 작용과 반작용, 지레와 원심력의 원리다.

유키 중령의 목소리가 선명하게 떠올랐다.

유키 중령은 자신보다 두 배 이상 큰 체구의 상대를 매트 위로 들어 올려 내동댕이친 다음 별것 아니라는 듯 설명했다.

D기관에서 훈련받을 당시에 이자와와 동기들은 맨손과 각종 무기를 활용하는 격투기뿐만 아니라 극한 상황 속에서도 살아남는 생존법을 철저하게 익혔다. 훈련을 위해 전문 강사를 초빙하는가 하면 유키 중령 스스로 지도에 나설 때도 있었다.

특히 유도 훈련 때 유키 중령은 자신보다 육중한 상대를 가볍게 집어던지거나 가슴팍을 파고들어 급소 한군데만을 공격해 기절시켰다.

"오, 매직!"

해외 생활을 오래 한 학생 하나가 감탄하면서 외치자 유키 중령은 찌르기라도 할 듯 날카로운 눈빛으로 그를 쏘아보며 "이 멍청한 놈!" 하고 호통을 치더니 호되게 그를 질책하였다.

"격투기와 생존법은 철저하게 이성적일 때만 성공할 수 있다. 마술이라는 둥 헛소리나 늘어놓으며 이런 기술을 신비스럽게 보는 놈은 누가 되었던 D기관에서 당장 쫓아낼 테니 명심들 해!"

유키 중령은 격투기나 생존법에 필요 이상으로 열을 올리는 학생들에게도 냉담한 어조로 주의를 주었다.

"격투기나 생존법은 스파이에게는 무용지물이다. 그런 것에 열을 올려 어디 써먹겠다는 건가? 적과 육탄전이 벌어지거나 생존법으로밖에 목숨을 부지할 수 없는 상황이란 스파이에게 자살과 살인 다음으로 최악의 경우이다. 다만 실제로 이런 상황이 일어날 수도 있기 때문에 미리 준비해 두는 것이다. 그 이상은 필요 없다."

유키 중령은 어떤 지도를 할 때든 마지막에 반드시 어둡고 날카로운 눈빛으로 상대방의 뇌리에 새기듯 이 말을 덧붙인다.

- 그 어떤 것에도 구애되지 마라.

'구애되지 않는 것'은 스파이가 생명을 부지하는 그 어떤 기술보다 최선의 방법이며 유일한 수단이다.

"고정관념에 사로잡히지 않는 한 제군들은 언제 어디서건 손쉽게 무기를 만들 수 있다."

유키 중령은 책상 위의 재떨이, 요리에 딸려 나오는 후추 병, 동전 한 닢, 세로로 찌그러뜨린 성냥갑, 만년필, 관상용 용설란 화분의 이파리, 상대방이 매고 있는 넥타이 등 일상생활에서 흔히 보는 물건들을 무엇이든 무기로 활용하는 방법을 시연해 보였다. 흔해 빠진 물건도 발상을 전환하면 상대의 공격 능력을 빼앗고 탈출 경로를 확보하는 데 필요한 든든한 무기로 변한다.

'그래도 그렇지……'

이자와는 유키 중령의 매서운 눈빛을 떠올리며 가볍게 한숨을 내쉬었다. D기관에서 체득한 유도 기술 덕분에 자신을 감시하던 육중한 몸집의 영국 병사를 메다꽂아 기절시키는 데까지는 성공했다. 이 건물에서 살아나가려면 지금부터는 더 이상 '소란'을 피우지 않는 게 상책이다.

이자와는 몸을 숨겼던 문 뒤에서 얼굴을 빠끔 내밀어 복도의 상황을 살폈다.

흰색의 똑같이 생긴 문들이 복도 양쪽으로 나란히 늘어서 있었다.

그중 하나가 열렸다.

사복을 입은 직원 한 명이 서류를 보며 방에서 나와 이자와에게 등을 보이며 걸어갔다. 그가 복도 모퉁이를 돌아 사라질 때가 기회다.

이자와는 머리를 문 뒤에 숨기고 복도로 뛰어나가기 전에 동선을 다시 한 번 머릿속으로 확인했다.

'탈출 경로를 발견한 건 우연이었다.'

신문을 당한 일주일 동안 이자와는 취조실과 독방만을 왕복했다. 그때도 역시 이곳과 마찬가지로 복도 양쪽에 하얀 문이 나란히 이어져 있었는데 어제 독방으로 돌아올 때 처음으로 문 하나가 열려 있는 것을 보았다. 지나가면서 슬쩍 안을 들여다보니 병사 몇 명이 책상에 둘러앉아 회의를 하는 중이었다. 그때 이자와는 방 안쪽 벽에 붙은 지도 한 장을 발견했다. 이자와가 잡혀 있는 건물의 배치도로 보였다.

문 앞을 스쳐 지나가는 짧은 순간이었지만 지도의 상세한 부분까지 머릿속에 넣기에는 충분했다.

확실히 해두기 위해 좀 전에 감시 병사에게 은근슬쩍 화장실의 위치를 확인했다.

배치도에는 3층 복도 막다른 곳에 비상계단이 그려져 있었다. 그곳을 통해 건물 밖으로 나가기만 하면 외부 창고의 지붕을 타고 큰길로 탈출할 수 있다.

다시 한 번 문 뒤에서 살펴보니 직원의 모습이 이제 막 모퉁이를 돌아 사라지는 참이었다.

이자와는 크게 심호흡을 하고 몸을 숙인 자세로 복도에 뛰어들었다.

전속력으로 복도를 달려 두 명의 감시병을 제압하고 계단을 올라갔다.

등 뒤가 시끌벅적한 걸 보니 벌써 들통이 난 듯하다.

하지만 얼마 안 남았다.

저 모퉁이만 돌면 복도 막다른 곳에 비상계단으로 통하는 문이 있다. 온 힘을 다해 모퉁이를 돈 순간 이자와는 그 자리에서 얼어붙었다.

문이 없다.

통로 끝은 하얗게 칠한 두꺼운 콘크리트벽으로 단단히 막혀 있었다.

'말도 안 돼. 어째서?'

망연자실한 이자와의 뇌리에 유키 중령의 얼굴이 스쳐 갔다.

뒤늦게 깨달은 사실에 망치로 한 방 얻어맞은 듯 머릿속이 새하얘졌다.

어제 그 문이 열려 있던 건 우연이 아니다.

마크스 중령이 이자와를 잡으려 준비한 덫이었다.

우연을 가장해 방문을 열어 놓고 통로에서 보이는 위치에 건물 배치도를 걸어 놓았던 것이다. 배치도를 본 이자와가 탈출을 시도할 것이라 예상하고 일부러 있지도 않은 비상계단을 그려 넣었다.

이자와가 철두철미하게 세웠다고 여긴 탈출 계획 자체가 마크스 중령이 쓴 각본이다. 이자와는 중령이 사전에 구상했던 각본을 그대로 재현하며 그의 손바닥에서 놀아난 꼴이다.

'설마 내가 탈출에 실패한 건가?'

아직도 믿기지 않은 듯 넋이 나간 이자와의 의식 저편에서 싸늘한 목소리가 들려왔다.

'차마 눈뜨고 못 볼 실책이로군.'

유키 중령이 만약 이 광경을 보았다면 표정 하나 안 바꾸고 한마디 했으리라.

'상대는 영국 첩보기관의 최고 우두머리다. 이 정도 덫은 예상했어야 한다.'

등 너머로 이자와를 쫓는 무리들이 계단을 올라오는 발소리가 들린다.

눈앞은 막다른 곳이다. 좌우에도 빠져나갈 구멍은 없었다. 한마디로 독 안에 든 쥐다.

이자와도 이제는 인정해야만 했다.

탈출 계획은 실패했다. 완전히.

'여기까지인가……'

체포당한 이래 줄곧 팽팽하게 긴장되어 있던 신경이 풀린다. 온몸의 힘이 빠져나간다.

그때였다.

문득 묘한 것이 눈에 들어왔다.

통로에 쭉 늘어선 방문 중 하나에 색분필로 희미하게 기묘한 표시가 되어 있다.

'우'

무언가 퍼뜩 떠오르는 게 있었다.

'동그라미에 십자가? 여자……? 아니야, 이건 분명히…….'

더 이상 생각할 시간이 없다.

모든 것을 감에 맡기고 일단은 움직이자.

표시가 되어 있는 문으로 다가가 문고리를 돌렸다.

자물쇠는 잠겨 있지 않았다.

문을 열고 방 안으로 스윽 들어간다.

방 안은 칠흑같이 깜깜하다.

아슬아슬하게 몇 명의 발자국 소리가 문 앞을 지나간다. 복도 여기저기서 문을 여는 소리가 들려온다.

"있어?"

"아니, 없어. 거긴 어때?"

목소리가 들린다.

이자와는 이제 칠흑 같은 어둠 속에 숨죽여 있는 수밖에 없었다.

이자와가 숨은 방문 앞으로 발걸음 소리가 가까워졌다.

눈앞의 문이 세차게 열렸다.

6

두 시간 뒤.

이자와는 미끄러지듯 달리는 차의 조수석에 눈을 감은 채 앉아 있었다.

운전석에서 핸들을 잡은 자는 전혀 면식이 없는 남자다. 처음 봤을 때부터 줄곧 모자를 깊숙이 눌러 쓰고 있어서 표정은 물론 나이조차 가늠하기 어려웠다. 아일랜드인이거나 유대인일지도 모른다. 아무려면 어떠랴.

그런 건 중요한 문제가 아니다.

그가 'D기관의 협력자'인지 아닌지는 '불 좀 빌릴 수 있을까요?', '내 구두는 검은색'이라는 첫 접선 암호로 확인했다. 이렇게 '맥락에 맞지 않는 대화'는 우연에 의한 사고를 방지하는 용도였다.

암호 확인 후에는 침묵뿐이다. 서로 이름조차 묻지 않는다.

상대방에 대해 모르는 편이 만일의 경우에 피해를 최소화한다.

그것이 스파이 사이의 매너다.

남자는 감탄할 정도로 운전을 잘했다. 틀림없이 운전을 직업으로 삼고 있겠지. 재킷의 깃 모양, 차 안에 희미하게 밴 특유의 향으로 보면…….

이자와는 고개를 저으며 반사적으로 추리를 시작하려는 의식의 문을 닫았다.

'적어도 교통사고 걱정은 안 해도 되겠군.'

일단은 아무 생각도 하지 말고 기분 좋은 자동차의 진동에 몸을 맡기자.

'살았다'라는 안도감에 자칫 잠이 들 것만 같다. 그때마다 안간힘을 쓰며 잠의 수렁 속에서 의식을 끌어올렸다.

'이거야 원.'

이자와는 옛 기억에 쓴웃음을 지었다.

'D기관에서 받은 신문 대비훈련과 똑같잖아.'

정확히 말하면 그때는 이런 상황은 아니었다.

D기관에서 이자와는 몇 번이나 예고도 없이 한밤중에 두드

려 깨워져 독방으로 끌려갔다. 그러고는 몇 시간, 경우에 따라서는 며칠에 걸쳐 신문훈련을 받았다.

말이 훈련이지 신문은 실전과 다름없이 혹독했다. 봐 주는 건 없었다. 때로는 폭력도 당했고 어떤 날에는 자백 유도제를 맞기도 했다.

이자와와 동기들은 수면부족, 피로, 육체적 고통, 거기에 더해진 자백 유도제로 인해 정신이 몽롱한 상태에서도 발설해도 되는 정보와 절대로 발설치 말아야 할 정보를 순간적으로 판단해야 했다.

– 전혀 어려운 기술이 아니다.

유키 중령은 신문 때문에 초췌해진 이자와와 동기들에게 말했다.

"제군들에게 요구하는 건 의식을 다층화多層化하라는 것이다. 상대에게 넘겨도 되는 정보는 표층에, 그렇지 않은 정보는 심층에 저장하는 원리지. 아주 간단하다. 자백 유도제로 신문을 당해도 표층에 묻어둔 정보만 입에 올리도록 훈련하면 된다."

'말도 안 돼!'라는 말은 어느 누구도 입 밖에 내지 못했다.

유키 중령 본인이 적에게 잡혀 신문을 당했을 때 방금 한 말 그대로 행동한 전력이 있었다. 살아 있는 증거가 눈앞에 있는 이상 '나도 똑같은 능력을 갖춰야 한다'라는 생각으로 의구심 없이 훈련을 받았다.

D기관은 이런 기묘한 자존심을 내세우는 녀석들만 모인 곳이었다.

이자와와 그의 동기들이 어느 정도 신문에 견딜 수 있게 된 다음에야 훈련의 진짜 목적이 밝혀졌다.

적지에서 체포당했을 때 탈출 방법으로 사용하기 위해서였다.

의아해하는 학생들에게 유키 중령은 먼저 스파이를 체포한 적군의 심리를 다음과 같이 분석해 들려주었다.

"적의 스파이를 생포하거나 암호를 해독한 쪽은 이를 이용해 허위 정보를 적에게 흘리고 싶어 안달하게 마련이다. 스파이를 파견한 쪽의 최대 약점이 허위 정보인 이상 이 욕구를 참기란 어지간히 유능한 자가 아니면 불가능하다. 그리고 그때가 제군들이 탈출할 절호의 기회다."

마크스 중령이 허위정보를 송신하라고 지시했을 때 이자와는 준비된 암호문을 한 자 한 자 실수 없이 타전했다.

D기관의 스파이는 암호를 타전할 때 반드시 일정한 간격으로 오타를 넣어서 보내기로 되어 있다. 한 자 한 자 실수 없이 보낸 암호문은 그 자체가 '적지에서 사고 발생, 적에게 체포됨'으로 전해지며 동시에 구조 요청을 의미한다. 이 정보는 다층화한 의식 중에서도 최하층에 저장한다. 살해당하는 순간까지

도 발설해서는 안 되는 가장 깊숙한 곳에 새겨야 했다.

접선 장소는 사전에 몇 군데를 정해 놓는다. 그중에서 송신 지점과 가장 근접한 장소 두세 군데를 채택한다. '적지에서 사고 발생'을 의미하는 암호문을 송신한 후 정확히 두 시간 후 협력자가 자동차를 준비하여 접선 장소에서 기다린다. 협력자는 얼굴은 모르므로 암호로 확인한다. 그다음은 즉시 국외로 탈출하는 준비된 절차를 따르면 된다.

다시 말해 적에게 체포당한 스파이는 정해진 장소까지 어떻게 해서든 자력으로 도착해야 한다. 만약 20분 이상 시간이 지체되면 협력자는 접선장소에서 철수한다. 접선장소에 제시간에 도착하지 못하면 탈출 실패로 판단되고 구조 기회는 두 번 다시 오지 않는다.

그런 연유로 이자와는 구조 요청의 암호를 타전한 다음 바로 탈출을 결행했다.

'하마터면 탈출에 실패할 뻔했다.'

이자와는 조수석에서 깊은 한숨을 내쉬었다. 돌이킬수록 등골이 다 오싹하다.

마크스 중령의 덫에 걸려 막다른 골목에서 사면초가에 빠진 이자와는 기묘한 표시가 되어 있는 문을 발견하고 안으로 들어갔다.

칠흑 같은 어둠 속에서 숨죽이고 있자 발소리가 가까워지더니 눈앞의 문이 활짝 열렸다.

바짝 긴장한 이자와의 바로 앞, 손을 뻗으면 닿을 거리에 군복을 입은 무장 병사가 서 있었다. 역광 속에서 검은 그림자로만 보이는 남자가 방안의 유일한 출입구를 막아섰다. 복도에서 들어오는 빛에 이자와가 훤히 드러났다.

"이 방엔 아무도 없어."

병사는 코앞에 서 있는 이자와가 보이지 않는 듯 뒤를 돌아보며 큰 소리로 외치고는 문을 닫고 가버렸다.

곧이어 문밖에서 "저쪽이다! 저쪽으로 도망갔다."라는 남자의 외치는 목소리가 들렸고 이어서 몇 사람이 분주하게 달려가는 소리가 방문 밖에서 전해져왔다.

이자와는 살짝 문을 열어 바깥의 동태를 살폈다.

복도에는 아무도 없었다.

"휴." 하고 안도의 숨을 내쉬고 나서야 비로소 방금 전 남자가 문 구석에 무언가를 놓고 간 것을 알아차렸다.

건물의 배치도와 보조 열쇠 꾸러미.

경비병 배치 장소를 빨간색으로 표시해 놓았다.

지도와 열쇠를 들고 복도로 나온 이자와는 몸을 돌려 문 표면을 확인했다.

문에 있던 표시가 깨끗이 닦여 있었다.

'슬리퍼sleeper agent, 긴급 사태 발생에 대비한 정보 요원인가?'

이자와는 이번이야말로 확실하게 손에 넣은 진짜 배치도를 보며 재빠르게 머릿속으로 탈출 경로를 짜기 시작했다.

슬리퍼.

적국에 잠입해 상시 정보를 수집하고 분석하는 일반 스파이와는 달리 평상시에는 활동을 전혀 하지 않다가 제한된 조건 또는 특별한 지시를 받을 때에만 스파이로서 활동하는 이들을 일컫는다.

유키 중령은 일본에서 D기관을 설립함과 동시에 영국에서 슬리퍼를 양성했고 영국 정보기관 중심부에까지 슬리퍼를 심어두었다. 그들은 평상시에는 '여왕 폐하의 충실한 병사'로 살다가 영국 첩보기관에 일본의 스파이가 잡혔을 때만 요원으로서 활동한다.

일본의 스파이가 탈출을 시도할 때 적절히 돕는 것.

그것이 슬리퍼의 임무다.

암호명은.

이자와는 경비병의 눈을 피해 건물 그림자에 몸을 숨긴 다음 경비병이 지나가길 기다렸다. 영국으로 출발하기 직전 유키 중령이 작별 선물이라고 준 책이 떠올랐다.

『로빈슨 크루소의 생애와 이상하고 놀라운 모험』

책에는 이런 이야기가 쓰여 있다.

'저자 대니얼 디포는 천문학이나 연금술에 능통하여 그 지식을 이용해 수많은 암호를 고안했다.'

'우'

분필로 흐릿하게 쓰여 있던 기묘한 그 표시는 슬리퍼가 적어 놓은 암호였다.

동그라미에 십자가. 흔히 여성을 상징하는 의미로 쓰이는 이 기호는 원래 연금술에서 '미의 여신'을 뜻한다. '미의 여신' 비너스. 천문학에서 '비너스'로 불리는 금성은 일주일 중에 '제6일'을 가리킨다.

일주일 중에 여섯 번째 날.

프라이데이.

외딴 섬에서 로빈슨 크루소를 고독에서 해방시켜준 야만인 청년의 이름이다.

또한 유키 중령이 영국첩보기관에 심어둔 슬리퍼의 암호명이기도 하다.

유키 중령은 영국으로 떠나는 이자와에게 '프라이데이'의 존재를 미리 알려 주지 않았다. 대신 이 책『로빈슨 크루소의 생애와 이상하고 놀라운 모험』을 작별의 선물로 건넸다. 존재 자체를 모르면 설령 붙잡힌다 해도 적이 그에게 자백을 받아 낼 방법이 없다. 이는 슬리퍼의 신변을 보장하는 데에 더할 나위 없는 대비책이었다.

유키 중령은 이 책을 이자와에게 주면서 만일의 사태가 벌어졌을 때 그가 스스로 책의 수수께끼를 풀고 슬리퍼의 지시 - 문에 그려진 표시 - 에 따라 탈출 경로를 찾아낼 상황까지도 예측했던 것이다.

'유키 중령은 나를 믿는가? 아니면 믿지 않는가?'

복잡한 심경이었지만 유키 중령의 행동은 이자와를 믿어서도 믿지 않아서도 아니었다. 단지 그는 이자와를 자신의 계획대로 움직여 줄 존재로 파악했을 뿐이다.

건물을 탈출한 이자와는 경비원이 지나가는 모습을 확인하고 들키지 않게 몸을 낮추어 담을 향해 달렸다. 진짜 배치도에 표시된 대로 담 위에 둘러쳐진 철조망 중 한 부분이 절단되어 있으리라.

높이 뛰어올라 담 위쪽에 손을 짚고 단숨에 몸을 끌어 올렸다. 철조망의 가시철사는 눈에 띄지 않는 모양으로 교묘하게 잘려 있었다. 틈새로 몸을 밀어 넣자마자 큰길가로 굴러떨어졌다.

바로 일어나 주위를 살핀다. 괜찮다. 누구도 눈치챈 사람은 없다. 겉옷에 묻은 흙을 툭툭 털어내고는 태연하게 걷기 시작했다.

약속 장소로 걸음을 재촉하면서 그는 몸의 감각을 총동원해 생각에 집중했다.

'간과한 것은 없는가?'

유키 중령의 계획을 거꾸로 더듬어 본다. 이번 사건의 시점으로 거슬러 올라가니 역시 쓴웃음이 났다.

사진관에 매복한 남자들이 이자와를 체포했다.

체포 당시 이자와는 그들이 자신과 만났던 정보 제공자를 미행하여 그에게서 자신의 정보를 캐냈다고 생각했다. 그러나 신문하는 과정에서 영국 첩보기관은 영국 내무성에 근무하는 그 정보 제공자의 존재조차 모르는 것으로 드러났다.

이자와가 체포를 당한 이유는 영국의 섹스 스파이에게 홀딱 빠진 일본 외교관 소토무라가 침대에서 그의 정체를 떠벌렸기 때문이었다.

하지만 그게 사실일 가능성도 지극히 낮다.

테이프에 녹음된 말처럼 D기관은 육군 내에서도 독립성을 인정받은 특별한 존재였다. 육군 참모본부 내에서도 그 존재를 아는 사람은 극소수에 불과하다. 외무성에 들어간 지 고작 몇 년 안 된 풋내기 외교관이 영국에 파견된 D기관 소속 잠입 스파이의 정체를 알고 있을 리가 없다.

'소토무라는 내 정체를 어떻게 알았을까?'

그런 의문이 든 순간 한 가지 짐작 가는 데가 있었다.

영국으로 파견이 정해지기 직전 런던에서 엄청난 실책이 있었다.

유럽 전략에 관한 육군의 기밀사항이 영국으로 새어 나간 것이다.

조사 결과 런던 주재의 한 외교관이 암호도 쓰지 않고 일본어로 국제전화를 한 것이 문제였음이 밝혀졌다.

육군은 조속히 외무성에 다음과 같은 엄중한 요구를 했다.

'군의 기밀사항에 관해서는 최소한 암호를 사용할 것. 국제전화는 도청당하고 있으므로 통화 시 최대한 주의를 기울일 것.'

그러나 외무성은 '신이 수호하는 우리 일본어는 아주 특수하기 때문에 영국과 미국 사람들은 이해할 수 없다. 또한 신사의 나라 영국이 외교관의 전화를 도청한다는 일은 생각조차 할 수 없다. 해당 기밀이 누설된 것은 우리 탓이 아니다'라며 딱 잘라 말했다. 그들은 자신들의 실수를 끝까지 인정하지 않았다.

외교관은 각 나라에서 인정한 '합법적 스파이'라고 할 수 있다. 하지만 막중한 책임에 비해 그들의 스파이로서의 자각은 빈약하기 짝이 없다.

이후에도 기밀이 누설되는 일이 발생했고 그때마다 육군은 외무성에 똑같은 요구를 반복했지만 사건 특성상 인과관계를 분명하게 밝혀내기가 어려웠기 때문에 육군의 요구는 줄곧 무시당해 왔다.

하지만 이번 사건은 달랐다.

외교관이 부주의하게 흘린 정보로 육군 스파이 한 명이 붙잡혔고 하마터면 목숨을 잃을 뻔했다. 책임 소재는 더할 나위 없이 분명하다. 이번 실책을 공개할 의사를 넌지시 비친다면 고지식한 외무성 관리들의 기세도 한풀 꺾이리라.

또한 일본의 암호를 영국 측에서 해독했다는 사실은 신형 암호기 도입의 필요성을 강조할 좋은 구실이 될 것이다. 신형 암호기는 기술적으로는 완벽했지만 사용 방법이 복잡하고 귀찮다는 이유로 번번이 예산 배정을 거부당했다.

이것이 이번 사건을 일으킨 진짜 목적이었다.

융통성 없는 육군 참모본부 놈들이 이 복잡한 시나리오를 썼을 리는 없다.

아마도 거듭되는 외무성 직원의 실책에 골머리를 썩던 육군 참모본부의 인간들이 육군 내의 골칫거리인 D기관, 바로 유키 중령에게 책임을 떠넘길 요량으로 외무성과의 귀찮은 마찰 문제를 해결하라고 요구했을 게 뻔하다.

어쩌면 최근 빈번해진 기밀 누설의 위험성을 깨달은 유키 중령이 참모본부에게 은혜를 베푸는 척하며 꾸민 계획일지도 모른다.

어쨌든 유키 중령이 이자와에게 부여한 임무는 이런 목적을 숨기기 위한 위장이었다.

유키 중령은 이자와를 잠입 스파이로 영국에 파견한 뒤 영국주재 젊은 외교관에게 이자와의 정보를 은밀하게 흘렸다. 그

가 영국의 섹스 스파이에게 홀려 침대 위에서 정보를 발설할
것도 계산에 넣은 행동이었다.

시나리오대로 이자와는 보기 좋게 체포를 당했다.

이자와의 임무는 애초부터 유키 중령이 각색한 연극의 꼭두
각시 역할이었다.

얼간이 같은 애송이 외교관의 음성이 녹음테이프에서 흘러
나오는 순간 이자와는 유키 중령의 의중을 곧바로 알아차렸다.

그러한 과정이 있었기에 자백 유도제를 맞은 상황에서도 '나
는 유키에게 배신당했다', '유키 중령이 나를 팔아넘겼다'라는
말을 무의식중에 중얼거렸던 것이다.

그 말이 마크스 중령의 경계심을 누그러뜨렸다. 덕분에 이자
와는 '구원 요청 무전'을 칠 수 있었다.

유키 중령은 체포된 이자와가 자백 유도제의 작용으로 무의
식중에 내뱉을 말과 그 영향까지도 치밀하게 계산했다.

'말도 안 되는 괴물…… 아니, 역시 마왕인가.'

빠른 속도로 부드럽게 달리는 자동차의 조수석에서 눈을 감
은 이자와는 쏟아지는 졸음과 싸우며 유키 중령의 어두운 눈빛
을 떠올렸다.

괴테의 시에서 마왕은 달콤한 말로 아이를 유혹해 영혼을
빼앗아 간다. 아이의 아버지가 아무리 달래고 붙잡아도 소용없
다. 어지간히 달콤한 말이었던 모양이다.

'우리 마왕님은 이번에는 또 어떤 달콤한 말로 내 영혼을 앗아 가려 하실까?'

눈을 감은 채 희미하게 쓴웃음을 짓는다.

작은 배를 빌려 유럽 대륙으로 건너가면 그곳에서 유키 중령이 내린 새로운 지령을 받을 것이다. 그러고 보니 로빈슨 크루소의 모험담에는 속편이 있다고 한다.

'이번에는 어디로 가게 되려나?'

저 멀리서 파도 소리가 들려왔다.

곧 해안에 도착한다. 유럽대륙으로 이자와를 태우고 갈 배가 기다리고 있다.

'그때까지 얼마 남지 않았다.'

이자와는 입가에 쓴웃음을 머금은 채 짧은 잠에 빠졌다.

마의 도시

마의 도시

1

아침 아홉 시 밖에 안됐는데 방 안 공기가 벌써부터 뜨거웠다. 가만있어도 끈적끈적 더운 기운이 들러붙는다. 천장에 매달린 거대한 선풍기는 달아오른 공기 덩어리를 휘저을 뿐이다.

겨드랑이에 헌병모를 낀 채 아까부터 부동자세를 취하고 있는 헌병 중사 혼마 에이지本間英司의 구릿빛 얼굴에서 연신 구슬땀이 흐른다.

상하이에 파견된 지 3개월째. 이 더위에는 도무지 익숙해지지 않는다. 적응하기 힘든 것은 일본의 여름과는 완전히 다른 이곳의 이질적인 기후만이 아니었다. 기름기가 많은 꺼림칙한 요리, 일만 생겼다 하면 몰려들어서 시야를 가로막는 엄청난 인파, 코를 찌르는 그들의 고약한 체취, 어딘지 으스스한 아편굴, 심지어 밤거리에서 소매를 잡아당기는 인종·국적·연령 불명의 여자들에게도 여전히 익숙해지지 않는다.

"2년이다."

정규 인수인계를 마친 전임자는 싱글싱글 웃으며 혼마에게 이렇게 말했었다.

"이곳의 기후와 음식에 익숙해지고 복잡한 조계租界, 19세기 후반 영국, 미국, 일본 등 8개국이 중국을 침략하는 근거지로 삼았던 개항 도시 외국인 거주지. 해당 국가의 개별적인 행정권과 경찰권을 행사함 사회의 관습을 익히고 하층 노동자와 인력거꾼, 밤거리의 수상한 여자들과 대화를 하는 데 적어도 2년이 걸린다. 그동안은…… 뭐, 느긋하게 지내도록."

혼마는 전임자의 검게 그을린 얼굴을 보며 눈살을 찌푸렸다.

'지금 같은 비상시국에 무슨 태평한 소리를 하는 거야?'

그때는 내심 분개했지만 이제 와 생각해보면 정곡을 찌른 조언이었다. 그뿐인가, 요즘 같아서는 2년이 3년으로 바뀐다고 해도 자신이 이 땅에 익숙해질지 확신이 서지 않는다.

나는 요 모양인데 말이야.

혼마는 책상 앞에 앉은 오이카와 마사유키及川政幸 헌병 대위에게 시선을 돌렸다. 언제나처럼 절로 감탄이 새어나왔다.

오이카와 대위는 혼마를 대기시켜 놓고는 오늘 아침 배편으로 대본영大本営, 전시에 설치하는 천황 직속 육해군 총사령부 육군부가 보내온 서류를 훑어보는 중이었다.

놀랍게도 그의 이마에는 땀 한 방울 맺혀 있지 않았다.

군인치곤 다소 가냘프고 홀쭉한 체격이다. 콧날이 오뚝 선 갸름한 얼굴에 학자처럼 날카로운 눈매를 지닌 차분한 성격의 남자다. 살결이 투명하고 시원스러운 그의 얼굴을 보고 있으면 그가 오랜 기간 상하이에 있었다는 사실이 믿기지 않았다.

오이카와 대위가 상하이에서 가장 치안 상태가 열악한 후시滬西 지구 분대장의 임무를 맡은 지도 5년이 다 되어간다. 그 사이 상하이에서는 일본군과 중국군의 격렬한 무력 충돌이 있었다.

상하이 헌병대는 군대 내 규율 유지와 현지 정보수집 및 상하이에 거주하는 일본인의 보호를 목적으로 하는 기관이다. 그 중에서도 후시 지구 분대장의 직책을 맡은 자는 숨 돌릴 틈 없이 바빠서 극도의 긴장감이 요구된다. 오이카와 대위는 곤란한 상황에서도 적은 인원의 부하를 통솔하며 침착하고 이성적인 태도로 임무를 수행해 왔다. 그의 활약은 육군 참모본부 내에서도 높은 평가를 받아 일본으로 돌아가면 승진은 물론이요, 육군 요코자와橫沢 중장의 따님과 혼담이 오간다는 소문도 돌았다.

'부러워도 어쩌겠어.'

혼마는 속으로 한숨을 쉬었다. 이 한숨은 어디까지나 상하이의 찜통더위 속에서도 땀 한 방울 흘리지 않는 그의 체질이 부

러워서다. 육군 중장 따님과 결혼하는 행운이라니. 혼마에게는
언감생심 꿈도 못 꿀 이야기였다.

이윽고 오이카와 대위가 서류에서 눈을 떼더니 벽시계를 흘
끗 보며 입을 열었다.

"기다리게 해서 미안하군."

"아닙니다. 괜찮습니다."

혼마는 부동자세를 유지하며 대답했다.

"그런데 무슨 용건으로 저를 부르셨습니까?"

"용건?"

"저는 대위님의 호출을 받고 왔습니다."

"그랬나?"

오이카와 대위는 엷게 쓴웃음을 지었다.

"긴장 풀게. 별다른 이유가 있어서 부른 건 아니니까. 그나
저나 자네가 상하이에 부임한 지도 3개월째군. 어때, 좀 익숙
해졌나?"

"조금은 익숙해졌습니다."

"이쪽 말은 할 만하고?"

"단단히 마음을 다잡고 공부 중입니다."

"단단히 마음을 다잡고 공부 중이란 말이지?"

혼마의 말투가 재미있는지 오이카와 대위가 씩 웃으며 다시
물었다.

"그래, 어떤 말을 공부하고 있나?"

"쑤저우蘇州말과 장베이江北말, 그리고 닝보寧波말 입니다."

"영어는 어떤가?"

"영어는 꽤 잘하는 편입니다."

그런가, 하고 오이카와 대위가 만족스럽게 고개를 끄덕였다. 혼마는 그제야 가슴을 쓸어내리며 안도했다.

실은 혼마가 상하이에 와서 가장 곤혹스러웠던 것이 바로 언어 문제였다.

상하이에는 '상하이 어'가 애당초 존재하지 않았다.

살림이 넉넉한 중국인은 베이징어를, 상인들은 닝보어를, '아마阿媽, 외국인 가정에 고용된 현지인 식모 또는 유모'라고 불리는 가정부들은 쑤저우어를, 인력거꾼이나 하층 노동자들은 장베이어를 쓰는데 각각의 말은 저마다 크게 차이가 났다.

더군다나 이곳 상하이 조계에서 쓰는 말은 한 술 더 떠 세계 수십 개국에서 흘러든 사람들이 사용하는 외국어가 뒤죽박죽 섞여 있다. 상인이나 인력거꾼 같은 하층 노동자들이 상하이 최고의 경제력을 자랑하는 영국인의 언어인 '영어'를 묘하게 섞어 쓰면서 언어 상황은 한층 더 꼬이고 복잡해졌다.

그러다 보니 상하이에 파견된 헌병이 제일 먼저 부딪히는 벽은 바로 언어였다. 혼마는 발령을 받은 날부터 3개월 내내 현지 언어습득에 매진했다. 덕분에 최근에는 상하이 거리를 혼자서 쏘다녀도 불편하지 않을 만큼 의사소통이 가능해졌다. 풍문에는 어학 능력 부족으로 복귀 명령을 받는 헌병도 있다고 한다.

'그냥 내 수준이 어느 정도인지 점검해 보려는 거였나?'

혼마는 이른 아침에 느닷없이 호출을 받은 수수께끼가 풀리는 기분이었다.

오이카와 대위가 책상 위에 양 팔꿈치를 세우더니 깍지를 꼈다. 조금 전과 달리 날카로운 눈초리에 혼마는 느슨해진 등허리를 꼿꼿이 세웠다.

지금부터가 본론인 모양이었다.

"극비로 진행해야 할 임무가 있네."

짐작대로 오이카와 대위가 목소리를 낮추며 본론을 꺼냈다. 하지만 그 내용은 혼마의 예상을 훨씬 웃돌았다.

"상하이 헌병대 내부에 적과 내통하는 자가 있네. 그게 누구인지 조사하게."

오이카와 대위가 싸늘한 어조로 명령했다.

혼마는 잠시 어안이 벙벙해 있다가 가까스로 정신을 차리고 물었다.

"저는 상하이에 온 지 고작 3개월밖에 되지 않았습니다. 그런 제가 어떻게 조사를 하겠습니까?"

"바로 그 이유다."

"예?"

"지금까지의 조사 결과 정보누설은 적어도 3개월 이전부터다. 상하이에 온 지 이제 3개월인 자네는 범인이 아니란 뜻이지."

그제야 혼마는 자신에게 내려진 갑작스런 명령을 이해했다.

'내통자, 배신자.'

아군의 가면을 쓴 적이 조직 내부에 숨어들었다.

교묘한 수단을 이용해 안에서부터 살을 파먹어 조직을 궤멸시킨다.

범인을 색출하지 못하면 머지않아 서로가 서로를 의심하고 두려움과 불안이 만들어 낸 허상에 조직은 와해될 것이다.

군대 내부의 질서유지가 주 임무인 헌병대가 외부인에게 내부 조사를 의뢰할 수도 없는 노릇이었다. 범인이 누구인지 모르는 상황에서 내부자가 수사를 진행하기는 어렵다.

딜레마다.

이 상황에서 3개월 전에 상하이에 온 혼마는 말하자면 '내부에 있는 외부인'이다. 비슷한 시기 상하이에 부임한 자가 몇 명 더 있지만 그가 선택된 이유는 과거 특별 고등경찰로 활동했던 경력 때문이리라.

방금 전 오이카와 대위는 '지금까지의 조사 결과'라고 했다.

그렇다면 이미 누군가가 조사를 하고 있다는 뜻인데 왜 이제
와서 자신에게 이 임무를 맡기는 걸까?

그의 마음을 꿰뚫어 본 듯 오이카와 대위가 입을 열었다.

"지금까지 이 사건의 극비조사를 진행 중이던 사람은 헌병
하사 미야타 노부테루다."

혼마는 무심결에 '아' 하고 소리를 내고 말았다.

미야타 노부테루 하사는 사흘 전에 후시 지구를 순찰하다가
누군가가 뒤에서 쏜 총에 맞아 피투성이 변사체로 발견되었다.
상하이 헌병대는 즉시 후시 지구를 봉쇄하고 수색에 착수했지
만 각고의 노력에도 불구하고 사건의 내막은 여전히 오리무중
이다.

미야타 하사의 사건만이 아니었다.

최근 상하이에는 밤낮을 가리지 않고 일본인과 일본에 협력
하는 중국인을 표적으로 삼는 테러사건이 자주 발생했다. 친일
파 중국인, 일본 군무원, 통역사 등이 연일 백주 대낮에 거리에
서 습격을 받았다.

미야타 하사가 사살을 당한 그날은 일본인 거리인 홍커우虹口
지구 영화관에서 폭탄 테러사건이 터지는 바람에 수많은 사상
자가 발생했다.

바로 어제만 해도 일본기업이 입주한 빌딩에 박격포 탄이
여러 발 날아들어 건물이 붕괴되는 사건이 발생했다. 게다가

후시 지구 헌병 분대원의 코앞에서 그런 일이 터졌으니 충격은 배가 되었다.

혼마는 미야타 하사의 사살 사건도 중국인들이 저지른 테러 중 하나로 보았다. 그러나 미야타 하사가 헌병대 내부의 배신자를 조사하고 있었다면 180도 다른 시각에서 이 사건에 접근해야 한다.

그는 고개를 들고 침을 꿀꺽 삼키며 물었다.

"이 일을 아는 사람은 몇이나 됩니까?"

"자네와 나, 그리고 본대장, 이 세 명뿐이다."

오이카와 대위는 대수롭지 않은 듯 대답했다.

'이 사건은 혼마의 단독 임무'이고 '들어버린 이상 거절은 못 한다'라는 의미였다.

오이카와 대위는 다시 벽시계를 힐끔 쳐다보고 책상 서랍 속에서 서류철을 꺼냈다.

"미야타 하사의 보고서다."

표지에 빨간색 글씨로 '극비'라 쓰여 있었다.

혼마는 각오를 다지며 책상 앞에 한 발짝 다가갔다.

그때였다.

'쾅!'하는 굉음과 함께 발밑이 흔들렸다.

혼마는 본능적으로 몸을 던져 바닥에 납작 엎드렸다.

'박격포 탄이다!'

빌딩이 붕괴되는 모습이 뇌리를 스쳤다.

머리를 수그려 몸을 단단하게 웅크리고 두 번째 폭격에 대비했다.

그때 오이카와 대위의 높고 날카로운 목소리가 날아들었다.

"혼마 중사, 지금 뭐 하고 있나!"

퍼뜩 정신을 차리고 고개를 드니 오이카와 대위가 창가로 다가가고 있었다.

사무소는 5층이다.

오이카와 대위의 어깨너머로 활짝 열린 창문 밖에서 검은 연기가 피어오르는 모습이 보였다.

"정확한 위치를 파악해!"

오이카와 대위는 싸늘한 목소리로 명령하고 창가 벽에 걸려 있던 쌍안경을 집어 혼마에게 던졌다.

혼마는 황급히 일어나 쌍안경을 받아들고는 허둥지둥 대위 옆에 나란히 섰다.

쌍안경을 얼굴에 갖다 댄다.

손이 떨려 초점이 잘 맞지 않았다.

'제길.'

혼마의 입에서 낮은 신음이 새어 나왔다.

공포가 아직도 몸속 깊이 남아 있다.

두려움에 즉각 대응하지 못한 스스로가 부끄러워 얼굴이 화끈 달아올랐다. 까맣게 그을린 피부 덕분에 안색을 들킬 일이 없다는 게 그나마 다행이었다.

사건 현장은 강 건너편의 공동 조계 쪽이었다. 화재가 난 듯 검은 연기 아래로 언뜻언뜻 치솟는 붉은 불길이 보였다.

"당했군."

귓가에 오이카와 대위가 중얼거리는 소리가 들렸다.

오이카와 대위의 목소리에서 심상치 않은 기운을 느낀 혼마 는 눈에서 쌍안경을 떼고 곁눈질로 슬쩍 그를 엿보았다.

"우리 집이다."

오이카와 대위가 쌍안경을 얼굴에 댄 채 새파랗게 질린 얼 굴로 말했다.

2

혼마 일행이 현장에 도착했을 때는 이미 화염이 진화되고 연기도 거의 사그라진 상태였다. 집 앞은 구름처럼 몰려든 군 중들로 아수라장이었다. 인종이나 복장, 언어도 다른 각양각색 의 사람들이 폭발 현장을 에워싸고 귀가 먹먹할 만큼 큰 소리로 떠들어댔다.

머리에 터번을 감은 까만 얼굴의 인도 경관들이 눈을 번득이고 감시하지 않았다면 그들은 진즉에 제멋대로 집안으로 들이닥쳐 쓸 수 있든 없든 손에 집히는 대로 물건을 쓸어갔으리라.

'폭탄이 터진 지 얼마나 지났다고……. 무섭지도 않은가?'

혼마는 구경꾼들 사이를 헤집으며 현장 부근으로 다가갔다. 그들을 보니 방금 전 자신이 부린 추태가 부끄러워졌다.

조계 공부국工部局. 상하이 등의 외국인 거주지에 두었던 행정기관이 고용한 인도 경관에게 신분증을 보여주고 현장에 들어섰다. 폭발 현장을 한 바퀴 빙 둘러본 후 혼마는 얼굴을 찡그렸다.

'심하군.'

폭발의 충격과 화재로 인해 오이카와 대위의 집은 거의 흔적도 없이 날아갔다. 시꺼멓게 그을린 현장 부근 길바닥에 돗자리가 깔려 있었는데 그 위에 몇 구의 시체가 나란히 누워 있었다.

시체는 폭발의 충격으로 하나같이 팔다리가 떨어져 나갔고 형체를 못 알아볼 정도로 시커멓게 타 눌어붙는 등 손상이 심했다.

혼마와 함께 현장으로 달려온 오이카와 대위는 땅바닥에 무릎을 꿇고 말없이 시체를 살펴보고 있었다.

"우리 집에 드나들던 가정부다."

혼마가 가까이 다가가니 대위는 노파로 보이는 까맣게 탄 시체를 턱짓으로 가리키며 무심하게 말했다.

"그 외에는 어떻습니까?"

돌아보자 중절모를 쓴 백인 중년 남자가 담배를 꼬나물고 삐딱하게 서 있었다. 혼마는 내리쬐는 햇볕에 눈을 찡그리다 그가 누구인지 알아보고 의외라는 표정을 지었다. 제임스 경감이었다. 그는 공동 조계의 치안유지를 담당하는 조계 경찰의 실질적 지휘관이다.

상하이 조계는 각국의 이권이 복잡하게 얽혀 있는 곳이다. 일본인 관련 범죄가 발생해도 일본헌병대는 사건 조사권이 없다. 공동 조계 내에서 발생하는 사건은 모두 조계 공부국에서 조직한 '조계 경찰'이 담당한다. 그런 의미에서는 조계 경찰인 제임스 경감이 사건 현장에 모습을 드러낸 것은 이상한 일이 아니다.

조계 경찰은 표면상으로 중국을 비롯해 영국, 미국, 인도, 러시아, 거기에 일본까지 더해진 다국적 연합 조직이었다. 그러나 역대 경찰청장을 영국인이 독점해 온 만큼 실제로는 영국의 이익을 대표하는 조직이라 봐도 무방하다.

이들은 중일전쟁 발발 이후 상하이에서 빈번히 발생하는 일본에 대한 테러의 단속이며 범인의 검거에 지극히 소극적인 태도를 보여 왔다. 상하이 조계 내에서의 이익독점을 위해서는 그편이 유리했고 여기에 충칭重慶의 중국 국민정부에 대한 영국 국민의 동정 여론이 맞물린 까닭이었다.

얼마 전 상하이에 주둔한 일본 해군 소속 일등병 병사가 공동 조계 거리에서 암살된 사건이 일어났을 때도 상황은 마찬가지였다. 조계 경찰은 처음부터 조사에 소극적이었다. 한 술 더 떠 '치정 관계가 얽힌 일본 군인들끼리 사적으로 벌인 싸움'이라 규정하며 사건을 축소하려 했다.

일본인 테러사건이 발생해도 일본 측이 여러 번 재촉을 해야지만 마지못해 무거운 엉덩이를 들고 조사하는 시늉을 하는 게 다였다.

폭발이 일어난 지 얼마 지나지도 않았다. 아직 정식으로 조사 의뢰서가 가지도 않았을 시점이다. 어째서 제임스 경감은 이렇게 일찍 사건 현장에 나타났을까? 의아함에 미간을 찌푸리는 혼마를 무시하고 제임스 경감은 오이카와 대위에게 되물었다.

"그 외에는 어떻습니까? 신원이 파악된 시체는 없습니까?"

"글쎄, 손상이 심해서 확실하게 말하긴 어렵지만⋯⋯."

오이카와 대위는 바닥의 시체를 하나하나 손가락으로 가리키며 말했다.

"이놈과 이놈은 우리 집 앞에서 살다시피 하던 거지 두 놈같군. 이쪽은 황포차黃包車, 고무바퀴가 달린 인력거를 끌던 인력거꾼 같고. 언제나 내가 집에서 나오기만을 기다리다가 '타세요, 타세요.' 하며 늘 귀찮게 굴곤 했지. 음, 이름은 모르겠어. 이 여자는 길 건너편에서 야채 장사를 했고…… 이 아이는 가엾게도 이웃집 꼬마로군. 자주 우리 집 뒷마당에서 놀던 아이야. 다른 이들은 짐작도 가지 않는군. 이 근처를 지나가다가 재수 없게 폭발에 휘말린 사람들이 아닐까."

"아하, 그렇군요."

제임스 경감은 오이카와 대위가 말할 때마다 일일이 고개를 끄덕여가며 주머니에서 꺼낸 수첩에 뭔가를 적어 넣었다. 메모를 끝내고 수첩을 덮은 제임스 경감이 나란히 누운 시체들 앞을 어슬렁거렸다. 그러다가 어느 시체 한 구 앞에 발을 멈추더니 구두코로 쿡쿡 찔러대며 말했다.

"이놈이 가장 수상해 보이는군요."

"그 거지가? 그가 폭탄 테러의 범인이라는 말인가?"

"폭탄? 아니요, 천만에요. 아마도 이놈은 담벼락 아래에서 모닥불을 피우고 있었을 겁니다. 그 탓에 벽 옆에 쌓아둔 페인트통이 폭발한 거죠."

제임스 경감은 어깨를 가볍게 으쓱하더니 현장에 이리저리 뒹굴고 있는 시커먼 페인트통을 걷어찼다.

'뭐? 그 폭발이 고작 페인트 깡통이 터진 거라고?'

옆에서 듣고 있던 혼마가 기가 막혀 끼어들었다.

"어디서 말도 안 되는 소리를 하나! 이건 누가 봐도 폭탄 테러잖아. 대위님 집을 노린 거라고. 여기서 그딴 헛소리할 시간 있으면 빨리 범인이나 잡으러 가지그래?"

"그만하게, 혼마 중사."

오이카와 대위가 억누르듯 낮은 목소리로 혼마를 제지했다.

"하지만 대위님······."

"헛수고다. 녀석들은 애초에 이 사건을 조사할 마음이 없으니까."

'조사할 마음이 없다니? 설마······?' 혼마는 순간 어안이 벙벙했지만 곧 의미를 깨닫고 어금니를 악물었다.

적지 않은 사상자를 낸 큰 폭발 사고다. 아무리 테러 사건에 개입을 꺼리는 조계 경찰도 이번 폭발사건을 없었던 일로 하기는 어렵다. 일본 측이 재촉하기 전에 일찌감치 사건의 조사 방향을 잡아야 그들로서는 유리한 것이다.

제임스 경감이 일찍 현장에 얼굴을 내비친 이유는 그런 의도에서다.

조계 경찰은 테러를 단속하거나 테러를 저지른 범인을 잡으려는 마음이 없는 거나 다름없다. 테러로부터 신변을 지키려면 헌병대 스스로 조사해 범인을 검거해야 하는 게 현실이다.

혼마는 폭발현장을 에워싼 수많은 구경꾼들을 둘러보면서

망연자실했다.

헤아릴 수 없이 많은 낯선 얼굴, 얼굴, 얼굴……

폭탄 테러를 기도하는 자들이 군복을 입고 덤벼들지는 않는다.

평소에는 태연한 얼굴로 군중 속에 섞여 있다가도 이쪽이 허점을 보이는 순간 총이나 폭탄으로 덮쳐온다.

그들은 '편의대'라고 불리는 비정규군으로 상하이에 사는 일본인들에게 공포의 대상이었다.

테러범이 인파 속으로 숨어버리면 현장에 있어도 찾아내기란 불가능하다.

지금도 상하이 헌병대원이 차례로 현장으로 달려와 조사를 하고 있지만 그 수는 주위를 에워싼 군중에 비하면 턱없이 부족하고 미덥지 못했다. 게다가 오이카와 대위의 말이 사실이라면 이 몇 안 되는 아군 속에는 적과 내통하는 자도 섞여 있을지 모른다.

'우리 상하이 헌병대만으로 테러에 대항해야 한다니 과연 가능한 일인가?'

어두운 마음으로 주위를 둘러보던 혼마의 시선이 갑자기 한 곳에 멈췄다.

수습한 시체들을 눕혀둔 돗자리 옆에 몸집이 큰 남자가 서 있었다.

헌병 상병 요시노 유타카.

계급은 혼마가 위였으나 상하이에 온 것은 요시노가 빨랐다. 분명 2년 가까이 되었으리라.

지방 출신의 무뚝뚝한 남자였다. 여기서 지낸 시간을 말해주듯 혼마보다 훨씬 검게 그을린 얼굴이었다.

상하이 헌병대원들은 일본에 있을 때와 달리 더위 탓에 모자를 잘 쓰지 않는다. 요시노 상병처럼 항상 헌병모를 단정하게 쓰고 다니는 대원이 드물다. 그가 헌병모를 벗지 않는 이유는 탈모가 시작된 머리를 가리기 위해서라는 소문도 있다.

요시노 상병은 뙤약볕 아래에서 혼마가 가까이 오는 것도 눈치채지 못하고 망연자실하게 서 있었다. 그는 돗자리 위에 누여진 시체 한 구를 꼼짝도 하지 않고 응시하고 있었다.

"왜 그러나, 요시노 상병?"

말을 걸자 상대는 흠칫 놀라며 얼굴을 들었다. 가무잡잡한 그의 얼굴이 묘하게 창백해 보였다.

"아는 사람인가?"

혼마의 질문에 요시노 상병은 당황하며 고개를 내저었다.

"아니요, 아닙니다. 결코 제가 아는 사람이 아닙니다."

요시노 상병은 "실례하겠습니다." 하고 덧붙이면서 어색한 자세로 경례를 하더니 황급히 자리를 떴다. 혼마가 다른 질문을 할 새도 없었다.

혼마는 요시노 상병이 방금 전까지 서 있던 위치로 가서 그가 보고 있던 듯한 시체를 주의 깊게 살펴봤다.

폭발의 충격에 사지가 묘한 각도로 비틀어진 데다 입고 있던 옷도 검게 타버려 확실하진 않지만 중국인 소년으로 보였다.

나이는 열대여섯. 어쩌면 더 어릴지도 모른다.

시체를 살피던 혼마는 고개를 갸우뚱했다.

소년의 얼굴은 그을음투성이였다. 화상이 심해 이목구비가 문드러져 구분하기도 어려웠다. 설령 아는 사이라 해도 이 시체가 누구인지는 한눈에 알아보기가 어려울 것이다.

'아니, 잠깐.'

혼마는 땅바닥에 한쪽 무릎을 꿇고 시체에 손가락을 갖다 댔다. 과연 그랬다. 처음에는 그을음인가 했었는데 시체의 가슴 부근에 나비 모양의 반점이 있다. 요시노 상병은 이 특이한 반점 덕에 시체가 누구인지 알아본 모양이다.

단순한 우연일까? 아니면 이 소년이 이번 폭탄 테러와 뭔가 관련이 있을까?

서둘러 자리를 떠버린 요시노 상병을 다시 부를지 망설이는데 뒤에서 누군가 말을 걸었다.

"혼마 중사."

혼마를 부르는 굵은 목소리의 주인공은 와쿠이 고우키浦井光毅 헌병 본대장이다. 그의 뒤로 오이카와 대위의 모습도 보였다.

와쿠이 본대장은 경례하는 혼마를 매서운 눈길로 응시했다.

"혼마 중사, 폭발 당시 오이카와 분대장과 함께 있었다고?"

"예, 그렇습니다."

"그렇다면 잘 알겠군. 이번 일은 우리 상하이 헌병대에 대한 명백한 도전이다. 오이카와 분대장을 보좌해 이번 사건의 조사를 맡게. 우선 폭탄의 출처를 밝혀내도록!"

"네, 지금부터 이 사건에 사용된 폭탄의 출처를 밝히는데 전력을 다하겠습니다."

"잘 부탁하네."

와쿠이 본대장은 묵직하게 고개를 끄덕이고 오이카와 대위와 함께 현장을 떠났다.

오이카와 대위는 혼마의 앞을 지나쳐가며 힐끗 눈길을 주더니 안쓰럽다는 표정을 지었다.

혼마는 본대장의 뒷모습이 보이지 않을 때까지 지켜보다가 겨우 부동자세를 풀며 한숨을 쉬었다.

'폭탄의 출처를 무슨 수로 찾아낸단 말인가.'

상하이에 온 지 3개월째.

그동안 배운 게 하나 있었다.

여기서는 돈으로 못사는 게 없다. 폭탄 따위 암거래로 얼마든지 손에 넣을 수 있다.

파는 사람도 사는 사람도 폭탄의 용도는 조금도 신경 쓰지 않는다.

상하이에서 폭탄의 출처를 알아내기란 모래사장에서 주운 단추의 주인을 찾는 것이나 마찬가지다.

비단 폭탄만이 아니었다.

돈만 있으면 뭐든 수중에 넣을 수 있다.

그중에서도 가장 값싼 게 사람 목숨이었다.

3

이튿날, 의외의 인물이 혼마를 찾아왔다.

상하이 일간 신문
기자 시오즈카 하지메

심부름꾼이 가져온 명함을 보고 혼마는 고개를 갸우뚱했다.

외국에 나와 있는 신문기자 중에서 알고 지내는 사람은 없다.

명함의 뒷면을 보니 연필로 급히 휘갈겨서 쓴 '그때는 여러 모로 신세를 졌습니다.'라는 문구가 있었다.

엉터리 기자이겠거니 하고 돌려보내려다 생각을 바꿔 한번 만나 보기로 했다.

심부름꾼의 안내를 받아 상하이 헌병대 사무소로 들어온 남자는 팔다리가 길쭉하고 호리호리한 체격에 머리카락이 길었다.

기생오라비처럼 예쁘장한 외모다. 남자는 사무소 입구에서 안절부절못하고 두리번거리다가 혼마를 발견하고는 안심했다는 얼굴로 가까이 다가왔다.

"오랜만에 뵙습니다. 어제 공동 조계에 계신 모습을 우연히 보고 찾아왔습니다."

비굴한 웃음을 띠며 머리를 조아리는 젊은 남자의 얼굴을 보고 혼마는 그가 누군지 간신히 기억해냈다.

상하이에 부임하기 전 혼마는 한때 일본에서 특고 형사로 근무했다.

특별 고등경찰. 통칭 '특고特高'는 일본 국내에서 일어나는 반체제 활동을 단속하기 위해 경찰 내부에 설치한 사상경찰이다.

표적은 주로 파도 소리. 소위 말하는 '빨갱이'다. 특고 재직 중 혼마는 다수의 사상범을 검거했는데 시오즈카 하지메도 그 중 하나였다. 당시 도쿄 제국대학의 학생이었던 시오즈카는 좌익 동조자로 지목되었다. 직접적인 체포 동기는 금지된 좌익성향 잡지를 몰래 돌려 읽었다는 흔해 빠진 이유였다.

그때 체포한 좌익 학생들 중에는 혼마가 혀를 내두를 정도로 고집 센 녀석이 있는가 하면 더러는 시오즈카처럼 어이없을 만큼 간단히 전향하는 녀석들도 있었다. 그는 체포되어 오자마자 금세 새파랗게 질려 부들부들 떨었으며 불과 이틀 만에 '지금 이 순간부터 다시는 좌익 사상에 관심을 갖지 않겠습니다.' 라는 각서를 쓰고 석방되었다.

시오즈카에게 좌익 사상이란 한철 유행하는 옷과 마찬가지였고, 육체적·정신적 고통과 맞바꿀 만큼 대단한 의미는 없었다.

당시 그의 취조 담당자가 혼마였다. 싱겁게 끝난 일이라 혼마는 머잖아 잊어버렸지만 이렇게 인사까지 하러 온 걸 보니 시오즈카는 그렇지 않은 모양이었다.

혼마가 접객용으로 사용하는 작은 방으로 안내한 후 일본차를 한 잔 끓여 내오자 시오즈카는 황송해서 몸 둘 바를 모르겠다는 듯 연거푸 고개를 숙였다.

"상하이에는 언제 오셨습니까? 오셨다고 기별이라도 하셨으면 제가 안내해 드렸을 텐데……."

여전히 고개를 들지 못하고 눈알만 위로 굴리며 말하는 시오즈카에게 혼마는 쓴웃음을 지으면서 물었다.

"그러는 자네는 상하이에 언제 왔나? 상하이 일간지 기자? 정말 마음 고쳐먹고 성실하게 사는 건가? 설마 여기에서 또 이상한 사상에 물든 건……."

시오즈카는 크게 당황하며 두 손으로 손사래를 쳤다.

"당치도 않습니다. 제 입으로 말하기도 그렇지만 이보다 성실할 수 없을 만큼 착실하게 살고 있습니다. 믿어지지 않으시면 이것 좀 읽어 보세요. 제가 여기에 와서 쓴 기사입니다. 일본군에게 불이익이 갈 만한 내용은 단 한마디도 쓰지 않았습니다."

혼마는 시오즈카가 내민 신문을 흘끗 보고는 바로 본론으로 들어갔다.

"그래서 오늘은 무슨 용건으로 왔나? 설마 오랜만에 만났으니 담소나 나누자고 온 건 아닐 테고."

"역시 들켰네요."

시오즈카는 선선히 인정하면서 멋쩍은 듯 머리를 긁적였다.

"실은 어제 사건에 대해 조금 여쭤보고 싶은 게 있어서요. 그 폭탄 테러, 오이카와 대위님 댁을 노린 거지요?"

질문을 하며 재빨리 수첩과 펜을 꺼내 드는 모습을 보니 성실하게 일한다는 말이 거짓말은 아닌 모양이다.

혼마는 사안을 곰곰이 따져본 다음 시오즈카에게 지금까지의 조사 상황을 말해주었다.

"사건 연루 혐의가 있는 몇 명의 중국인 용의자를 체포해 취조하는 중이다. 상황에 따라서는 조금 난폭한 방법을 쓸지도 모르지만 머지않아 자백을 하겠지. 범행을 자백하면 가까운 시일 안에 처형한다."

"그렇군요. 용의자 신병 확보, 현재 취조 중, 가까운 시일 내 처형……"

메모를 하며 중얼거리던 시오즈카가 불쑥 얼굴을 들고 물었다.

"폭탄의 출처는요?"

"예의 조사 중이다."

'예의 조사 중'이라고 쓴 다음 수첩을 덮었다.

"알겠습니다. 기사는 이 정도 선에서 쓰겠습니다. 괜찮으시죠?"

'녀석도 참.'

혼마는 씁쓸하게 웃었다.

사실을 말하면 조사는 별다른 진척이 없었다. 폭탄의 출처는 커녕 누가 범인인지도 당최 짐작 가는 데가 없다. 허나 이런 실정을 기사에 어떻게 그대로 싣겠는가?

신문에는 '테러를 일으킨 범인을 반드시 체포해 처형하겠다.'라는 보도가 나간다. 그렇지 않으면 상하이에 거주하는 일본인들이 안심하고 생활할 수 없기 때문이다. 설령 거짓 정보라고 해도 보도기관이 협력해 주는 수밖에 없다.

"오늘은 정말로 고마웠습니다. 앞으로도 많은 협조 부탁드립니다."

감사 인사를 하고 일어선 시오즈카는 응접실을 나가기 직전 무언가 떠올랐다는 듯 이마에 손을 짚으며 뒤돌아섰다.

"아, 맞다. 여러 가지로 신세 진 것에 대한 답례라고 하기는 뭣 하지만 혼마 중사님께 한 가지 정보를 드리겠습니다."

"정보라니, 뭔가?"

"이건 아마 본대장님도 모르고 계실 겁니다."

시오즈카가 소파로 돌아와 앉았다.

"실은 어제 폭발사건 현장취재 중에 우연히 의외의 인물을 봤거든요."

얼굴을 바싹 들이대며 목소리까지 낮춰 굉장한 비밀이나 되는 듯 말했지만 내용은 어딘가 뜬구름 잡는 이야기였다.

어제 시오즈카는 폭발현장을 조사하다가 구경꾼들 사이에서 낯익은 얼굴을 발견했다.

누구인지 금방 기억났다.

구사나기 유키히토.

도쿄 제국대학 시절의 동급생이었다.

이 지역 중국인 복장을 했어도 예전의 동급생을 잘못 볼 리가 없었다. 시오즈카는 반가운 마음에 말을 붙이려 그에게 가까이 다가갔다. 그런데 구사나기는 시오즈카가 다가오는 걸 보고서도 등을 돌려 인파 속으로 사라졌다. 구경꾼들 사이를 헤치며 한동안 그를 찾아 헤매었으나 헛수고였다.

'구사나기는 왜 동창생인 나를 보고 슬금슬금 도망친 걸까?'

이상하다고 여긴 시오즈카는 그제야 구사나기에 대해 떠돌던 소문이 떠올랐다.

지난번 일본에 돌아갔을 때였다. 시오즈카는 오랜만에 도쿄 제국대학 시절의 동급생과 술자리를 가졌다.

육군성 회계과에 근무하는 그 친구는 평소에는 과묵한 편이지만 술기운이 돌면 수다스러워지는 버릇이 있었다. 오랜만의 재회에 옛 추억을 회상하며 분위기가 고조되고 술기운이 어지간히 오르자 그가 갑자기 이런 말을 꺼냈다.

최근 육군 내부에 수상한 비밀조직이 생겼다. 그 조직이 요구하는 막대한 예산은 조건 없이 지출되고 받은 돈을 어디에 썼는지 일체의 보고도 없다. 덕분에 구멍 난 예산을 회계과의 직원들이 생고생하며 가짜 서류로 메운다. 이런 예산 지출이 말이 되는가?

그는 혀 꼬부라진 소리로 푸념을 늘어놓으며 고개를 저었다.

잠시 뒤 그는 얼굴을 들고 게슴츠레한 눈으로 시오즈카를 보았다. 그의 이름이 나온 건 그때였다.

'그 육군 비밀조직에 구사나기 유키히토가 있는 모양이더라.'

무심코 입을 잘못 놀렸다는 듯 그렇게 말했다.

구사나기 유키히토는 대학 시절부터 좋든 싫든 무시하지 못할 존재였다. 그는 두뇌가 대단히 명석했고 친구들이 자신의 삶에 끼어들 틈을 주지 않는 타입이었다. 항상 혼자인 것을 즐기는 수수께끼투성이의 남자였다. 창백하고 싸늘한 기운이 느껴지는 무표정한 얼굴로 대학 교정을 거닐 때면 주변 온도가 2도는 낮아지는 느낌이었다.

구사나기의 가정환경에 대해서도 아는 사람이 없었다.

'어느 지체 높은 분이 외도로 얻은 사생아'라고 호언장담한 녀석도 있었지만 진위 여부는 확인된 바 없다.

뛰어난 성적으로 대학을 졸업한 후 외국 대학으로 유학을 갔다는 소문은 들었지만…….

'구사나기 유키히토가 육군 비밀조직의 일원이라고?'

시오즈카는 가볍게 웃어넘겼다.

친구조차 곁에 두지 않던 구사나기가 다방면에서 긴밀한 인간관계를 쌓아야 하는 육군에 입대했다니 도무지 믿기지 않아서였다.

육군성 회계과의 친구는 시오즈카의 말에 '그게 아니야'라고 재차 고개를 흔들며 다시 주위를 살폈다.

비밀을 털어놓듯 조그만 목소리로 친구는 말을 이었다. 시오즈카는 그 말에 무릎을 쳤다.

그런 거라면 납득이 간다.

'구사나기가 있는 곳은 스파이 양성기관이야.'

"그러니까 이런 얘기로군."

대강 그의 이야기를 듣고 난 후 혼마는 약간 지루하다는 얼굴로 입을 열었다.

"자네의 대학 시절 동창인 구사나기 아무개가 지금 육군 스파이로 상하이에 잠입했다. 그 말이지?"

"혼마 중사님, 과연 이해가 빠르십니다. 어떻습니까? 조금은 귀가 솔깃한 정보지요?"

"자네의 정보에는 몇 가지 문제점이 있네만."

"문제점이요?"

"최근 육군 내에 스파이 양성기관이 생겼다는 이야기는 금시초문이네."

"그거야 워낙 극비에 부치는 조직이니까 당연하지요."

"그 정도의 극비사항을 육군성 회계과에 근무한다는 자네 친구가 떠벌리는 게 말이 되나?"

"저와 그 친구는 대학 동창이니까요. 아무에게도 말 못하는 이야기를 저한테는 다 하거든요. 동창 좋다는 게 그런 거 아닙니까?"

천연덕스레 웃는 시오즈카의 나부죽한 얼굴을 보며 혼마는 가볍게 눈살을 찌푸렸다.

'인텔리'라는 자들끼리의 특유의 연대감에 지금까지 몇 번이나 골탕을 먹은 기억이 있다. 도쿄 제국대학 졸업. 그들 사이에서 이 말은 어떤 문도 열 수 있는 마법의 주문과도 같았다.

그런 의미에서 보면 시오즈카의 말에도 일리가 있다.

"이곳에서의 첩보 활동은 우리 상하이 헌병대가 도맡고 있다. 설령 육군 내부에서 극비 스파이 양성기관을 만들어 스파이를 배출했대도 그들이 상하이에서 활동하는 건 불가능해."

혼마의 자신만만한 태도에 시오즈카는 순간 멍한 표정이 되었다.

"진심으로 하시는 말씀입니까?"

고개를 끄덕이자 시오즈카는 두세 번 눈을 깜박이더니 '거참' 하며 한숨을 내쉬었다.

"그렇게 장담하셔도 괜찮을까요? 혼마 중사님, 스파이라는 놈들은 본래 극비로 활동하는 자들입니다. 상하이에 파견된 헌병대는 사무소 간판까지 버젓이 내걸고 보란 듯이 활동하지 않습니까? 도저히 스파이라고 보긴 어렵죠."

"그거야 그렇지만……."

"물론 상하이 헌병대분들이 때때로 사복을 입고 거리로 나가 현지인에게서 정보를 수집한다는 건 저도 압니다. 하지만 헌병대의 그런 활동들을 여기 사람들은 죄다 알고 있습니다. 혼마 중사님은 영어와 중국어 둘 다 잘하시니 현지인들과 의사소통에 큰 불편이 없다고 여기시겠죠. 하지만 현지인들 귀에는 우리말을 제법 하는 외국인이 하는 말로 들릴 뿐입니다. 중국 옷을 입고 변장해도 입고 벗는 모습을 보면 현지 사람이 아니라는 것쯤은 한눈에 알아보죠. 상하이에서 오래 머무른 헌병대원 가운데는 현지 중국인이 다 됐다는 생각으로 혼자서 거리를 활보하는 분도 있는데요. 본인이 깨닫지 못할 뿐 그건 굉장히 위험한 행동입니다. 세수하는 방법 하나만 놓고 봐도 정체가 쉽게 탄로 나니까 말이죠."

"세수하는 방법?"

"보세요. 일본인은 이렇게 세수를 하지요?"

시오즈카는 두 손을 가지런히 모아 얼굴 앞에 올린 후 위아래로 손을 움직였다.

"여기 사람들은 이렇게 합니다."

이번에는 가지런히 모은 두 손을 움직이지 않고 위아래로 얼굴을 움직인다. 혼마는 가볍게 눈살을 찌푸리고 어깨를 들썩이며 말했다.

"알겠네. 앞으로는 조심하지."

"그러시는 게 좋겠습니다."

"하지만 자네 친구가 말한 비밀조직이 육군 내에 정말 존재하기는 할까?"

"D기관."

"뭐?"

"그 비밀조직은 육군 내부에서 D기관이라고 불린다더군요."

"그렇군."

고개를 끄덕이던 혼마는 어느 틈에 완전히 상대의 페이스에 말린 것을 깨닫고 쓴웃음을 지었다. 혼마는 말투를 조금 바꿔 그에게 물었다.

"그 D기관인가 하는 녀석들은 상하이에서 무슨 수작을 부리려는 게냐?"

4

시오즈카가 돌아간 뒤에도 혼마는 한동안 혼자 응접실에 남아 있었다.

탁자 위에는 사진 한 장이 놓여 있었다.

시오즈카가 가기 전 가방에서 꺼내 두고 간 사진이다.

"대학 시절에 찍은 단체사진입니다. 이 사람이 구사나기고요. 참고하시라고 두고 가겠습니다."

그렇게 말하며 시오즈카는 사진의 오른쪽 끝에 찍힌 교복 차림의 젊은 남자를 가리켰다.

척 봐도 매우 단정한 외모다. '창백하고 싸늘한 기운이 느껴지는 무표정한 얼굴'이라는 시오즈카의 표현은 과장이 아니었다. 다만 혼마가 느낀 구사나기 유키히토라는 남자의 인상은 조금 달랐다.

구사나기는 정면을 바라보지 않고 어딘가 다른 곳을 비스듬하게 바라보고 있다는 인상이었다. 단체사진임에도 마치 그의 독사진을 보는 느낌이다. 혼마는 문득 특별 고등경찰 시절 몇 명의 용의자에게서 같은 인상을 받은 적이 있음을 떠올렸다.

빨갱이 인상이라는 말은 아니다.

당시 혼마가 체포한 빨갱이들은 정도의 차이는 있을지언정 항상 눈빛에 열정이 가득했다. 그러나 눈초리가 길게 찢어진 구사나기 유키히토의 눈동자에는 공허함과 허무의 그림자만이 짙게 드리워져 있다.

자기 자신 외에는 아무도 믿지 않는 남자의 얼굴이다.

혼마는 씁쓸한 기분으로 인정했다.

참으로 성가시게 되었다.

이런 종류의 인간들은 '나는 이 정도는 할 수 있다' 또는 '나 정도 되는 사람은 이런 임무쯤 당연히 완수해야만 한다'라는 명제를 스스로에게 증명하고자 그 어떤 일도 얼굴색 하나 바꾸지 않고 해치운다.

시오즈카의 말에 따르면 육군 내부에 극비로 설립한 스파이 양성기관은 그런 종류의 인간들만 모아놓은 곳이라 한다.

혼마는 팔짱을 끼고 조금 전에 시오즈카에게 들은 이야기를 차근차근 되짚어 보았다.

"D기관 녀석들은 25억 위안元에 달하는 정교한 위조지폐를 상하이에 반입해 중국 전역에 유통할 계획인 것 같더군요."

시오즈카는 연극이라도 하듯이 과장된 몸짓으로 주변을 두리번대며 얼굴을 가까이 대고 조그만 목소리로 말했다.

'25억?'

혼마는 벌어진 입을 다물지 못했다.

중일전쟁 발발 당시 중국이 대략 3년 동안 사용한 군사비에 해당하는 엄청난 금액이다.

그 정도의 위조지폐가 반입되어 중국 전역에 퍼진다면 이 나라는 순식간에 인플레이션에 휩쓸려 경제가 완전히 붕괴되고 만다.

문제는 거기서 그치지 않는다.

25억 위안에 달하는 막대한 양의 위조지폐가 시장에 유통된다면 중국 화폐는 대외적으로 신용을 잃는다. 결과적으로 중국은 무기나 자재를 수입할 길이 막히고 사실상 전쟁이 불가능해진다.

'싸우지 않고 적을 물리친다.'

얼핏 듣기에는 좋은 말이지만 그런 작전을 펼친 사실이 공개된다면 군부 강경파뿐만 아니라 국내 여론까지도 합세해서 강도 높게 비난할 것이다. 게다가 D기관의 녀석들은 위조지폐 작전을 수행하기 위해 청방靑幫과도 손을 잡았다고 한다.

청방. 淸幫이라고도 쓴다. 국가 권력과는 관계없이 중국 국내에서 조직된 민간 비밀결사 조직이다.

행동 원칙은 다르지만 일본의 '야쿠자'와 비슷한 조직이다. 중국에는 예로부터 다수의 민간 비밀결사 조직이 존재해왔다. 그중에서도 양쯔 강 연안과 상하이를 거점으로 한 청방은 중국 역사상 가장 큰 영향력을 떨치고 있는 민간 비밀결사조직이다. 중국 전 지역의 지하 경제를 쥐락펴락하는 놈들이었다. 그들의 주요 수입원은 아편이다.

과거 영국이 중국과의 편무역片貿易, 양국 간에 일방적으로 수출만 하거나 수입만 하는 무역을 바로잡으려고 강제로 들여온 아편의 해악은 오늘날 중국 전 지역으로 확산되었다. 특히 이곳 상하이는 아편 중독자가 셀 수도 없이 넘쳐난다.

식음을 전폐하고 뼈만 남은 앙상한 몸으로 아편만 빨아대는 사람들. 그들은 이미 오래전 인간의 존엄성을 상실했다. 혼마는 아편굴에 들어찬 아편 중독자들의 모습을 볼 때마다 오싹함과 함께 혐오감을 느꼈다. 그런 아편을 우매한 민중에게 팔아치워서 막대한 이익을 챙기는 조직이 청방이었다.

'그런 놈들과 손을 잡고 위조지폐를 뿌리겠다니 목적을 위해

서라면 수단도 가리지 않는가?'

생각할수록 발밑이 타들어가듯 초조하고 입안이 바싹 말랐다.

중일전쟁도 사실 유럽 열강의 압제에서 아시아의 민중들을 해방시키겠다는 구호를 앞세우지 않았던가? 언제부터 이런 식으로 방향을 잃은 것인가?

'D기관이라고?'

혼마는 탁자 위의 사진을 다시 쳐다보면서 중얼거렸다.

사진 속의 구사나기 유키히토는 세상을 발밑에 두고 조소하는 듯 보였다.

이런 녀석들을 모아다가 육군 고위층은 무엇을 하려는 걸까.

사진을 노려보는 혼마의 뇌리에 몇 개인가의 단어가 꼬리를 물고 떠올랐다.

Demon.

Devil.

Dangerous.

혹은 Darkness.

하나같이 D로 시작되는 단어들이다. D기관은 설마…….

혼마는 퍼뜩 정신을 차리고 쓴웃음을 지었다.

'아무리 봐도 터무니없는 이야기잖아. 도대체 내가 무슨 생각을 하는 거야?'

방안에는 어둠이 내려앉은 지 오래였다.

혼마는 한숨을 크게 쉰 후 소파에서 무거운 몸을 일으켰다.

5

상하이는 낮과 밤이라는 두 얼굴을 지닌 도시이다.

뜨거운 남국의 태양이 서쪽 하늘로 사라지면 형형색색의 네온사인이 대로를 휘황찬란하게 밝힌다. 사람들은 매달리는 거지를 익숙하게 뿌리치고 옆 사람과 큰소리로 웃고 떠들면서 밤거리를 누빈다.

조잡한 사진과 기념품을 파는 거리의 장사꾼이 행인에게 다가가 귓속말을 한다.

정체를 알 수 없는 그자들이 실제로 무엇을 파는지는 아무도 모른다.

상하이의 밤은 낮과 비교할 수 없이 화려하다.

아름다운 자수를 넣어 장식한 치파오旗袍, 중국 전통의상으로 몸에 딱 맞는 원피스 형태의 여성 의복로 잘록한 허리를 감싼 여자들이 길모퉁이를 서성이며 지나가는 남자들에게 야릇한 시선을 던진다.

공동 조계를 동서로 가로지르는 난징루南京路 거리를 걸어가며 혼마는 늘 그렇듯 이 거리 사람들의 무신경이라고 부를 만한 생명력에 혀를 내둘렀다.

지금 이 순간에도 중국 전역에서는 전쟁이 벌어지고 있을 터였다. 이곳 상하이에서도 하루가 멀다고 피비린내가 나는 테러사건이 발생하지만 이 번화한 밤거리에 발을 들여놓았다 하면 그런 일들이 전부 거짓말 같다.

혼마는 인파를 헤치며 걸어가다 느닷없이 샛길에서 튀어나온 사람과 부딪힐 뻔했다.

"두이부치미안합니다."

아슬아슬하게 그 남자와 스쳐 지나간 후 혼마는 움찔하고 걸음을 멈췄다.

'방금 그 남자는……?'

중국 옷을 입고 나름대로 변장한 모습이었지만 특별 고등경찰 시절에 단련된 혼마의 눈은 그가 사진 속의 젊은이 구사나기 유키히토임을 간파했다.

혼마는 즉시 발길을 돌려 그의 뒤를 쫓았다.

인파 속에서의 미행은 가까이 가도 상대가 잘 알아차리지 못하기 때문에 표적을 잃어버리지 않도록 주의만 하면 비교적 쉽다.

혼마는 몇 발짝 떨어져서 미행을 계속했다. 구사나기는 조금도 눈치채지 못한 모습이다.

곁눈질 한 번 하지 않고 사람들을 헤치며 난징루 거리를 걷던 구사나기는 건물 사이의 좁은 길로 사라졌다.

혼마는 걸음을 멈추고 천천히 셋을 센 뒤에 따라 들어갔다.

편평한 돌이 깔린 골목이다. 네온사인 불빛조차 닿지 않았다.

어둠 속을 주시하자 누더기를 걸친 사람들의 검은 실루엣이 윤곽을 드러낸다. 그 사이로 앞서 가는 구사나기의 등이 보였다.

골목으로 접어들수록 숨 막히는 아편 냄새와 음식물이 썩는 악취가 코를 찔렀다.

난데없이 어둠 속에서 누군가 달려들었다. '예지野雉, 길거리에서 호객 행위를 하는 창녀를 일컫던 옛말'라 불리는 최하류급 매춘부다. 여자를 밀쳐내고 앞으로 걸어간다. 등 뒤에서 상스런 욕설이 날아들었지만 잔돈을 던져 주자 이내 잠잠해졌다. 뒤돌아보니 돈을 줍는 여자의 옆에서 이가 몽땅 빠진 노파가 소리 없이 웃고 있는 모습이 어렴풋이 보였다.

어두운 골목을 빠져나가자 다시 네온사인이 반짝이는 큰길이었다.

사람들 틈에서 구사나기의 뒷모습을 발견했다. 여전히 앞만 보며 빠른 걸음으로 이동 중이다.

이윽고 구사나기가 네온이 유난히 번쩍대는 건물로 들어갔다. 혼마는 건물의 퇴폐적인 네온사인을 올려다보며 순간 머뭇거렸다.

'댄스홀이라…….'

내키지 않지만 결심을 굳히고 안으로 발을 들여놓았다.

미친 듯이 울려 퍼지는 트럼펫 소리와 플로어를 흔드는 경쾌한 리듬.

국적 불명의 재즈 밴드가 연주하는 요란한 음악에 맞춰 어두운 댄스 플로어에서 꿈틀대는 사람들.

영국인, 이탈리아인, 러시아인, 일본인, 간간이 보이는 중국인들 모두 각자 취향대로 고른 미인과 춤을 추면서 몸을 좀 더 밀착시키려 허리를 끌어당긴다.

상하이의 댄스홀에는 손님도 종업원도 국적을 따지지 않고 적군도 아군도 없다. 그들이 따지는 것은 단 하나, 돈이다.

문을 열고 안으로 들어서면 어림잡아 5, 60명은 됨직한 눈부신 미녀들이 일렬로 늘어서서 손님을 맞이한다. 그러고 보면 상하이에 처음 왔을 때 이 같은 화려하고 찬란한 광경에 몹시도 놀랐었다.

집요하게 댄스 파트너를 권하는 종업원의 말을 자르면서 혼마는 플로어가 잘 보이는 구석 자리로 안내해 달라고 했다.

둘러보니 구사나기는 플로어와 가까운 자리에 앉아 혼자 술을 마시고 있었다.

여자와 춤을 추지도 않았고 누군가를 기다리는 낌새도 아니었다.

'우선은 지켜봐야겠군.'

혼마는 종업원을 불러 술을 주문했다.

마시고 취할 상황이 아닌 터라 주문한 위스키는 혀로 핥듯 홀짝이기만 했다. 잠시 후에 구사나기가 자리에서 일어났다.

눈으로 움직임을 쫓았다.

구사나기의 모습은 플로어 가장 안쪽 깊숙한 곳에 있는 문 뒤로 사라졌다.

서둘러 자리에서 일어나 그가 사라진 문으로 다가가자 검은 제복을 입은 종업원이 혼마의 앞을 막아섰다.

군살이라곤 조금도 없는 다부진 체격의 종업원이 '노, 노.'라고 말하며 양손을 앞으로 내밀었다. 얼굴은 웃음을 띠었지만 행동은 단호했다.

'맨입으로는 못 들어간다, 이건가?'

혼마는 살짝 얼굴을 찌푸렸다. 상하이에서 돈으로 해결 못하는 일은 없다. 하지만 얼마를 내야 이 문을 열어줄지 짐작이 가지 않았다.

수중에 있는 돈으로 해결이 될지 불안해하며 주머니에 손을 집어넣어 지갑을 꺼내려 하는데 손끝에 차가운 무언가가 만져졌다.

꺼내보니 동전 한 개였다.

혼마는 고개를 갸웃거렸다.

언제 이런 걸 주머니에 넣었는지 전혀 기억에 없었다.

의아해하던 혼마는 문득 종업원의 시선이 그 동전에 꽂혀 있는 걸 알아채고 들고 있던 동전을 그에게 내밀었다.

그는 동전을 받아들고는 앞면과 뒷면을 신중히 살펴보았다.

잠시 후 그는 고개를 들고 앞을 막아선 몸을 옆으로 비키며 문을 열어주었다.

혼마가 안으로 들어가자마자 등 뒤의 문이 닫힌다.

미로를 빠져나가듯 바닥까지 드리운 두툼한 커튼을 젖히며 내부로 들어가자 갑자기 혼마의 눈앞에 넓은 방이 펼쳐졌다.

숨이 턱 막힐 만큼 담배 연기가 자욱해 방안의 모든 사물이 희뿌옇게 보였다.

바로 옆 테이블에서 룰렛 돌아가는 소리가 들리는가 싶더니 잠시 뒤 "우와!" 하는 함성이 터져 나왔다.

팽팽한 긴장감이 감돌던 분위기가 그 순간 느슨해지고 칩을 옮기는 딱딱한 소리가 이어진다.

'여기는…….'

그제야 혼마는 자신이 들어온 곳의 실체를 알 수 있었다.

극비리에 운영되는 회원제 도박장.

방금 끝난 룰렛 한 판에는 아마도 한 사람의 인생을 망가뜨리고도 남을 어마어마한 판돈이 걸려 있었으리라.

그때였다. 누군가가 불쑥 코앞으로 술잔을 내밀었다.

놀라서 쳐다보니 입술을 새빨갛게 칠한 아름다운 소녀가 바로 앞에 서 있었다.

"시에시에감사합니다."

술잔을 받아들자 소녀는 생긋 웃으며 물러갔다.

몸에 착 달라붙는 치파오를 두른 소녀의 뒷모습은 호리호리했지만 놀랄 만큼 중성적인 느낌이 들었다. 마치……

소녀가 아니다. 새빨간 입술 때문에 착각했지만 금방 다녀간 이는 소년이었다.

이 도박장에서는 곱상한 소년들을 데려다가 화장을 시키고 여자 옷을 입혀서 손님을 시중들게 하나 보다.

혼마는 소년의 뒷모습을 넋 놓고 바라보다 금세 작게 혀를 차며 고개를 가로저었다.

엉뚱한 곳에 정신을 팔고 있을 때가 아니다.

술을 마시는 척 술잔으로 얼굴을 가리고 가능한 한 눈에 띄지 않게 벽을 따라 이동하며 눈으로 구사나기를 찾았다.

없다.

반대쪽 테이블에도 없었다.

어디로 사라졌단 말인가?

조바심에 방안을 이리저리 둘러보던 혼마의 시야에 예기치 못했던 인물의 모습이 들어왔다.

늘씬한 외국 미녀를 양 옆구리에 끼고 도박에 빠져 있는 한 남자. 잔에 든 술을 물처럼 단숨에 들이키며 카랑카랑한 소리로 웃고 있는 남자의 얼굴은.

혼마는 믿기지 않는 광경에 소리 없이 절규했다.

6

아침 아홉시 밖에 안됐는데 방 안 공기가 벌써부터 뜨거웠다. 가만있어도 끈적끈적 더운 기운이 들러붙는다. 천장에 매달린 거대한 선풍기는 달아오른 공기 덩어리를 휘저을 뿐이다.

겨드랑이에 헌병모를 낀 채 아까부터 부동자세를 취하고 있는 헌병 중사 혼마 에이지의 구릿빛 얼굴에서 연신 구슬땀이 흐른다.

혼마는 책상 앞에 앉은 오이카와 헌병 대위를 보며 늘 그렇듯 감탄했다.

그는 혼마를 대기시켜 놓은 채 오늘 아침 배편으로 대본영 육군부에서 보내온 서류를 훑어보는 중이었다. 놀랍게도 그의 이마에는 땀 한 방울 맺혀 있지 않았다.

이윽고 오이카와 대위가 서류에서 눈을 떼더니 벽시계를 흘끗 보며 입을 열었다.

"기다리게 해서 미안하군."

"아닙니다. 괜찮습니다."

혼마는 부동자세를 유지하며 대답했다.

"그래, 내게 무슨 용무인가?"

오이카와 대위가 책상 위에 양 팔꿈치를 세우더니 깍지를 끼며 혼마에게 물었다.

"사건 진상에 대해 내게 극비로 보고할 게 있다고 했지?"

"네! 그렇습니다."

막상 이 순간이 닥치자 망설여졌다.

밝은 아침 햇살 속에서 다시 생각해보니 자신의 발상이 황당무계하기 짝이 없었다.

오이카와 대위의 표정은 태연했다. 혼마는 마음을 다잡고 대위의 날렵한 콧날과 하얀 얼굴을 똑바로 바라보면서 어렵게 입을 열었다.

"이번 사건은 오이카와 대위님께서 스스로 꾸민 자작극입니다."

　오이카와 대위의 얼굴에는 자그마한 동요조차 일지 않았다.

　눈썹 하나 꿈쩍하지 않았다.

　고매한 학자처럼 침착하고 냉정한 눈빛으로 혼마를 응시
한다.

　혼마는 그의 시선이 거북했지만 스스로 제 엉덩이를 차듯
말을 이어갔다.

　"이번 사건의 진상은 이렇습니다. 대위님은 자신의 죄를 은
폐할 목적으로 최근 상하이에 빈발하는 폭탄 테러를 가장해 집
을 폭파시켰습니다. 자택에 폭탄을 설치한 것도 대위님 자신입
니다."

　"죄라고?"

　오이카와 대위가 미간을 찌푸리며 중얼거렸다.

　"그건······."

　"좋아, 계속해봐."

　"네, 그로 인해 죄 없는 많은 이들이 억울하게 희생되었습
니다."

　그 순간 오이카와 대위가 입술을 일그러뜨리며 기묘한 웃음
을 지었다.

　"설마 자네가 말하는 죄 없는 이들이 혹시 우리 집 앞에 노
상 죽치고 있던 그 거지 둘인가? 아니면 자기 황포차에 타라고

귀찮게 졸라대던 인력거꾼? 우리 집에 일 다니던 할멈? 그렇다면 아닐세. 그 할멈은 손버릇이 안 좋아 올 때마다 자질구레한 물건을 훔쳐갔거든. 이 도시에 사는 사람 치고 죄 없는 자가 어디 있겠나? 그 사람들이 죽었다고 신경 쓸 사람은 아무도 없어."

"그럼 자택에 폭탄을 설치한 사실은 인정하시는 겁니까?"

짧은 침묵이 흘렀다.

"그렇다면?"

오이카와 대위는 반듯한 자세를 무너뜨리며 의자 등받이에 등을 기댔다.

좀 전까지 침착하고 냉정했던 표정에 금이 가며 생판 낯선 남자의 얼굴이 드러났다. 능글맞게 히죽거리는 그 얼굴에 주눅이 든 기색은 털끝만큼도 없었다.

이야기를 꺼내는 순간까지도 반신반의했던 혼마는 그제야 자신이 목격했던 장면이 꿈이 아니었음을 확신했다.

그날.

구사나기를 뒤쫓아 갔던 혼마는 비밀 도박장에 발을 들여놓았다가 믿기 힘든 광경을 목격했다. 양팔에 미녀들을 껴안고 한껏 상기된 얼굴로 도박에 열을 올리던 오이카와 대위의 모습을 말이다.

근처에 있던 영국인으로 보이는 남자에게 넌지시 물어보니 오이카와 대위가 이곳의 단골이라는 대답이 돌아왔다.

현실적으로 가능한 일인가?

이러한 회원제 비밀 도박장에서는 한판 승부에 보통사람은 상상도 못할 막대한 금액이 배팅 된다. 기밀비가 있다 하더라도 일개 일본 헌병 대위가 수시로 드나들 만한 곳이 아니다.

혼마의 귓가에 폭발하는 듯한 환호성이 들려왔다. 룰렛에서 크게 한 방 터진 모양이다.

문득 그날의 폭발이 떠올랐다.

오이카와 대위의 자택을 노린 폭탄 테러가 일어난 시각.

폭발음이 들린 순간 혼마는 재빨리 바닥에 엎드렸고 오이카와 대위가 질책을 할 때까지 꼼짝도 하지 못했다. 그때 혼마는 나약한 모습을 보인 자신을 수치스럽게 여겼다. 이제 와 생각해보면 자신의 행동은 지극히 자연스러운 반응이었다.

바로 전날 후시 지구 헌병 분대원의 코앞에서 일본 기업이 입주한 빌딩이 연달아 발사된 박격포 탄에 붕괴되었다. 오이카와 대위도 그 현장에 있었다. 그렇다면 2차, 3차 포격을 예상하는 것이 당연했다.

하지만 오이카와 대위는 폭탄이 터진 직후 한 치의 망설임도 없이 바로 창가로 향했다.

그 시점에 오이카와 대위가 두 번째 폭격이 없다는 사실을 미리 알고 있었다면?

도박장을 몰래 빠져나온 혼마는 사흘에 걸쳐 조사한 끝에 후시 지구 헌병 분대 보관 창고의 아편이 대량으로 사라진 사실을 알아냈다.

오이카와 대위는 정규 헌병대가 임무 중에 압수한 아편을 몰래 뒤로 빼돌려 상하이의 밤거리에서 쓸 유흥비를 충당했다.

혼마는 마치 딴 사람처럼 변해 히죽대는 오이카와 대위의 얼굴에서 저도 모르게 눈을 돌리고 말았다.

'너무 길었던 거다, 상하이에서 보낸 5년이.'

그 5년은 단순한 5년이 아니었다.

그 사이 상하이에는 일본군과 중국군 간에 치열한 무력충돌이 발생했다. 상하이 헌병대는 원래 군대 내 규율 유지와 주재 일본인 보호를 목적으로 파견되었으나 상황이 상황이니만큼 현지 정보 수집과 대테러에 대처하라는 전례 없는 임무까지 떠맡기에 이르렀다. 상하이에서도 후시 지구는 치안이 좋지 않기로 악명 높았다. 인파 속에서 얼굴도 모르는 자가 자신의 목숨을 노리고 있다는 긴장의 끈을 한순간도 놓지 못하는 곳이다.

한편 상하이의 밤은 고혹적인 얼굴로 지친 사람들을 유혹한다.

오이카와 대위는 본디 성실하고 결벽에 가까운 성격의 소유자였다. 완벽하게 임무를 수행하려 최선을 다했지만 결국 무너지고 말았다.

헌병은 임무의 특성상 출입 장소를 가리지 않는다. 음식점, 댄스홀, 아편굴, 사창가, 그리고 도박장.

오이카와 대위가 처음 비밀 도박장을 찾게 된 계기는 아마 단속 때문이었으리라.

그렇게 유혹에 빠졌다.

도박장을 경영하는 입장에서는 상하이를 군사적으로 지배하는 일본 헌병대 분대장에게 잘 보여 손해 볼 일은 없다. 처음에는 오이카와 대위를 일부러 도박에서 이기게 해주고 축하를 빙자해 최고의 술자리를 제공하고 절세 미녀를 안겨주었는지도 모른다.

그때까지 오로지 성실하게 임무를 수행하며 젊음을 제대로 즐겨본 적이 없었던 오이카와 대위는 그날로 쾌락의 포로가 되었다. 그러던 어느 날 그의 귓가에 누군가 이렇게 속삭인다.

"당신들이 관리하는 보관 창고에 쌓여 있는 아편을 조금만 빼돌려주지 않겠소? 그리만 해준다면 이보다 더 끝내주는 놀이를 소개해 주리다."

이로써 오이카와 대위는 두 얼굴의 상하이에 동화되듯 밤과 낮의 두 얼굴을 가지게 되었다.

낮에는 냉정하고 침착하며 책임감 넘치는 후시 지구 분대장의 얼굴.

밤에는 끝없는 욕망을 쫓아 온갖 환락을 탐닉하는 타락한 남자의 얼굴.

두 얼굴은 판이하게 달랐기에 누구도 알아채지 못했다.

그러던 어느 날. 보관 창고에 있던 아편 수량이 기록과 맞지 않다는 사실을 발견한 자가 있었다.

미야타 노부테루 하사였다.

그는 헌병대 내부에 숨은 내통자가 아니라 보관 창고에서 사라진 아편의 행방을 쫓고 있었다.

'헌병대 내부에서 누군가가 아편을 부정 유출하고 있다.'

거기까지는 정확히 추측한 미야타 하사도 설마 그 누군가가 분대장인 오이카와 대위일 거라고는 꿈에도 생각하지 못했으리라. 그는 이 사실을 오이카와 대위에게 보고했고, 지시에 따라서 극비리에 조사를 진행했다.

미야타 하사는 일주일 전에 후시 지구를 순찰하다가 누군가가 뒤에서 쏜 총에 맞아 피투성이 변사체로 발견되었다.

미야타 하사가 진상을 밝혀내기 전에 오이카와 대위가 손을 쓴 것이다.

상하이 헌병대가 아무리 눈에 불을 켜고 찾아봤자 미야타 하사를 살해한 범인의 행방은 언제까지고 오리무중일 수밖에 없다.

거기까지 조사를 진행했을 때였다. 혼마의 뇌리에 새로운 가설이 떠올랐다.

비밀 도박장을 운영하는 댄스홀을 찾아가 지배인을 불러서 슬쩍 떠보니 오이카와 대위의 옆에서 시중들던 소년 하나가 얼마 전부터 행방불명이 됐다고 순순히 털어 놓았다.

"당신 분대장이 그 아이를 어떻게 하든 그건 그분 마음이지만 돈은 내셔야죠. 이러시면 정말이지 곤란합니다."

댄스홀 지배인은 살찐 배를 출렁이며 어깨를 으쓱했다.

혼마는 행방불명된 소년이 무얼 했으며 그 후에 어떻게 되었을지 짐작해보았다.

오이카와 대위는 소년에게 총을 쥐여주며 테러를 가장해 순찰을 돌던 미야타 하사를 저격하게 했다. 그리고는 일 처리를 끝내고 돌아온 소년마저 죽인 다음 그 시체를 다른 시체들 사이에 섞어 폭발사고의 희생양인 양 자신의 범죄를 은폐했다.

폭발 사건은 처음부터 그럴 의도로 계획한 대위의 자작극이었다.

상하이 헌병대는 미야타 하사를 죽인 범인이 잡힐 때까지 만사를 제쳐놓고 살인범을 쫓을 게 틀림없다. 적어도 그러는 동안에는 보관 창고의 아편에 대해 신경 쓰는 사람은 아무도 없을 것이다.

그 와중에 헌병대 지구 분대장의 자택이 폭파되는 사건을 일으켜 테러가 빈발한다는 인상을 주위에 심는다. 그러면 미야타 하사 살인사건도 그중 하나였다고 간주될 테니까.

자택이 폭파된 시각 혼마와 함께 있었던 사실을 본대장에게 넌지시 암시했으니 알리바이도 확보된다. 그날 아침 오이카와 대위는 혼마를 기다리게 한 채로 몇 번이나 벽시계를 쳐다보았다. 시한장치의 폭발 시간을 계산하고 있었던 것이다.

혼마가 이 모든 사실을 알게 된 데에는 유감스럽게도 D기관의 일원인 구사나기의 도움이 컸다.

그날의 미행은 구사나기가 의도한 바였다.

그렇게 생각할 수밖에 없었다. 자신도 모르는 사이 주머니 속에 들어 있었던 낯선 동전 – 비밀 도박장 출입증 – 은 혼마와 부딪힐 뻔한 상황을 연출해 구사나기가 몰래 넣었을 것이다. 그 동전이 없었다면 도박장에 발도 들이지 못했으리라. 구사나기는 일부러 혼마가 자신을 미행하게끔 유도해 오이카와 대위의 다른 모습을 그의 눈으로 직접 보게 만들었다.

그뿐만이 아니었다.

혼마가 '상하이 일일신문'에 확인해보니 시오즈카라는 기자가 분명히 있기는 하지만 그날은 취재차 상하이를 떠나 있었다고 한다.

혼마가 만난 사람은 가짜 시오즈카였다.

구태여 시오즈카의 이름과 경력을 사칭한 이유는 혼마의 신뢰를 얻으려는 의도였으리라.

혼마는 상대가 예전에 자신이 체포했던 남자라 생각하고 쉽게 경계심을 풀었다. 자세히 확인해보지도 않고 곧이곧대로 그의 이야기를 믿었다.

큰 거짓말을 은폐하려면 작은 진실들을 군데군데 박아 두어야 한다.

진짜 시오즈카가 일본에 돌아갔을 때 육군성 회계과에서 근무하는 친구에게 D기관의 소문을 들었다는 말만은 사실인 듯하다. 구사나기는 그것을 역이용하여 D기관에 대한 경계심을 부추겼고 혼마에게 사진을 보여주어 자기 뒤를 밟게 했다.

구사나기는 혼마를 이용해 오이카와 대위가 저지른 범죄를 세상에 폭로하게 만들었다.

어째서?

D기관이 상하이에 위조지폐를 푸는 작전에 오이카와 대위가 방해가 되었을 수도, 혹은 아편의 유통을 장악하고 있는 청방이 오이카와를 눈엣가시로 여겼는지도 모를 일이다.

'헌병대의 문제는 헌병대 내부에서 처리하도록.'

D기관이 그렇게 생각했을 가능성은 충분하다.

오이카와 대위는 요코자와 육군 중장 딸과의 혼담이 거론될 정도로 이른바 '헌병의 귀감'과도 같은 존재였다. 그런 대위가 마魔의 도시 상하이에 영혼을 빼앗겼다는 얘기를 있는 그대로 도쿄의 헌병대 본부에 알린들 아무도 믿지 않을 게 뻔하다.

상하이라는 도시를 알고 그 도시의 공기를 마셔본 자들만이 오이카와 대위의 행동을 이해할 수 있을 테니까. 무능한 와쿠이 본대장에게 보고했다가는 어떤 소란이 일어날지 불 보듯 훤하다. 그 때문에 D기관은 '특별 고등경찰 출신'인 혼마에게 진상을 알려 어떻게든 손을 쓰도록 재촉했던 게 아닐까.

오이카와 대위가 의자 등받이에 등을 기댄 채 입을 열었다.

"그래서 자네의 요구 사항은 뭔가?"

"미야타 하사의 죽음에 대한 진상을 공표해 주십시오."

혼마는 사전에 생각해 두었던 말을 그대로 입으로 옮겼다.

"미야타 하사를 쏜 범인이 어떻게 되었는지 포함해서 말입니다."

"그러면 나는 운이 좋아야 경질될 거고 최악의 경우 군법회의에 회부 될 걸세."

오이카와 대위는 가볍게 어깨를 들썩했다.

"요코자와 육군 중장 따님과의 혼담도 없던 일이 되겠지."

"어쩔 수 없습니다."

오이카와 대위는 눈을 가늘게 뜨고 혼마를 바라보더니 입꼬리를 일그러뜨리며 물었다.

"증거는 있나?"

"네? 증거라면……."

"자네는 내가 다 꾸민 짓이라고 했네. 하지만 증거는 어디에도 없지. 오로지 자네의 말 뿐일세. 만약에 여기에서 자네가 죽기라도 한다면? 사건은 영원히 어둠 속에 묻히겠지."

등 뒤의 문이 소리 없이 열리는 기척이 났다.

'그런 건가…….'

돌아보지 않아도 거기에 누가 서 있을지 짐작이 갔다.

헌병 상병 요시노 유타카.

그는 폭발현장에서 중국인 소년의 시체를 망연자실하게 바라보다 혼마가 말을 걸자 황급히 자리를 떴었다.

혼마는 조사 과정에서 요시노 상병과 오이카와 대위가 공범이라는 사실도 알게 되었다. 대위는 보관 창고의 아편을 빼돌릴 때 지방 출신에다가 체격이 좋은 요시노 상병을 운반책으로 이용했다. 요시노 상병도 그에 상응하는 대가를 받았음이 분명하다.

미야타 하사의 경우만 보더라도 진상을 눈치챈 혼마를 제거한다는 건 충분히 예상한 일이다. 어쩌면 요시노 상병은 권총의 총부리를 혼마의 등을 향해 겨누고 있을지도 모른다.

혼마는 정면으로 시선을 고정한 채 뒤에 있는 인물에게도 들리도록 또박또박 천천히 말했다.

"제가 죽으면 진상을 밝힌 편지가 두 사람에게 발송되도록 조치해 두었습니다."

두 사람이 누구인지는 입이 찢어지는 한이 있어도 말할 생각이 없다.

조계 경찰인 제임스 경부.

상하이 일일신문의 시오즈카.

두 사람이 편지를 받게 된들 행동을 취할 가능성은 극히 낮았다. 그러나 편지가 누구에게 전달될지 모르는 한 오이카와 대위로서는 섣부른 짓을 하기 어렵다.

오이카와 대위는 고개를 갸웃거리며 잠시 생각하더니 결국 두 손을 들었다.

"내가 졌네. 자네 말대로 하지."

예상 밖의 싱거운 상황에 오히려 의심이 일었다.

"설마 자결할 생각이십니까?"

"자결?"

오이카와 대위는 기가 막힌다는 표정을 짓더니 낮은 목소리로 낄낄대며 웃기 시작했다.

"멍청하긴. 경질이 되든 군법회의에 회부되든 그게 무슨 대수라고! 이것 봐, 내가 상하이에 와서 5년 동안 배운 게 있다면 인간은 어떤 죄를 짓거나 치욕을 겪어도 '살아갈 수 있다'라는 거야. 고작 육군 중장의 사위가 못 되는 일을 가지고 내가 죽기는 왜 죽나?"

오이카와 대위는 혼마의 등 뒤로 눈길을 돌렸다.

"이제 됐어. 그만 총을 내려놓게. 자네도 들었지? 잔치는 끝났다. 아쉽지만 모든 일에는 끝이 있기 마련이니까."

그 순간 오이카와 대위가 소스라치게 놀라며 눈을 휘둥그렇게 떴다.

"자네, 무슨 짓을……!"

탕!

메마른 총성이 귓전을 울렸다.

혼마는 온몸이 얼어붙었다.

'내가 총에 맞은 건가?'

그때 그의 눈에 들어온 것은 오이카와 대위의 가슴에서 점점 크게 번져가는 붉은 동그라미였다.

뒤를 돌아보았다.

요시노 상병이 권총을 들고 있다.

총구는 정확히 오이카와 대위를 향해 있었다.

탕! 탕!

다시 두 발의 메마른 총성이 방 안의 공기를 뒤흔들었다. 그때마다 오이카와 대위의 몸이 의자에서 튕겨 오르듯 요동쳤다. 커다랗게 부릅뜬 눈은 이미 산 자의 빛을 잃었다.

"이제 그만해, 요시노 상병!"

혼마가 외치자 요시노 상병이 천천히 방향을 틀었다.

그는 미묘한 표정을 지어 보였다. 혼마가 방에 있다는 사실을 이제야 막 깨달은 눈치였다.

"왜 그런 거야? 요시노 상병, 오이카와 대위를 왜 쏜 건가?"

"사랑하는 사람의 원수니까."

요시노 상병은 기계 같은 말투로 대답했다.

"사랑하는 사람이라니? 대체 누구를……."

말을 채 마치기도 전에 혼마의 뇌리를 주마등처럼 스쳐 가는 장면이 있었다.

새빨갛게 칠한 입술.

술잔을 내밀던 미소년.

소년의 시체를 망연자실하게 내려다보던 요시노 상병.

나비 모양의 반점.

소년의 반점은 평소에는 옷에 가려져 보이지 않는 곳에 있었다.

요시노 상병의 애인은 설마.

"기다려, 요시노!"

혼마가 한 발을 내딛으려 하는 순간 요시노 상병은 총구를 제 관자놀이에 대고 방아쇠를 당기고 말았다.

'마의 도시' 상하이에 영혼을 빼앗긴 두 남자의 시체가 눈앞에서 뒹군다.

어디선가 먹구름이 몰려와 쨍쨍하던 하늘이 갑자기 어두컴

컴해졌다.

과연 자네 능력으로 이 사태를 수습할 수 있을까?

어두운 방안에서 오이카와 대위의 부릅뜬 두 눈이 조용히
혼마를 응시하고 있다.

더블크로스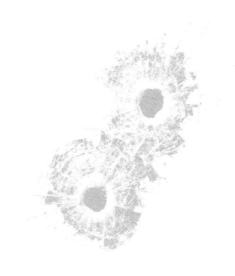

더블 크로스

1

죄송하지만 물 한 잔만 주시겠어요? 그 사람이 그렇게 죽으리라고는 정말이지 상상조차 못 했거든요…….

고맙습니다. 덕분에 이제 좀 진정이 됐어요. 괜찮아요. 이제 괜찮아요.

제가 아는 것은 다 말씀드릴게요.

그날은 그 사람과 저희 집에서 만나기로 약속한 날이었어요.

집 열쇠는 그 사람도 가지고 있었어요. 우리는 주로 집에서 만났거든요. 그 사람은 직업의 특성상 여러모로 바빠서 아무 때나 집으로 불쑥 찾아오곤 했어요. 저는 집을 자주 비우는 편이고요.

리허설이 예상보다 늦게 끝날 것 같아서 집에 미리 전화를 했어요. 음……. 시간은 오후 2시쯤인가, 그랬을 거예요. 그 사람이 전화를 받더군요.

지금 와서 생각하면 그날따라 목소리도 어둡고 기분이 착 가라앉아 있었어요. 통화를 길게 할 시간은 없어서 조금 늦을 거라는 말만 하고 전화를 끊었어요. 그때 눈치만 챘어도 일이 이렇게까지 되진 않았을 텐데…….

리허설은 3시가 넘어서야 끝났어요.

끝나고 바로 집으로 전화를 했는데 이번에는 받지 않더군요.

'너무 늦어서 화가 나 돌아간 건가?'라고 생각했어요. 전에도 그런 경우가 종종 있었거든요. 그래서 친구 미요코에게 저희 집에 같이 가자고 했어요. 집에 케이크를 사다 놨으니 같이 먹자고 했죠.

문을 여니 현관에 그 사람이 벗어놓은 커다란 가죽구두가 있더라구요.

구두를 본 미요코는 눈치껏 "그럼 나는 가볼게." 하며 돌아가려 했어요. 저는 일단 그녀를 붙잡아 두고 안에 있을 그 사람을 불렀어요.

아무 대답이 없었습니다.

미요코도 이상한 생각이 들었는지 제 얼굴을 보더군요. 우리는 같이 집 안으로 들어갔어요.

주방에 들어서니 바닥에 번진 새빨간 핏빛 액체가 가장 먼저 눈에 들어왔어요.

그리고 의자 옆에 쓰러져 있던 그 사람은…….

고통이 그대로 굳어버린 듯한 무시무시한 얼굴이었어요.

피부는 이미 보랏빛으로 변했고 부릅뜬 두 눈은 흰자위만 보였죠. 한눈에 산사람이 아니란 걸 알았어요.

저는 그 광경을 평생 잊지 못할 거예요. 혼란스럽고 두려워서 어찌할 바를 몰랐어요.

미요코가 경찰을 불러올 때까지 그 자리에 얼어붙어 두 손으로 얼굴을 가린 채 비명만 질렀어요.

2

"사망자는 독일인 카를 슈나이더. 독일의 유명 일간지 '베를린 알게마이네Berlin Allgemeine'의 해외 특파원으로 알려진 그는 매우 특이한 유형의 스파이였습니다."

도비사키 히로유키飛崎弘行는 보고를 이어가며 주위를 힐끗 둘러보았다.

흰 벽으로 사방이 둘러싸인 다섯 평 남짓의 좁은 방. 방 중앙에 놓인 좁고 긴 책상을 에워싸듯 몇 명의 사람들이 앉아 있다.

대부분 도비사키 또래의 이십 대 젊은이이다. 의자 등받이에 기대거나 팔짱을 낀 사람, 팔꿈치를 책상에 얹고 턱을 괸 채 히죽히죽 웃고 있는 사람, 그런가 하면 진지한 자세로 보고를 경청하는 사람도 있다.

긴 책상 끄트머리에, 소위 상석에 앉아 있는 마른 체격의 남자만 오십 대 가량으로 꽤 나이가 지긋해 보였다. 일본인치고는 이목구비가 단정했으며 얼굴선이 뚜렷했다. 회의 시작 때부터 줄곧 눈을 감은 채 한마디도 하지 않아 언뜻 보면 졸고 있나 싶을 정도였다.

하지만 이 방에 '보이는 대로'인 사람은 아무도 없다.

회의에 참석한 이들은 하나같이 적당히 기른 머리를 7대 3으로 단정히 빗어 넘기고 양복을 갖춰 입었다. 사정을 모르는 사람의 눈에는 민간 기업체의 비즈니스 회의로 보이리라.

그러나 보고 중인 도비사키를 포함한 회의 참석자 전원은 대일본제국 육군 소속의 고위 장교다.

도비사키 히로유키 소위.

표면상의 직급이다.

누가 물어보면 술술 읊어댈 관등성명과 경력도 이곳에 온 후 부여받은 위장 경력 중 하나였다.

도비사키의 보고를 듣는 동기인 가사이葛西, 무나카타宗像, 야마우치山内, 아키모토秋元, 나카세中瀬라는 가명을 쓰는 이들도 사정은 같다.

눈을 감은 채 상석에 앉아 보고에 귀 기울이는 오십 대 중반의 마른 남자는 유키 중령으로 이 젊은이들의 직속상관이다. 과거 우수한 스파이였던 그는 은퇴한 뒤 육군 내의 강한 반발을 무릅쓰고 혼자 힘으로 D기관으로 불리는 '육군 스파이 양성학교'를 설립했다.

첫해에는 변변한 예산조차 배정받지 못해 육군이 쓰다가 버린 구사를 개축한 낡은 건물에서 교육을 받았다. 그러다가 얼마 후부터 참모본부가 관리하는 기밀비를 끌어다 쓰며 예산이 풍족해졌고 지금은 도쿄 근교의 삼 층짜리 철근 콘크리트 건물 한 채를 통째로 소유해 그곳을 본거지로 삼고 있다.

건물 1층에는 '대동아문화협회'라고 쓰인 눈에 잘 띄지 않는 작은 간판만 달랑 걸려 있다.

유키 중령은 "군복을 입은 자는 지휘고하를 막론하고 출입을 금한다."라며 자금줄을 쥔 육군 참모본부 관계자조차 이곳에 마음대로 드나들 수 없도록 엄명을 내렸다. 따라서 외부인이 '대동아문화협회'가 육군 스파이 양성학교임을 눈치채기란 사실상 불가능하다.

이처럼 철두철미한 위장방침은 유키 중령이 양성하려는 스파이의 본질을 대변한다.

– 스파이는 보이지 않는 존재다.

평소 유키 중령이 입버릇처럼 하는 말이다.

낯선 타국에 홀로 잠입해 누구에게도 정체를 들키지 않고 그 지역에 적응해 조용히 살아간다. 오로지 자신의 판단만을 의지해 그 나라의 정보를 수집하고 분석해 중요한 정보는 은밀한 방법으로 본국에 보낸다. 이것이 우수한 스파이의 조건이다.

"임무를 수행하는 데에는 5년이 걸릴지도 모르고 10년이 걸릴지도 모른다. 길게는 20년 이상이 걸릴 수도 있다. 경우에 따라서는 몇 대에 걸쳐서라도 임무를 완수해야 한다. 스파이의 존재가 알려지는 순간은 임무에 실패했을 때뿐이다."

도비사키가 D기관에 입학시험을 치러 왔을 때 유키 중령은 움푹 팬 검은 눈을 번뜩이며 잘라 말했다.

'스파이는 절대 세속적인 출세를 바라서는 안 된다.'

조용하고 눈에 띄지 않는 그림자 같은 존재로 살아라.

이것이 유키 중령이 추구하는 이상적인 스파이라면 카를 슈나이더는 이와는 정반대의 스파이였다.

슈나이더는 3년 전 독일 신문사 해외 특파원 자격으로 일본에 입국했다. 도쿄 시내에 있는 2층짜리 단독주택에 세 들어 살며 하루가 멀다 하고 사람들을 초대해 파티를 벌였다.

국적과 성별이 다양한 불특정 다수의 보헤미안들과 게이샤가 그의 집을 드나들며 술을 마시고 야단법석을 떨었다. 밤늦도록 시끄럽게 울리는 축음기 소리에 동네 사람들이 밤잠을 다 설칠 정도였다.

일본 헌병대는 긴박하게 돌아가는 국제 정세를 고려해 일본에 입국한 모든 외국인을 감시 대상으로 보고 극비리에 상세한 '외국인 등록서'를 작성했다.

슈나이더의 요란스러운 행보가 못마땅했던 헌병대는 그에 대해 통상 절차 이상으로 강도 높게 조사했다. 이 과정에서 일반 조사에서는 드러나지 않았던 일들이 소상히 밝혀졌다. 그는 극비 나치 당원이며 독일의 비밀 국가경찰 게슈타포와도 접촉했고 독일어 외에도 영어, 프랑스어, 러시아어, 일본어, 베이징어와 광둥어를 유창하게 구사하는 어학의 천재였다.

- 카를 슈나이더는 나치 독일 성향의 기사 작성을 위해 파견된 특파원으로 추정된다.

헌병대원은 등록서 말미에 제법 정확한 의견을 덧붙였지만 술과 여자를 밝히는 이 시끄러운 독일인이 뛰어난 스파이라곤 상상도 하지 못했다.

슈나이더의 스파이 혐의는 우연한 계기로 드러났다.

공산주의자 혐의로 체포된 한 일본인이 특별 고등경찰의 고문을 견디다 못해 슈나이더를 입에 올린 게 발단이었다.

- 카를 슈나이더는 소련 공산당을 위해 일하는 스파이다.

그의 증언은 처음에는 논의거리도 되지 못했다.

슈나이더는 주일 독일 대사관 내에 절친한 지인이 여럿 있어서 매일같이 대사관에 출근하다시피 하는 인물이다. 극비 나치 당원이며 게슈타포와도 접촉했다.

독일 스파이라면 몰라도 소련 공산당 스파이라니 재고할 만한 일말의 가치도 없었다. 경찰 측은 그가 어떻게든 고문을 모면해 보고자 궁여지책으로 내뱉은 헛소리라 치부했다.

하지만 뒤끝이 개운치 못했던 특별 고등경찰은 혹시나 하는 생각에 슈나이더에게 엄중한 감시를 붙여보았다.

결과는 놀라웠다.

슈나이더는 일본 정부가 채 파악하지 못한 소련의 군사기밀을 도쿄 주재 독일 육군 무관에게 제공하고 있었다. 그와 동시에 독일 대사관 게슈타포 대표 마이징거 대위의 코앞에서 라이터 모양의 초소형 카메라로 극비서류를 몰래 촬영했다.

– 일본을 무대로 활동한 독소獨蘇 이중 스파이.

보고를 받은 헌병대 상부는 어떻게 대응하면 좋을지 난감했다.

슈나이더는 독일의 움직임을 첩보하러 일본에 온 것으로 보였다. 일본 입장에서는 지금 슈나이더의 이중 스파이 행위를 외부에 폭로해 얻을 이익이 별로 없었다. 오히려 이 일을 공개했다가는 슈나이더가 지속해서 벌인 스파이 행위를 삼 년 내내 파악하지 못한 일본 헌병대의 무능함만 도마 위에 오를 가능성이 있다.

다른 문제도 있었다.

슈나이더는 독일 대사관뿐만 아니라 일본 육군의 고위층 인물들과도 친분이 있었고 각국 대사와 고위 장교의 부인들 사이에서도 좋은 평판을 얻고 있었다. 슈나이더가 이중 스파이라는 사실은 증명하기도 어렵거니와 막상 증명한대도 독일 대사 및 육군 고위층의 얼굴에 먹칠을 하는 꼴이 되기 십상이었다. 더구나 소련 대사관 측은 슈나이더와의 관계를 일체 부정할 게 뻔했다.

세 나라가 얽힌 이중 스파이는 섣불리 건드릴 수 없는 뜨거운 감자였다.

그리하여 사태는 헌병대의 손을 떠나 정치 영역으로 넘어갔다.

헌병대와 육군 참모본부, 나아가 외무성을 아우르는 긴급회의가 수차례 열렸다. 결국 슈나이더의 신병을 은밀히 확보해 현재 소련에 억류 중인 일본인 포로와의 교환을 추진하는 것만이 최선이 없는 차선책이란 결론을 내렸다.

그전에 슈나이더가 이중 스파이라는 확실한 증거를 찾아내고 그가 일본에서 조직한 연락책과 협력자를 철저히 밝혀내야 했다.

이제 남은 문제는 하나였다. 누가 그 일을 맡을 것인가?

성공해도 공로가 드러나지 않는다. 만에 하나 실패할 경우 감당할 책임은 상상만 해도 끔찍하다.

서로 시한폭탄을 떠넘기듯 신경전을 벌이다가 최종적으로 D기관이 채택되었다.

– 스파이의 뒤처리는 스파이가 맡도록.

달갑지 않은 임무를 떠넘기며 D기관에 전한 말은 고작 이 한마디였다.

3

"자네가 이 건을 마무리 짓게."

유키 중령의 호출을 받은 도비사키는 명령을 듣자마자 숨은 의미를 간파했다.

'졸업시험.'

D기관은 스파이 양성학교이다. 이곳에서 훈련받은 자는 임무를 수행할 실력을 갖춘 스파이로서 '졸업'을 해야 한다. 도비사키의 동기 중에는 이미 D기관을 졸업한 자들도 있었다.

그들이 어떤 임무를 받고 어디로 파견되었는지 혹은 다른 이유로 이곳을 떠난 것인지 재학생은 영영 알 도리가 없다.

그들은 어느 날 돌연 자취를 감춘다. 살아서 다시 얼굴을 마주할 일은 없으리라. 그들이 자취를 감추기 전에는 반드시 유키 중령으로부터 임무를 부여받는다는 공통점이 있다.

─졸업시험 결과에 따라 부임지와 임무가 결정된다.

D기관에 남은 학생들은 암묵적으로 이 절차에 동의했다.

훈련받은 대로 지령서를 재빨리 읽은 다음 돌려주자 유키 중령은 움푹 꺼진 눈을 가늘게 뜨고 도비사키에게 물었다.

"방법은 알고 있겠지?"

말없이 고개를 끄덕였다.

유키 중령은 눈을 감고 의자에 깊숙이 등을 기대며 피곤한 듯한 얼굴로 입을 열었다.

"서둘러 착수하도록."

더 들을 말도 없었다.

도비사키는 방을 나선 그 길로 임무에 착수했다.

먼저 슈나이더가 이중 스파이라는 결정적 증거를 확보해야 한다.

표적이 정해진 이상 어려운 일은 아니었다.

스파이 활동 중 정보 교환은 필수다. 슈나이더도 입수한 정보를 어떤 형태로든 본국에 보내고 있을 터였다.

일본 국내에서 국제전신을 발신하면 체신성과 D기관에 연결된 비밀회선을 통해 모든 내용이 기록된다. 해외로 거는 전화는 우시고메 전화국으로 집약되고 이 또한 D기관에 연결된 전화선을 통해 기록이 남는다.

공개적으로는 밝히지 못할 불법도청이지만 D기관의 존재 자체가 기밀사항이므로 합법성 운운하는 것은 애초에 무의미한 일이다.

도비사키는 슈나이더의 발신기록을 재검토하는 과정에서 조사해 볼 필요가 있어 보이는 통신 몇 건을 잡아내는 데 성공했다.

이 작업과 병행해 서신도 점검했다.

국외로 발송되는 편지는 하나도 빠짐없이 중앙 우편국으로 모였다가 한꺼번에 D기관으로 전달된다. D기관에서는 이 우편물들의 봉투를 흔적을 남기지 않는 특수한 방법으로 개봉해서 복사한 후 두 시간 이내에 복원해 중앙 우편국으로 돌려보낸다.

이 또한 두말할 필요도 없는 불법 행위다.

재검토 결과 슈나이더의 편지는 언뜻 보면 평범한 문장이지만 그 안에 암호를 숨겨 보내는 교묘한 방식의 암호문이었다.

다각도로 조사를 진행하던 과정에서 도비사키는 결정적인 증거를 확보했다.

이전부터 도쿄 어딘가의 불법 무선 송신소에서 암호문이 발신되고 있었다는 사실이었다.

송신소의 위치를 찾기 위해 삼점교차법三點交叉法, 측량과 독도법에 쓰이는 것으로 알고 있는 지점 3곳을 정한 후 알고자 하는 지점으로 방향선을 그어 그 교차점으로 최종 목적지를 찾아내는 방법으로 추적했지만 송신 시간이 짧아 2킬로미터 이내로는 범위를 좁힐 수가 없었다.

비밀리에 슈나이더를 감시하던 도비사키는 그가 빌린 어선에서 해독이 불가능한 무선암호를 송신한다는 사실을 알게 되었다.

소련 첩보기관이 사용하는 주파수와 일치했다.

이것으로 게임은 끝났다.

정보를 교환하지 않는 스파이는 스파이라 할 수 없다. 동시에 정보를 발신하는 순간만큼은 제아무리 뛰어난 스파이라도 가면을 벗고 자신의 정체를 드러낼 수밖에 없다.

－스파이는 의심받는 순간 끝이다.

도비사키는 유키 중령이 입버릇처럼 달고 다니던 말이 눈앞에서 현실로 드러나자 등줄기가 오싹해짐을 느꼈다. 슈나이더가 지금까지 어떻게 의심을 받지 않았는지 보여주는 증거였다.

"카를 슈나이더가 선택한 '위장'은 선례를 찾기 어려운 경우입니다. 만약 그가 스파이 혐의를 받지 않았다면 헌병대는 물론이고 저희들조차 그자의 정체를 좀처럼 밝히기 어려웠으리라 봅니다."

도비사키는 다른 참석자에게 시선을 주지 않고 아까부터 줄
곧 눈을 감고 미동도 하지 않는 유키 중령을 향해 보고를 이어
갔다.

회의장에는 사건 자료라 할 만한 것이 종이 한 장 보이지 않
았다. D기관에서는 보고서 등의 자료는 읽은 즉시 반납해야 했
다. 메모 또한 금지되어 있다.

"슈나이더가 술과 여자를 밝히고 매일 파티를 벌인 일 자체
가 일본 헌병대의 눈을 가리려는 수단이었습니다. 비밀 공작원
과 접촉할 때는 일부러 북적거리는 파티를 열어 다른 손님들
에게 시선을 분산시켰습니다. 밤새도록 축음기를 틀어 놓는 것
역시 헌병대의 도청을 무력화하는 방법이었습니다."

일부러 주목을 끄는 행동을 해서 감시를 피한다.

스파이의 상식을 뒤집는 대담한 발상이다.

슈나이더는 일본에서 지낸 3년 동안 그처럼 아슬아슬한 줄
타기를 계속해왔다.

그는 촉각을 곤두세우고 자신을 주시하던 일본 헌병대의 눈
을 피해 도쿄 한복판에 극비 스파이망을 구축했다. 독일 대사
관 및 일본 육군 관계자와 긴밀한 유대관계를 쌓았으며 소련에
피해가 가지 않을 정도의 경미한 정보를 전달함으로써 독일의
보다 중요한 정보를 소련에 제공했다.

보리밥 한 알로 잉어를 낚는다.

비록 적이기는 해도 슈나이더의 수법이 워낙 뛰어나 절로 감탄사가 나왔다.

그런 슈나이더도 일단 의심을 산 시점부터는 스파이로서 벌거벗겨진 것과 마찬가지였다.

슈나이더가 지난 3년간 애써 구축한 일본 내의 스파이망은 이미 파악이 끝났다.

남은 임무는 이 이상 일이 복잡해지지 않도록 극비리에 슈나이더의 신병을 확보하는 일뿐이다. 그 타이밍을 저울질하며 도비사키는 그를 계속 감시해왔다. 그런데⋯⋯.

"감시를 눈치챈 슈나이더가 도주를 체념하고 자살했을 가능성은 없는가?"

방안에 들어온 이후 처음으로 유키 중령이 입을 열었다. 눈은 여전히 감은 채였다.

"그것은⋯⋯."

회의 참가자 전원의 시선이 말문이 막힌 도비사키에게 쏠렸다.

그들의 시선에서는 아무런 감정도 읽을 수 없었다.

- 신병을 확보하기 전에 표적이 죽는다.

D기관에 소속된 자에게 '있을 수 없는 실책'이었다.

4

"우선……."

도비사키는 잠시 호흡을 가다듬고 천천히 입을 열었다.

"그 시점에서 슈나이더가 감시를 눈치챘을 가능성은 없습니다."

그날.

자신이 한시도 눈을 떼지 않고 감시하던 아파트에서 소동이 발생하였으며 그 안에서 슈나이더의 시신이 발견됐다는 사실을 알고 도비사키는 망연자실했다.

말도 안 돼.

순간적으로 그런 생각이 들었다.

'있어서는 안 되는 일'이 아니라 '있을 수 없는 일'이었다.

도비사키는 수차례 자신의 행동을 꼼꼼히 되짚어 보았다. 결코 실수 따위는 없었다.

있을 수 없는 사태가 도대체 어떻게 일어났다는 말인가.

아무리 생각해 보아도 해답은 보이지 않았다.

도비사키는 고민 끝에 자청해서 유키 중령에게 이 회의의 소집을 요청했다. 자칫하면 자신의 재판이 될지도 모르지만 '보이지 않는 진상'을 밝히기 위해서였다.

"하지만 유서가 있었잖아."

건너편 자리에 앉은 가사이가 냉랭한 말투로 말했다.

길게 찢어진 눈과 주홍빛 입술, 작은 몸집의 가사이는 동기들 사이에서 '실력자'라는 평가를 받는 인물이었다.

"표적은 자살 직전에 유서를 남겼다. 그렇지?"

모두의 시선이 다시 도비사키에게 향했다.

가사이의 지적대로 방금 돌려본 자료 안에는 슈나이더가 남긴 것으로 추정되는 '유서'의 복사본이 포함되어 있었다.

인생에 절망했습니다. 세상에 하직을 고합니다.

편지지에 일본어로 쓴 유서는 슈나이더가 죽은 아파트 주방 테이블 위에 반듯이 놓여 있었다.

바로 이 유서 때문에 경찰은 슈나이더의 죽음을 더 이상의 조사 없이 자살로 단정 지었다.

경찰 입장에서 사망자는 어디까지나 '독일 신문사 해외특파원'이었다.

헌병대와 특별 고등경찰 그리고 일반 경찰이 다루는 사건은 그 경계가 애매해서 영역 다툼이 치열하다. 그들 사이에 정보 공유란 있을 수 없는 일이다.

슈나이더의 정체를 모르는 일반 경찰이 자살 이외의 가능성을 의심할 이유는 없었다.

유키 중령은 조금 전 한마디 질문을 끝으로 다시 의자 깊숙이 몸을 기댄 채 팔짱을 끼고 눈을 감았다.

도비사키가 그 모습을 흘끗 보며 대답했다.

"슈나이더는 매우 뛰어난 스파이였습니다. 설령 그가 감시받고 있다는 사실을 알아차렸다 해도 자살을 택하지는 않았으리라 봅니다."

회의에 참석한 자들은 도비사키가 이런 말을 하는 의도를 충분히 이해할 것이다.

전쟁터가 아닌 이상 사람의 죽음만큼 세간의 관심을 끄는 것은 없다.

－죽지 말 것. 죽이지 말 것.

D기관에 들어간 이들에게 가장 먼저 주입되는 '제1계명'이다.

D기관이 설립됐을 무렵, 육군 내부에는 이 기관의 설립을 두고 지나치리만큼 격렬한 반대가 있었다.

이유는 스파이 행위를 '비겁하고 비열한', '몰래 엿보기나 하는 변태적 취미'로 여기는 일본 육군의 전통적인 가치관 때문이었다.

그뿐만이 아니었다.

적을 죽이거나 적과 싸우다가 목숨을 잃는 일을 명예롭게 여기는 군대에서 그것을 완전히 부정하는 D기관은 군대를 '위협하는 이질적인 존재'였다. 군에 속한 사람들은 그 이질성에 본능적으로 혐오감을 느꼈고 이 감정은 D기관 설립에 대한 반발로 이어졌다.

"하지만."

도비사키의 말이 끝나기를 기다렸다는 듯이 가사이가 말했다.

"자살이 아니라면 단순한 사고사나 살인이란 말인데, 사고사라면 유서가 없어야 맞지. 그러니까 누군가가 슈나이더를 살해하고 가짜 유서를 만들었다, 그 말인가?"

"그 가능성도 염두에 둬야 한다는 뜻이다."

도비사키가 불쾌한 어조로 말했다.

"슈나이더는 독일과 소련의 이중 스파이였어. 소련과 독일 양쪽의 첩보기관에서 언제 목숨을 노린다 해도 이상하지 않을 존재지. 그런 자가 뜻밖의 죽음을 당했다면 살해 가능성도 검토해야 한다는 이야기다."

"네 조사보고서만 보면 방금 말한 살해 가능성은 없어 보이는데?"

가사이가 빈정대며 말했다.

"너는 좀 전에 이렇게 말했어. '여자가 친구와 둘이서 귀가했고 바로 소동이 일어났다. 한 명이 집 밖으로 뛰쳐나와 근처 파출소에서 순경을 데리고 왔다'라고. 그리고 '슈나이더가 방에 들어간 후 여자가 귀가할 때까지 현관을 출입한 자는 아무도 없었다. 그 사이 방 안은 쥐 죽은 듯 고요했다'라고. 아파트 배치도를 보면 출입구는 현관문 하나야. 만약 슈나이더가 누군가에게 살해당했다면 범인은 어떻게 그곳을 출입했지?"

가사이는 조금 전 읽은 도비사키의 보고서 내용을 정확하게 인용했다.

이 정도는 D기관 소속이라면 누구나 가능한 기본 실력이었다.

도비사키가 대답을 못하자 벽에 딱 붙어서 팔짱을 끼고 앉아 있던 무나카타가 나섰다. 그는 짙은 눈썹 아래의 커다란 눈을 날카롭게 번뜩이며 이렇게 물었다.

"슈나이더는 아파트 이층집에서 죽었지? 범인이 창문을 이용했을 가능성은 없나?"

"아파트 창문은 사람들의 발길이 끊이지 않는 큰길가를 향해 나 있어. 대낮에 누군가 2층 창문을 통해 출입했다면 바로 경찰에 신고가 들어왔겠지."

"그럼 역시 현장에 들어갔던 자는 아무도 없었다는 거네."

가사이가 실실 웃으며 말했다.

"밀실에서 일어난 불가능한 살인이란 소리군."

도비사키는 은근슬쩍 자신을 비꼬는 그를 보며 말없이 눈살만 찌푸렸다.

밀실, 불가능한 살인. 되지도 않는 '말장난'일 뿐이다.

이런 식으로는 제대로 된 논의를 할 수 없다.

그때 유키 중령이 여전히 눈을 감은 채 물었다.

"사인은?"

"부검 결과 슈나이더의 사인은 시안화합물에 의한 질식사입니다."

도비사키는 비밀리에 입수한 검시 보고서를 머릿속에 떠올리며 대답했다.

"주변에서 쉽게 구할 수 있는 청산가리라 입수경로를 찾는데 난항을 겪고 있습니다."

"어? 과다 출혈로 죽은 게 아냐?"

도비사키 옆에 앉은 장신의 아키모토가 놀란 목소리로 끼어들었다.

"현장 사진에는 슈나이더가 상당히 많은 피를 흘리고 바닥에 쓰러져 있던데?"

"그건 피가 아니야. 레드와인이지."

"레드와인?"

"시체에서 검출된 것과 같은 독극물이 부엌 바닥에 쏟아져 있던 와인에서도 검출됐다. 바닥에 슈나이더의 지문이 찍힌 와인병과 글라스가 뒹굴고 있던 걸로 보아 슈나이더가 독이 든 와인을 마시고 죽었다는 사실은 틀림없어."

"거참, 청산가리를 탄 와인이라니. 브랜드는?"

"샤토 마고. 슈나이더가 즐겨 마시는 와인이지. 본인이 직접 대사관을 통해 입수했고 사건발생 일주일 전에 여자 집으로 가져왔어."

"프랑스 와인이로군."

무나카타는 문득 무언가 떠올랐는지 얼굴을 들었다.

"잠깐, 슈나이더는 어학에 천부적인 소질이 있었다고 했는데 몇 개 국어나 구사했지?"

"독일어, 러시아어, 프랑스어, 일본어 그리고 베이징어와 광둥어."

"영어는?"

"물론 영어도 잘했어. 거의 모국어 수준이었지." 하고 대답한 도비사키가 반대로 그에게 물었다.

"그런 걸 묻는 이유가 뭔가?"

"실은 아까 슈나이더의 유서 사진을 보고 한 가지 걸리는 데가 있었어."

무나카타는 방 안을 한 번 빙 둘러본 후 말을 이었다.

"'인생에 절망했습니다. 세상에 하직을 고합니다.'라는 문구 외에도 녀석은 편지지 우측 끝 여백에다가 무언가를 조그맣게 써 놓았더군."

"그러고 보니 종이 오른쪽 끝에 뭔가 검은 게 묻어 있었어."

가사이가 당황한 표정으로 끼어들었다.

"그건 그냥 글씨 쓰기 전에 펜촉을 가다듬은 자국이 아닐까?"

"그럴지도 모르지만."

무나카타는 일단은 가사이의 의견에 동조했지만 곧바로 말을 이었다.

"로마숫자 X 두 개를 나란히 써 놓은 것처럼도 보이지."

"두 개의 X?"

"영어로 더블 크로스는 '배신'을 뜻해."

"슈나이더가 유서를 통해 누군가가 자신을 배신한 사실이나 혹은 자신이 누군가를 배신했다는 사실을 알리려 했다는 거야?"

"여러 가능성 중 하나지. 어쩌면 슈나이더는 독일과 소련 말고도 영국이나 미국 둘 중 하나도 포함한 삼중 스파이였을지도 몰라."

"삼중 스파이? 그게 말이나 되나?"

기가 막힌다는 듯이 어깨를 과장되게 들썩이는 가사이를 무시하고 무나카타는 유키 중령 쪽으로 몸을 돌렸다.

"어떻게 생각하십니까?"

유키 중령이 살짝 눈을 뜨고 말했다.

"그 가능성도 일단 염두에 두지."

중얼거리듯 말한 유키 중령은 곧이어 한 사람 한 사람에게
지시를 내렸다.

"무나카타는 슈나이더 주변에 영어를 모국어로 하는 자 혹
은 영어에 능통한 자의 신변을 조사하도록. 아키모토는 유서의
진본을 조사해보고. 비밀 잉크로 쓰인 부분이 있을지 모른다.
가사이는 독일과 소련 대사관 사람들의 동향을 파악하도록. 어
느 쪽이든 국가의 첩보기관이 움직였다면 뭔가 흔적이 남아 있
겠지. 야마우치는 와인의 수입 경로를 조사해봐. 와인과 관련된
자들의 리스트가 필요하다. 나카세는……"

지시를 받은 학생들은 한 사람씩 자리에서 일어나 말없이
밖으로 나갔다.

도비사키는 무표정한 그들의 얼굴 뒤에 숨겨진 강렬한 호기
심을 눈치채고 저도 모르게 어금니를 꽉 깨물었다.

슈나이더는 죽어서 더욱 흥미를 끄는 게임의 대상이었다.

아니, 오히려 같은 종류의 인간이라고 해야 할까?

도비사키는 슈나이더를 감시하는 동안 그에게서 D기관의
녀석들과 같은 냄새를 맡았다.

- 넘쳐흐르는 자부심.

그 점에 있어서 슈나이더는 그들과 완벽히 같았다.

조사에 의하면 슈나이더는 일본으로 오기 직전에 독일에서
나치의 고위층 몇몇과 접촉했다. 나치당원이 되어 게슈타포에

들어갔고 독일 진영에서 소련 스파이로 활동하고자 일본에 왔다.

참으로 복잡한 위장이다.

단순한 머리를 가진 이는 그의 행위가 무엇을 의미하는지 이해하기 어려울 것이다.

독일의 스파이가 아닌 소련의 스파이였다는 사실이 발각되는 그 순간 슈나이더는 나치의 고문을 받아 처형될 위험이 처한다. 소련 정치국도 독일 스파이로 활동한 그를 완전히 신뢰하지는 못할 위험인물로 낙인찍고 소련 비밀경찰의 '암살자 리스트'에 올릴 것이다. 생각할수록 그의 행보는 아슬아슬한 이중 줄타기였다.

소련 편에 서서 일본에서 독일의 정보를 모은다.

독일 편에 서서 소련의 정보를 독일에 건넨다.

그처럼 위험천만한 상황에 스스로를 몰아세울 필요가 있었을까.

슈나이더의 행동은 비정상으로 고양된 정신 또는 지나치게 비대해진 자부심이 초래한 위험한 게임이었다.

이런 의미에서 D기관의 녀석들과 죽은 슈나이더는 같은 부류의 인간이다.

D기관의 기묘하기 짝이 없는 시험, 정신과 육체의 한계를 시험하는 훈련 그리고 고된 시간 끝에 맞이하는 이름 없는 자

로서의 고독한 생활. 그들이 이 모든 과정을 기쁘게 받아들이
는 이유는

'이 임무가 가능한 사람은 나뿐이다.'

'나이기에 이 정도 일쯤은 완수해내야만 한다.'

라는 넘쳐흐르는 자부심 하나 때문이다.

'이 녀석들에게 질 수는 없지.'

도비사키는 초조함을 애써 누르며 학생들에게 대수롭지 않
게 지시를 내리는 유키 중령을 도전하듯 쳐다보았다. 유키 중
령은 정작 사건의 담당자인 그에게는 아무 지시도 내리지 않고
있었다.

한 사람 한 사람 자리를 뜨는 학생들을 바라보며 빠드득 소
리가 날 정도로 어금니를 깨물었다.

자신이 '이단적인 존재'라는 사실을 새삼 뼈저리게 느꼈다.

5

D기관 학생 선발 대상은 일반대학 출신, 이른바 '지방인'

이다.

유키 중령의 이 같은 방침은 설립 당시 육군 내부의 거센 반발을 샀지만 정작 도비사키는 육군유년학교와 육군사관학교를 거쳐 소위에 임명된 '토박이 육군 장교'였다.

도비사키는 부모의 얼굴을 모른다. 아마추어 화가였던 아버지는 도비사키가 태어나기 직전에 파리로 떠나버렸다. 나중에 들은 이야기로는 만삭인 아내를 버리고 다른 여자와 사랑의 도피를 했다고 한다. 어머니 또한 도비사키를 낳은 직후 젊은 남자와 눈이 맞아 집을 나가버렸다.

도비사키는 그 후 두 사람이 어떻게 되었는지 알지 못했고 알고 싶지도 않았다.

남겨진 아기는 어느 지방의 유지였던 친가 쪽 조부모가 떠맡았다. 이미 고령인 조부모가 아기를 돌보기란 힘에 부치는 일이었다. 당시 근처의 가난한 농가 출신으로 집안일을 도우러 오던 젊은 여자가 있었는데 아기를 돌봐 준 사람이 이 여자였다.

'지즈루 누나.'

어린 도비사키는 여자를 그렇게 부르며 몹시 따랐다. 넓고 오래된 조부모의 집에서 그녀가 있는 장소만이 도비사키가 유일하게 마음을 놓을 수 있는 곳이었다.

몇 년이 지나고 그녀가 더 이상 오지 않게 되자 조부모는 도비사키를 육군유년학교로 보냈다.

연로한 조부모는 자신들을 조금도 따르지 않는 도비사키를 어떻게 해야 할지 난처했으리라. 혹은 그 지방의 유지로서 아들과 며느리의 좋지 않은 행실을 상기시키는 도비사키의 존재가 눈에 거슬렸는지도 모른다. 무엇보다 육군유년학교는 학비가 저렴했다.

도비사키는 육군유년학교와 육군사관학교를 최고 성적으로 졸업했다. 누가 시켜서라기보다 그의 선천적인 능력과 자존심이 가져온 결과였다.

그는 육군사관학교를 졸업한 후 소위로 임관하여 연대 사관후보생 견습사관의 임무를 맡았다.

그의 첫 임무는 초년병에게 실시하는 기초 교육훈련이었다.

징병 검사를 거쳐 육군에 막 입대한 자들에게 직속상관의 관등성명을 확실히 외우게 하는 일이다.

직속상관, 즉 중대장부터 그 위의 대대장과 연대장의 직위와 이름을 반복해서 암기시킨다. 훈련의 취지는 여단장 각하에서 최종적으로는 천황 폐하에 이르는 한 줄기 계통을 철저히 주입시켜 '천황의 적자^{赤子}, 황군의 일원으로서 그에 따른 자각과 감동을 고취 시킨다'는 데에 있었다.

천황의 적자.

황군의 일원.

일본 육군은 천황을 가장으로 삼아 가족과 유사한 형태를 만들고 그 가장을 위해 더 나아가서는 가족 전체를 위해 개개인이 목숨을 버리고 싸울 것을 요구하는 조직이다.

어이가 없었다.

도비사키는 어째서 자신이 가족을 위해 희생을 해야 하는지 이해할 수 없었다.

대체 왜 가족을, 혹은 가족과 같은 존재인 나라를 목숨을 걸고 경우에 따라 목숨을 버려가면서까지 지켜야 한다는 것인가.

도비사키가 육군유년학교와 육군사관학교에서 우수한 성적을 거둔 이유는 오로지 자기 자신을 위해서였지 가족이나 애국심 때문이 아니다.

초년병들 중에는 훈련 도중 자신이 천황의 적자인 황군의 일원이 되었다는 사실에 감격의 눈물을 흘리는 자들도 있었다. 도비사키는 그들을 보며 난감한 기분이 들었다. 교관인 도비사키가 그런 감정을 겉으로 드러낼 수는 없었다. 그는 한결같이 냉정한 눈빛으로 주변 사람을 대하며 맡은 임무를 효율적으로 처리해나갔다.

사건은 도비사키의 연대가 육군 합동 훈련을 위해 삿포로로 이동했을 때 발생했다.

도비사키의 부하 가운데 충치가 곪아 열이 40도까지 오른 자가 있었다. 오른쪽 눈이 보이지 않을 정도로 뺨이 심하게 부어올랐다.

운 나쁘게도 그 부하에게 원거리 척후斥候, 적의 형편이나 지형 등을 정찰하고 탐색하는 군사 활동를 실시하라는 대대장의 명령이 떨어졌다. 도비사키는 대대장에게 사정을 전달하며 담당자를 변경해달라고 요청했다. 그런데 대대장은 두 사람에게 대대본부로 즉시 출두하라는 명령을 내렸다.

도비사키는 고열로 몸을 떠는 부하에게 방한용 도테라縕袍, 보통의 기모노보다 기장이 조금 길고 큼직하게 만든 방한용 겉옷를 감아주고 그를 부축해 함께 대대본부로 출두했다.

두 사람의 모습을 보자마자 대대장은 고함을 질러대기 시작했다.

"네놈은 태도가 글러 먹었다! 작전 지시를 이따위로 받다니 정신이 썩어빠졌어! 그깟 병이 무슨 대수라고! 천황 폐하를 위해서라면 죽어도 여한이 없을 터. 당장 명령에 복종해!"

도비사키는 고열로 몸을 가누지 못하면서도 경례를 하려는 부하를 제지하고 대신 나서 말했다.

"외람된 말씀이지만 고작 훈련을 하는 데 꼭 병든 몸으로 무리를 해야겠습니까? 죽어도 여한이 없다니요. 한심한 짓 아닙니까? 지금 이 자는 원거리 척후를 맡을만한 상태가 아닙니다. 대신할 사람을 보내겠습니다."

"뭐야?"

대대장의 얼굴이 순식간에 잿빛으로 변했다.

"지금 뭐라고 했나? 고작 훈련? 한심해? 네놈은 지금 대원수 폐하의 황송한 임명을 받은 내 말이 우습다 이건가?"

도비사키는 비논리적으로 나오는 상대를 진정시켜 보려 했다.

"말이 지나쳤다는 점은 사과드립니다. 하지만."

"하지만이고 뭐고, 개 같은 소리 집어치워. 이런 멍청한 새 끼. 어디 두고 보자. 젠장, 네놈도 마찬가지야! 도테라를 입다니 뭐하는 짓거리야. 당장 벗고 출발해!"

대대장은 성큼성큼 다가와 부하가 입고 있는 도테라 옷깃을 움켜잡고 거칠게 벗기려 들었다.

순간 도비사키가 그 사이에 끼어들었다.

정신을 차려보니 대대장이 바닥에 엉덩방아를 찧고 쓰러져 있었다.

순간 대대장의 얼굴에 겁먹은 표정이 떠올랐다. 그도 잠시뿐 곧장 도비사키에게 손가락질하며 큰 소리로 외쳐댔다.

"누구 없나? 당장 이 녀석을 체포해! 명령 불복종과 상관 폭 행죄다! 군법회의에 끌고 가겠다."

스스로의 행동에 놀라 멍하니 선 도비사키의 옆에서 가까스 로 고열을 버티던 부하가 정신을 잃고 바닥에 쓰러졌다.

이유가 어찌 되었든 '명령 불복종' 및 '상관 폭행죄'는 육군 형법에 명확히 규정된 죄다. 군법 회의에 회부된다면 도비사키는 유죄다. 직권박탈을 면치 못한다.

'될 대로 돼라지.'

근신처분을 받고서 자포자기 상태로 칩거하던 어느 날 한 남자가 찾아왔다.

머리는 단정하게 뒤로 빗어 넘기고 군더더기 없이 마른 몸에 잘 만든 양복을 입고 있었다. 전체적인 인상은 마치 검은 그림자 같다는 느낌이었다. 한쪽 다리를 절고, 무슨 이유인지 얼룩 한 점 없는 흰 장갑을 꼈다. 도비사키는 처음 보는 그 남자가 누구인지 짐작조차 가지 않았다.

"자네인가, 고집불통 망아지가?"

옅은 웃음을 지으며 던진 질문에 도비사키는 말없이 어깨를 으쓱하기만 했다.

이제 와서 무슨 말을 한들 소용없다.

대대장은 됨됨이가 형편없었지만 고위 간부들 사이에서는 영향력이 컸다. 그가 정말로 부하 하나를 없애버리기로 작정했다면 고작 육군 소위에 지나지 않는 도비사키를 변호해 줄 사람은 아무도 없을 것이다.

"제대하면 어디 갈 곳은 있나?"

남자의 질문에 도비사키가 고개를 가로저었다. 조부모는 아직 살아 계시지만 고향으로 돌아가고 싶은 마음은 털끝만큼도 없었다.

"글쎄요. 만주에 가서 도적질이나 해볼까 합니다."

도비사키는 아무럼 어떠냐는 식으로 대답했지만 남자는 만족스럽게 고개를 끄덕이더니 얼굴을 가까이 대고 이렇게 속삭였다.

"생각 있으면 우리 쪽 시험을 치러 보게나."

그것이 도비사키와 유키 중령의 첫 만남이었다.

도비사키가 D기관에서 치른 입학시험은 기묘하고 복잡하기 이를 데 없었다.

'나 말고 이런 시험을 통과할 자가 있을까?'

도비사키는 기막힘과 자부심이 섞인 쓴웃음을 지었다.

하지만 실제로는 시험을 치러 온 자들 중 상당수가 도비사키와 비슷하거나 그 이상의 성적을 거둔 모양이었다.

D기관에 들어간 직후 학생 전원이 가명과 위조경력을 부여받았다.

이름과 경력으로는 절대 서로의 정체를 알지 못한다. 소문으로는 대부분의 학생이 일반대학을 졸업한 '지방인'이며 진위를 확인할 길은 없으나 개중에는 외국에서 대학을 나온 자도 있다고 한다.

입학한 후에는 두뇌와 육체를 극한까지 시험하는 가혹한 훈련이 이어졌다.

'군인인 나라면 모를까 평범한 지방인 도련님들이 견뎌내겠어? 머지않아 다들 두 손 들고 나가떨어질걸.'

도비사키의 예상은 보기 좋게 빗나갔다.

그들은 할당받은 과제를 식은 죽 먹듯이 해치웠다.

군인으로 훈련을 받아 온 도비사키조차 때로는 앓는 소리가 나올 정도였다. 그들에게도 쉬웠을 리가 없었다. 하지만 도비사키의 눈에 그렇게 비친 이유는 '나라면 이 정도쯤은 해낼 수 있어야 한다.'라는 그들의 무시무시한 자부심 때문이었다.

"군인이나 외교관 같은 시시한 신분 따위에 구애되지 마라."

어느 날 직접 교단에 선 유키 중령이 학생 한 명 한 명의 속마음을 꿰뚫어보듯 눈을 가늘게 뜨며 말했다.

"그런 것은 나중에 붙여진 이름표에 지나지 않는다. 언제라도 떨어져 나갈 수 있다. 제군들에게 주어진 것은 지금 바로 눈앞에 있는 사실뿐이다. 무엇에든 얽매이는 순간 그 즉시 그것은 너희들의 숨통을 조여 올 것이다."

성경에 손을 얹고 선서한 후에는 쉽게 거짓말을 못하는 기독교인을 예로 들면서 천황을 신처럼 모시는 지금의 사상에 휩쓸리지 말라고 경고했다.

"천황을 살아 있는 신으로 떠받들고 절대자로 인식하는 것은 철저한 현실주의자여야 하는 군인에게 결코 있어서는 안 될 일이다. 선입관은 눈앞의 상황을 오인하는 첫걸음이다. 이대로라면 일본군대는 그 어떤 전쟁에도 승리하지 못한다."

유키 중령은 현재 일본의 상황을 냉정하게 분석하면서 재차 스파이의 중요성과 긴급성을 강조했다. 마지막으로 학생들을 매서운 눈초리로 둘러본 그는 이렇게 말했다.

"무언가에 얽매여 살기는 쉽다. 남들이 믿는 대로 따라 하면 그만이다. 하지만 그건 자신의 눈으로 세상을 봐야 하는 책임을 버리는 짓이며 스스로를 포기하는 일이다."

그렇다면 D기관은 도비사키에게 매우 편안한 장소인 셈이다.

어릴 때부터 주변 어른들에게 차가운 아이라는 소리를 들으며 자랐고 또래 아이들과 어울리는 것도 힘들었다. 육군유년학교와 육군사관학교에 있을 때도 동기를 가족처럼 대하는 분위기에 소름이 돋았다.

가명과 위장된 경력으로 통하는 D기관의 생활은 참으로 편하게 느껴졌다.

아무도 자신의 과거를 모른다.

부모의 얼굴도 모르고 자란 사연도, 상관을 폭행했다는 이유로 군대에서 쫓겨난 일도, '지방인'을 대상으로 학생을 선발하는 D기관에서 군인 출신은 도비사키가 유일하다는 사실을 아는 사람은 없다. 그는 D기관의 이단 같은 존재였다.

– 구애되지 마라.

유키 중령의 이 말은 도비사키에게 '자유'를 뜻했다.

적어도 지금까지는 그랬다.

다른 학생들이 모두 나간 뒤 회의실에는 유키 중령과 도비
사키만 남아 있었다.

유키 중령은 다시 눈을 감고 팔짱을 낀 채 의자 등받이에 깊
숙이 등을 기대고 있었다.

침묵을 견디지 못한 도비사키가 먼저 나섰다.

"저는 무엇을 하면 됩니까?"

유키 중령이 조용히 눈을 뜨고 도비사키를 바라보았다.

"여자의 당일 알리바이를 한 번 더 조사해."

유키 중령의 낮은 목소리가 도비사키의 귓전을 때렸다.

여자?

말뜻을 파악하기 어려웠다.

슈나이더가 과거에 만났던 여자들을 말하는 걸까?

독일인 아버지와 러시아인 어머니 사이에서 태어난 슈나이
더는 회청색 눈에 조금 펑퍼짐한 코를 가진, 단정하기보다는
정열적인 느낌을 풍기는 자였다.

술주정, 독설, 낭비벽. 게르만인의 냉정함과 슬라브인의 정
열을 겸비한 복잡한 성격. 거기다 보헤미안 풍의 방랑적인 분

위기가 겹쳐져서인지 여자들에게 매우 인기가 많았다.

지난 3년간 슈나이더와 관계한 일본 여자만 스무 명이 넘었다.

그 여자들의 알리바이를 재조사하라는 뜻인가?

아니다.

유키 중령이 지시를 내리며 언급한 여자는 한 사람이다.

어떤 여자를 말하는 거지?

도비사키는 퍼뜩 깨달았다.

"그녀가요? 그건 말도 안 됩니다."

고개를 젓는 도비사키에게 돌아오는 대답은 없었다.

의자 깊숙이 몸을 파묻은 유키 중령은 눈을 감고 침묵할 뿐이었다.

그 침묵의 의미를 도비사키는 너무나 잘 알고 있었다.

6

노가미 유리코野上百合子에게는 완벽한 알리바이가 있었다.

슈나이더가 유서를 남기고 죽은 그 시각 유리코는 소속된 T

극단의 연습장에서 한창 연극 리허설을 하는 중이었다. 극단이 임대한 연습장과 슈나이더가 죽은 그녀의 아파트는 5킬로미터 이상 떨어져 있었다.

아무리 서둘러도 차로 왕복하는 데만 10분 이상 걸린다.

그녀가 슈나이더에게 유서를 쓰게 하고 독이 든 와인을 마시게 했다면 여기에도 10분 이상의 시간이 필요하다.

노가미 유리코가 그날 연습장에서 5분 이상 자리를 비우기란 사실상 불가능했다. 그녀는 다가오는 공연에서 주연급 조연을 맡았다. 연극의 내용상 그녀가 무대에서 5분 이상 사라질 때는 없었다. 그날 연습이 전체 리허설이었으니 사정은 더 말할 필요도 없다.

그녀의 알리바이는 극단의 연출가, 동료 배우 그리고 그 외 30명 이상의 극단 관계자가 입을 모아 증언했다.

도비사키는 만일에 대비해 신분을 위장하고 노가미 유리코를 취조했던 경찰서에 잠입해 조서를 훔쳐 읽었다.

"제가 그 사람 카를 슈나이더를 알게 된 지는 한 1년 정도 됐어요. 제가 일하고 있던 카페에 손님으로 왔을 때 처음 만났어요. 독일 신문기자라고 했는데 일본어가 유창해서 모두들 깜짝 놀랐죠. 다른 여자들도 많았는데 이유는 모르지만 유독 저를 마음에 들어 했죠. 그는 그 뒤로 카페에 자주 왔어요.

카페에 올 때마다 둘이서 이런저런 이야기를 나눴어요.

그는 말을 재미있게 할 뿐만 아니라 그 이상으로 잘 들어주는 사람이었어요. 어느 날 제가 여배우를 꿈꾸고 있다고 무심코 얘기한 적이 있는데 그는 비웃지 않고 진지한 얼굴로 저를 격려해줬어요. 그뿐만 아니라 바로 다음날부터 제가 본격적으로 연기 지도를 받을 수 있도록 도움을 주었죠.

덕분에 저는 카페를 그만두고 연극학원에 다니게 되었지요.

그 이후로 그는 가끔씩 저희 집에 놀러 왔어요. 밖에서 연락하기 수월하게 자기 돈을 들여 제 방에 전화를 설치해주기도 했어요."

경찰은 몇 가지 이유로 평소보다 훨씬 더 철저하게 유리코를 조사했다.

이유 중 하나는 아무리 우호국인 독일이라 해도 외국인 신문기자와 일본인 여성이 친밀한 관계를 맺었다는 점이었다. 이 부분이 경찰들의 신경을 긁었다.

또한 노가미 유리코는 예전에 소위 '급진적 성향과 해당 활동'을 이유로 여고에서 퇴학당한 이력이 있었다. 그 일로 집에서 쫓겨났고 생활비를 벌기 위해 카페에서 일했던 것이다.

도비사키는 진술서를 통해 그녀가 더없이 지적인 젊은 여성임을 쉽게 파악했다. 지금의 일본에서는 정서상 다소 자유주의적 경향이 강하다고 볼 수도 있지만 그녀는 제대로 생각을 할 줄 아는 사람이었다.

"저는 그 사람을 깊이 사랑했습니다."

취조관의 질문에 노가미 유리코는 주눅 들지 않고 대답했다.

"그 사람에게 저 말고도 다른 애인이 있다는 건 사귀고 나서
얼마 지나지 않아 눈치챘어요. 하지만 딱히 화가 나거나 하지
는 않았습니다. 일본인이든 외국인이든 매력적인 남자 주변에
는 늘 여자들이 몰리는 법이니까요. 그런 걸로 그 사람을 탓할
수는 없죠."

노가미 유리코의 말은 주변 사람들의 증언과도 일치했다.

유리코는 슈나이더의 또 다른 애인이 분명해 보이는 여자들
과도 비교적 좋은 관계를 유지했고, 슈나이더의 집에서 열린
파티가 끝난 후 혼자 귀가하라는 말에도 아무런 불평 없이 따
랐다고 한다. 이런 모습은 평소에도 많은 사람들이 보아 온 일
이다.

유서도 있었다.

– 인생에 절망했습니다. 세상에 하직을 고합니다.

유서는 필적 감정을 통해 슈나이더가 직접 작성한 것으로
확인되었다.

유서를 쏠 때 사용됐다고 추정되는 슈나이더의 만년필도 있
었다. 감시 중이던 도비사키는 슈나이더가 그날 낮에 그 만년

필을 구입하는 현장을 목격했었다.

'역시 자살일까?'

유키 중령은 도대체 왜 노가미 유리코의 알리바이를 재조사하라고 명령했을까? 그 이유를 모르겠다.

노가미 유리코는 슈나이더의 사망 추정 시각에 5킬로미터 이상 떨어진 장소에 있었다.

그녀가 멀리 떨어져 있는 슈나이더를 조종해 유서를 작성케 하고 독이 든 와인을 마시게라도 했단 말인가.

도비사키는 어처구니가 없어 실소가 나왔다.

이따위 허황된 가설을 증명해 보이느니 이번만큼은 유키 중령이 틀렸다고 생각하는 편이 훨씬 자연스러웠다.

'대동아문화협회' 간판이 걸린 건물로 돌아왔을 때 도비사키는 마침 문에서 나오는 다른 사람과 부딪칠 뻔했다. 미안하다고 말하고 지나가려는 찰나 낮은 귓속말이 들려왔다.

"비밀 잉크는 쓰지 않았다. 유서도 평범한 종이고."

"뭐?"

발을 멈추고 뒤돌아보니 변장을 해서 처음에는 몰라봤지만 동기인 아키모토였다.

그는 도비사키에게 윙크를 하고는 그대로 어디론가 가버렸다.

회의실로 가는 동안 어디선가 동기들이 홀연히 나타나 스쳐 지나 가듯이 아니면 우연히 마주친 듯 도비사키에게 말을 걸어 왔다.

- 영어를 구사하는 자들은 다 별 볼 일 없는 인간들이야. 아 쉽지만 삼중 스파이일 가능성은 낮아.

- 특별 고등경찰이 슈나이더에게 붙였던 감시를 해제시켰 더군.

- 와인 입수 경로를 확인해봤는데 수상한 자는 없었어.

- 독일과 소련 대사관 사람들에게 특이사항은 없다. 양국의 첩보기관이 움직인 흔적도 보이지 않아.

마지막은 회의실 앞이었다. 도비사키는 다른 동료들처럼 슬쩍 정보를 전한 후 지나가려는 가사이의 팔을 붙잡고 물었다.

"왜 나한테 보고를 해?"

"왜냐고?"

도비사키의 질문에 가사이는 잠시 멍하니 있다가 눈을 가늘게 뜨며 웃었다.

"이건 네 사건이잖아."

가사이는 도비사키에게 잡힌 팔을 뿌리치듯 거칠게 풀고는 자리를 떠났다. 그 뒷모습을 보며 이번에는 도비사키가 멍한 표정을 지었다.

'내 사건이라고?'

공중에 붕 뜬 듯 도무지 현실감이 없는 말이었다. 그 말의 의미를 골똘히 생각하면서 도비사키는 열쇠로 회의실 문을 열고 들어가 의자에 앉았다.

그동안 보고 들은 상황과 말들이 도비사키의 머릿속에서 소용돌이를 쳤다.

- 슈나이더의 유서에서는 어떤 단서도 나오지 않았다.

- 평범한 종이.

- 인생에 절망했습니다. 세상에 하직을 고합니다.

- 독일과 소련의 첩보기관이 움직인 흔적은 없다. 영어를 구사하는 자들은 다 별 볼 일 없다.

- 노가미 유리코에게 의심스러운 점은 없다.

- XX는 배신을 의미한다.

문득 무언가가 머리 한쪽 구석에 걸렸다.

아주 사소하지만 묘하게 신경 쓰이는 그 무언가가.

도비사키는 눈을 감고 조금 전 경찰서에서 훑어본 조서 내용을 다시 한 번 차근차근 곱씹어보았다.

7

"노가미 유리코가 슈나이더를 죽였다고 자백했다."

유키 중령이 큰 사무용 책상 너머에서 낮은 목소리로 말했지만 도비사키의 귀에는 남의 일처럼 들렸다.

"헌병대가 정보 제공에 대해 감사의 말을 전해왔다. 녀석들이 인사를 다 하고. 살다 보니 별일이 다 있군."

유키 중령은 잠시 비웃듯이 입술을 일그러뜨렸다.

헌병대는 죽은 슈나이더가 이중 스파이라는 '극비정보'를 경찰에 알릴 마음이 없었다.

3년 가까이 일본에서 활개를 치고 다닌 스파이의 정체를 몰랐다고 경찰에 밝힐 바에야 '특이한 사상을 가진 외국인 기자가 애인의 아파트에서 자살했다'로 처리하는 편이 훨씬 낫다는 입장이었다.

이런 상황에서 '일본인에게 살해당한 우호국 독일의 신문기자'라는 새로운 가능성이 나타났다. 헌병대는 이로써 자세한 사정을 경찰에게 알리지 않은 채 사건을 자신들의 수중으로 가져올 구실을 얻었다.

도비사키는 턱밑까지 복받쳐 오르는 불쾌감에 저도 모르게 얼굴을 찌푸렸다. 정보를 건넸을 때 용의자의 사진을 보면서 군침을 흘리던 헌병대 녀석들의 짐승 같은 얼굴이 떠올랐다.

노가미 유리코는 지적이고 아름다운 여성이었다.

야만적인 헌병대원 놈들이 그녀를 어떤 식으로 취조할지 상상도 하기 싫었다.

그녀의 진술에 모순이 있다고 깨달았을 때 도비사키의 머릿속에 떠오른 것은 부당함이었다.

독일과 소련의 이중 스파이, 희대의 카사노바, 주정뱅이, 독설가.

슈나이더는 적이 많은 인물이었다. 녀석은 어떠한 이유로든 지금 당장 누군가에게 살해되어도 이상하지 않을 자였다.

그 누군가가 우연히 노가미 유리코였을 뿐이다.

왜 내가 그녀의 범죄를 들춰내야만 한단 말인가.

한 번 눈치를 채고 나니 그녀의 진술서 내용은 부자연스러운 부분이 너무 많았다.

노가미 유리코는 슈나이더의 시체를 발견했을 때 함께 있던 친구를 집 근처의 파출소로 보내 경찰을 불렀다. 그녀의 집에는 아직까지 일반 가정집에서는 보기 드문 전화가 설치되어 있었는데 말이다.

그녀는 왜 그 전화기를 사용하지 않았을까?

노가미 유리코는 '미요코가 경찰을 불러올 때까지 계속 비명만 지르고 있었습니다'라고 진술했다. 그 당시 아파트를 감시

중이던 도비사키는 그것이 사실이 아님을 알고 있었다. 두 여자가 아파트에 들어간 직후 잠시 소란이 있었지만 한 명의 여자가 문을 박차고 나온 후부터 줄곧 쥐 죽은 듯 조용했다.

노가미 유리코는 현장에 혼자 남을 시간이 필요했다.

슈나이더에게 쓰게 한 '유서'를 부엌 테이블로 옮겨놓으려면 어떻게든 혼자 남아야 했던 것이다. 그래서 전화를 걸어 신고하는 대신 함께 온 여자를 일부러 파출소로 보냈다.

그 메모는 유서가 아니었다.

슈나이더가 죽었을 때는 전화기 옆에 놓여 있었다.

유리코가 슈나이더와 통화한 사실은 진술서에도 쓰여 있다.

통화기록을 조사해보면 바로 드러나는 사실이라서 굳이 숨기지 않은 모양이었다. 통화기록만으로는 통화내용까지 확인할 수 없다는 점을 알았나 보다.

"그날따라 목소리도 어둡고 기분이 착 가라앉아 있었어요."

그녀는 이렇게 진술했다.

그러나 슈나이더를 계속 감시해 오던 도비사키의 눈에는 그가 자살할 만큼 기운이 없어 보이지 않았다. 이 부분이 도비사키가 '있을 수 없는 일이다'라고 느꼈던 거부감의 정체였다.

전화를 걸었을 때 유리코는 애인끼리 나누는 별 의미 없는 대화를 주고받다가 갑자기 생각났다는 듯 다음 무대에서 사용할 대사라며 슈나이더에게 받아쓰게 했다.

인생에 절망했습니다. 세상에 하직을 고합니다.

편지지는 전화기 옆에 미리 준비해두고 나갔다. 슈나이더는 유리코가 말하는 대로 그녀가 불러주는 일본어를 편지지에 적었다. 그날 낮에 구입한 만년필로. 설마 그것이 자신의 유서에 사용될 것이라고는 꿈에도 모른 채.

유리코는 그 후 '리허설이 예정보다 길어져 늦어질 것 같으니 와인이라도 한잔하면서 기다리라' 하고 말한 뒤 전화를 끊었다.

그녀는 리허설을 마치고 한 번 더 집에 전화를 걸었다. 그때는 아무도 전화를 받지 않았다.

"너무 늦어서 화가 나 돌아간 걸까."

유리코의 진술과는 달리 당일 리허설은 '전체 리허설'이었다.

실제 공연 때와 같은 형식으로 진행된 리허설 시간이 예정보다 크게 길어지진 않았을 터였다. 적어도 집에 놀러 온 애인이 화가 나서 돌아갈 만큼 길어지는 않았으리라.

도비사키가 극단 연출가에게 확인한 결과 역시 그날 리허설은 예정된 시간에 시작되어 거의 제시간에 끝났다.

노가미 유리코는 거짓말을 했다.

더 이상은 생각할 것도 없었다.

유리코는 그날 슈나이더와 약속 시간을 일부러 일찍 잡았다. 슈나이더는 혼자 집에서 기다리다가 그녀가 미리 준비한 독이 든 와인을 마시고 사망한다. 그 시각 유리코는 집과 멀리 떨어진 장소에서 연극 리허설을 하는 중이었다. 이로써 그녀는 확실한 알리바이를 손에 넣는다. 연습이 끝난 후 유리코는 극단 동료인 미요코와 함께 귀가한다. 미요코는 집에 도착했을 때 이미 슈나이더가 죽어 있었다는 사실을 경찰에 증언한다.

하지만 이유는 그뿐만이 아니다.

도비사키는 방에 들어온 이후 처음으로 입을 열었다.

"슈나이더를 살해한 동기에 대해 그녀는 뭐라고 말했습니까?"

"그 또한 자네 예상대로다."

유키 중령은 도비사키에게 시선을 고정한 채 입을 열었다.

"노가미 유리코는 슈나이더가 자신의 친구인 야스하라 미요코와 깊은 관계가 된 걸 알고 질투에 사로잡혔다. 그것이 살해 동기였다고 하는군."

'긴 세월 동안 복잡한 국제 정세를 교묘하게 헤쳐 온 우수한 스파이가 제 애인의 마음을 읽지 못해 최후를 맞다니.'

쓴웃음이 나왔다.

노가미 유리코는 자유주의적 성향을 가진 총명한 여자여서 눈앞에서 슈나이더가 다른 애인과 노닥거리는 꼴을 보고도 조금도 동요하지 않았다. 그런 그녀도 슈나이더가 자신의 친구이자 극단의 후배이며 '배역을 두고 경쟁하는 존재'이기도 한 야스하라 미요코에게 접근한 사실을 알았을 때는 걷잡을 수 없는 질투심에 사로잡혔다.

어쩌면 슈나이더도 그녀의 감정을 알았는지 모른다. 알면서도 그 스릴을 즐겼던 게 아닐까?

그렇다면 편지지 한쪽 끝에 쓴 두 개의 X는 역시 '배신'을 의미했다.

슈나이더는 노가미 유리코와 통화하는 그 순간에도 자신이 그녀를 '배신한다'라고 생각했다. 슈나이더로서는 자신에게 소중한 존재를 배신한다는 감각 자체가 중요했다. 'XX'는 슈나이더가 품고 있던 마음속의 이미지였다. 또한 긴 세월에 걸쳐 이중 스파이로 살아온 남자의 비정상적인 일면이었다.

도비사키는 아주 먼 곳의 풍경을 바라보는 기분이 들었다.

유키 중령에게 다시 시선을 돌려 물었다.

"그녀를 의심한 이유가 뭡니까?"

도비사키가 회의를 소집했을 때 유키 중령은 노가미 유리코의 진술서 내용을 알지 못했다.

야스하라 미요코라는 애인의 존재는커녕 유리코의 아파트에 전화가 있다는 사실도 몰랐다. 하물며 도비사키 자신이 막연하게 느끼던 거부감의 정체 또한 눈치챘을 리가 없다.

그런데도 유키 중령은 도비사키에게 노가미 유리코의 알리바이를 재조사하라고 명령했다. 그 시점에서 유키 중령은 그녀가 슈나이더를 죽인 범인이라고 이미 단정을 지은 것이다.

유키 중령은 가늘게 뜬 눈을 도비사키에게 고정한 채 낮은 음성으로 말했다.

"노가미 유리코가 니시야마 지즈루西山千鶴와 닮았기 때문이다."

예상은 했지만 그 말을 들은 순간 정면에서 주먹이 날라 온 기분이 들었다. 자신도 모르게 눈을 감았다.

머릿속에 어린 시절 자신을 돌봐주던 젊은 여자의 모습이 떠올랐다. 도비사키에게 '가족'은 갓 태어난 자식을 버리고 간 얼굴도 모르는 부모도, 부모의 부도덕한 행실이 떠올라 그를 멀리했던 조부모도 아니었다. 그에게 유일한 가족은 근처의 가난한 농가에서 조부모의 집으로 일을 다니던 젊은 처녀, 니시야마 지즈루였다. 혈연관계는 아니었지만 지즈루 누나는 어린 도비사키를 무조건적으로 받아주었다. 이 세상에서 단 하나뿐인 소중한 사람이었다.

도비사키가 열 살이 되었을 무렵이었다. 지즈루 누나는 더이상 집에 오지 않았다. 결혼해서 다른 지방으로 떠났기 때문이다.

몇 년 후 도비사키는 지즈루 누나가 첫 아이를 출산한 뒤 건

강상태가 악화되면서 폐병을 얻어 절명했다는 소식을 들었다.

카를 슈나이더의 애인 노가미 유리코를 처음 보았을 때 그는 자기 눈을 의심했다.

'지즈루 누나.'

저도 모르게 말을 걸고 싶을 정도로 노가미 유리코는 니시야마 지즈루와 꼭 닮아 있었다. 물론 그렇다고 해서 슈나이더의 감시를 게을리하지는 않았다.

"그자가 죽었을 때 너는 그를 감시하는 중이었다. 그자가 자살을 했든 살해를 당했든 네가 알아차리지 못했을 리가 없어."

유키 중령은 표정없이 낮은 목소리로 설명을 이어갔다.

"그런데 너는 알아차리지 못했다고 보고했다. D기관에서 훈련받은 네가 그때만큼은 자신의 눈으로 세상을 보지 않았던 거지. 왜? 얽매여 있었기 때문이다. 네가 그만큼 마음을 빼앗겼다면 니시야마 지즈루의 망령 외에는 없다. 간단한 추리다."

그렇게 말한 유키 중령은 그제야 시선을 움직여 책상 위를 슬쩍 보고 도비사키에게 물었다.

"생각을 바꿀 마음은 없어 보이는군."

책상 위에는 헌병대에게 정보를 건넨 후 도비사키가 작성한 보고서의 마지막 장이 놓여 있었다. 거기에는 '일신상의 문제로 D기관을 떠납니다'라는 문구가 쓰여 있었다.

도비사키는 말없이 그리고 깊이 고개를 끄덕였다.

유키 중령은 의자 등받이에 등을 기대며 전에 없이 작게 한숨을 내쉬었다.

"자네는 D기관이 왜 남자만 선발한다고 생각하나?"

뜻밖의 질문이었다.

도비사키가 묵묵히 있자 유키 중령 본인이 대답했다.

"여자는 쓸데없는 이유로 사람을 죽이기 때문이다. 하잘 것 없는 '애정'이나 '증오' 때문에 말이야."

– 스파이에게 살인은 금기다.

일반 군대에서는 결코 용납될 리가 없는 이 명제가 도비사키를 비롯한 D기관의 모든 학생에게 반복적으로 주입되었다.

눈에 보이지 않는 그림자 같은 존재.

이것이 유키 중령이 요구하는 이상적인 스파이이다. 세간의 주목을 끄는 살인은 스파이에게 최악의 선택이었다.

그리고 또 한 가지.

– 구애되지 마라.

훈련 중에 그 말이 거듭 반복된 이유는 '있는 그대로의 세상을 자기 스스로의 눈으로 보는 유일한 방법'이기 때문이다.

결국 '졸업시험'은 유키 중령이 학생을 시험해 보기 위해서가 아니었다. '시험'은 앞으로도 유키 중령의 밑에서 스파이 활동을 해나가는 일이 가능한지 학생 스스로 자신을 판단하는 관문이었다.

그런 의미에서 이번 건은 도비사키의 사건이었다.

구애되지 않는 삶.

그것은 세상 그 무엇도 믿지 않고 애정과 증오 등의 감정을 하잘것없는 것으로 여기며 유일한 마음의 안식처조차 배신하고 버린다는 걸 의미한다.

도비사키는 '지즈루 누나'의 옛 모습을 도저히 떨쳐낼 수 없었다. 남들 눈에는 하찮게 보인다 해도 사람은 누구나 배신할 수 없고 버리지도 못하는 절대적인 존재가 있으므로.

'이것마저 버린다면 살아가는 의미를 잃겠지.'

도비사키는 이런 자신의 마음을 태어나서 처음으로 깨달았다. 지금껏 다른 학생들에게 품어온 열등감의 정체가 그제야 드러난 것이다.

그렇다. 우수한 스파이는 자신을 제외한 모든 것을 버리고 사랑하는 사람도 배신할 수 있어야 한다. 오로지 혼자서 아무렇지도 않게 살아갈 수 있어야 한다.

한계를 느꼈다.

자신은 그들 같은 괴물은 되지 못한다.

보고서 말미에 사의를 표하는 문장을 써넣었다.

도비사키의 단호한 의지를 알고 유키 중령은 서랍에서 한 통의 문서를 꺼내 책상 위로 밀어 보냈다.

"사령장辭令狀이다."

D기관에서 종이로 된 사령장을 주고받는 일은 없다.

모든 인사명령은 구두로 이루어지거나 읽은 후 바로 회수된다.

종이로 된 사령장을 받은 시점에서 이미 도비사키는 D기관 소속이 아니다.

"새 부임지는 북지北支, 중국 화베이(華北) 지방다. 중위로 승진한 모양이다."

유키 중령이 툭 내뱉듯이 말했다.

그것이 무엇을 뜻하는지 너무도 잘 알고 있었다.

D기관은 육군 주요기관의 기밀사항을 다루는 곳이다. 개중에는 비합법적 요소도 섞여 있다.

'너무 많은 걸 알고 있는 자'를 그대로 살려둘 리 없다.

새로운 부임지는 지금 이 순간에도 총탄이 빗발치는 최전선이다.

– 승진을 시켜 죽을 장소로 보낸다.

육군의 잔혹한 '배려'였다.

도비사키가 사령장을 옆구리에 끼고 경례한 뒤 몸을 돌려 방을 나가려고 할 때였다.

등 뒤에서 도비사키의 본명이 들렸다.

돌아보니 유키 중령이 의자에서 일어나 처음으로 도비사키에게 군대식 경례를 했다.

"죽지 마라."

도비사키도 오른손을 이마에 대며 경례로 답했다.

유키 중령의 전송을 받으며 꼿꼿한 자세로 돌아선 도비사키는 힘찬 걸음으로 방을 나갔다.

첩보 미스터리 소설의 최고봉

사토 마사루(佐藤 優)
(작가·전 외무성 주임분석관)

야나기 코지柳広司는 일본 소설계에서 인텔리전스 미스터리라는 새 분야를 개척한 작가다. 인텔리전스intelligence, 정보, 첩보의 어원은 라틴어의 접두사 inter ~의 사이에와 legere'구성하다' 또는 그리스어의 영향을 받아 '읽다'이다.

건물을 철거할 때 보통 사람은 건물이 붕괴되는 구조벽이 어디에 위치하는지 알지 못하지만 프로 건축사는 금방 안다. 관료로서 10년 이상 최전선에서 일했던 나도 마찬가지다. 언뜻 보면 사소해 보이는 말일지라도 그 속에 숨은 중요한 의미를 금방 알아챈다.

예를 들어 일본 정부는 2011년 4월 12일 도쿄전력 후쿠시마 제1원자력발전소 사고가 국제 평가 척도로 보면 '레벨 7'에 해당한다고 발표했다. 전날 4월 11일에는 원전 주변에 '계획적 피난구역'과 '긴급 시 피난준비구역'을 설치했다.

'피난'이라는 단어를 사용해 사태의 심각성을 교묘히 축소시킨 것이다. '피난'이라고 하면 곧 다시 돌아올 수 있다는 느낌이 든다. 하지만 후쿠시마 원전사고 피해지역의 경우 실제로는 그렇지 않았다. 사실 정부는 '피난'이 아니라 장기간 '이주'해야 하는 구역을 지정해 둔 것이다.

요컨대 후쿠시마 원전사고 피해지역의 '계획적 피난구역'이란 '이주계획 대상구역'을, '긴급 시 피난준비구역'이란 '훗날 이주 대상이 될 수도 있는 구역'을 의미한다.

인텔리전스란 이런 식으로 표면에 드러난 정보에서 숨은 진실을 파악해 내는 기법이다.

특히 전쟁에서는 인텔리전스 능력을 최대한 발휘하여야 한다.

패전하기 전의 제국주의 시대 일본은 인텔리전스 대국이었다. 그중에서도 육군 나카노中野학교는 국제 수준에서도 1급에 해당하는 인텔리전스 교육기관이었고, 뛰어난 정보 장교를 다수 배출했다.

이 학교를 세운 아키쿠사 슌秋草 俊 육군 장교를 모델로 야나기 코지는 유키 중령이라는 인텔리전스 주인공을 만들어냈다. 이 미스터리를 통해 독자는 인텔리전스의 진수를 발견할 것이다.

인텔리전스 학교의 입학시험에 대해 이런 묘사가 있다.

〈사쿠마는 스파이 양성학교 제1기생, 즉 'D기관' 초대 수험생들이 입학시험을 치를 때부터 가까이서 지켜보았다.

기상천외한 시험이었다.

건물 입구에서 시험장까지 몇 걸음인지 계단은 몇 개였는지 묻지를 않나, 세계지도를 펼쳐놓고 사이판 섬의 위치를 묻지 않나. 지도 상의 사이판 섬이 교묘하게 지워졌다고 수험자가 지적하면 지도를 펼치기 전에 책상 위에 무엇이 있었는가를 물었다.

아무 의미가 없는 문장을 몇 개 읽게 하더니 잠시 뒤 그 문장을 거꾸로 암송하게 하였다.

사쿠마의 눈에는 죄다 어이없는 짓으로 비쳤다.

이런 황당한 문제들을 풀 사람이 과연 있기나 할까 싶었다.

놀랍게도 수험생 중에는 이런 터무니없는 질문에 척척 대답하는 자들이 적잖이 있었다.

그뿐만이 아니었다. 시험장까지 몇 걸음이었는지, 계단은 몇 개였는지를 정확하게 맞춘 사람들은 묻지도 않았는데 복도에 있는 창문의 개수, 개폐상태, 균열의 유무도 지적했다.

세계지도에 가려진 책상 위의 물건을 말해보라는 질문에는 잉크병, 책, 찻잔, 펜 두 자루, 성냥, 재떨이 등 열 개도 넘는 물건을 모두 정확히 맞췄다. 심지어 책등에 적힌 제목과 피우다 만 담배의 상표까지 정확히 기억하는 자도 있었다.

의미도 없는 문장을 거꾸로 암송하라는 과제를 받은 사람은 글자 한 자 틀리지 않고 완벽하게 읊어냈다.〉

나카노학교 출신자에게 입학시험 내용에 대해 직접 들은 적이 있다. 형식은 달라도 기억력과 주의력을 평가하는 시험이 반드시 있었다고 한다.

외무성 국제정보국의 주임분석관으로 일할 당시에 모사드 Mossad, 이스라엘 첩보 특무기관나 SVR러시아 대외첩보기관의 교육·훈련국 간부와 몇 번 의견을 교환한 적이 있다. 이들 인텔리전스 기관에서도 나카노학교와 동일하게 기억력과 주의력을 평가하는 시험을 실시한다고 했다.

'조커 게임'은 논픽션이 아니므로 소설 내용에 나카노학교의 실상을 그대로 반영했다고는 볼 수는 없다. 그럼에도 분명한 것은 야나기 코지 씨의 소설로 재탄생한 'D기관' 쪽이 내가 쓴 나카노학교에 관한 논픽션 저서나 그 어떤 설명보다도 훨씬 사실적이며 일본 인텔리전스의 진수를 완벽하게 전했다고 본다. 또한 이 소설은 인텔리전스 소설 중에서도 가장 뛰어난 작품이라고 단언한다.

〈스파이는 도둑과 달리 상대방이 털렸다는 사실을 알게 해서는 안 된다.

따라서 가능한 한 열쇠를 사용해서 문에 흔적을 남기지 말아야 한다.〉

흔적을 남기지 않는 것은 적극적인 첩보포지티브 인텔리전스 활동의 대원칙이다.

또 다음의 예는 모사드가 잘 이용하는 수법이다.

〈D기관의 스파이는 암호를 타전할 때 반드시 일정한 간격으로 오타를 넣어서 보내기로 되어 있다. 한 자 한 자 실수 없이 보낸 암호문은 그 자체가 '적지에서 사고 발생, 적에게 체포됨'으로 전해지며 동시에 구조 요청을 의미한다. 이 정보는 다층화한 의식 중에서도 최하층에 저장한다. 살해당하는 순간까지도 발설해서는 안 되는 가장 깊숙한 곳에 새겨야 했다.〉

무엇보다 내가 감명 깊었던 부분은 다음과 같은 유키 중령의 훈화다.

〈"군인이나 외교관 같은 시시한 신분 따위에 구애되지 마라."

어느 날 직접 교단에 선 유키 중령이 학생 한 명 한 명의 속마음을 꿰뚫어보듯 눈을 가늘게 뜨며 말했다.

"그런 것은 나중에 붙여진 이름표에 지나지 않는다. 언제라도 떨어져 나갈 수 있다. 제군들에게 주어진 것은 지금 바로 눈앞에 있는 사실뿐이다. 무엇에든 얽매이는 순간 그 즉시 그것은 너희들의 숨통을 조여 올 것이다."

성경에 손을 얹고 선서한 후에는 쉽게 거짓말을 못하는 기독교인을 예로 들면서 천황을 신처럼 모시는 지금의 사상에 휩쓸리지 말라고 경고했다.

"천황을 살아 있는 신으로 떠받들고 절대자로 인식하는 것은 철저한 현실주의자여야 하는 군인에게 결코 있어서는 안 되는 일이다. 선입관은 눈앞의 상황을 오인하는 첫걸음이다. 이대로라면 일본군대는 그 어떤 전쟁에도 승리하지 못한다."

유키 중령은 현재 일본의 상황을 냉정하게 분석하면서 재차 스파이의 중요성과 긴급성을 강조했다. 마지막으로 학생들을 매서운 눈초리로 둘러본 그는 이렇게 말했다.

"무언가에 얽매여 살기는 쉽다. 남들이 믿는 대로 따라 하면 그만이다. 하지만 그건 자신의 눈으로 세상을 봐야 하는 책임을 버리는 짓이며 스스로를 포기하는 일이다."〉

앞에서도 썼듯이 이 작품은 야나기 코지 씨의 창작물이지만 아키쿠사 순이라는 실존 인물을 모델로 삼았다.

나는 1987년 8월부터 1999년 3월까지 모스크바 주재 일본 대사관에서 근무했다. 8월의 규봉旧盆, 불교에서 음력 7월 15일에 부모와 조상의 영령을 좋은 곳으로 천도하고 공양하기 위해 치르는 우란분회(盂蘭盆會) 무렵 모스크바 교외의 블라디미르시에 있는 일본인 묘지를 몇 번 방문했었다.

1945년 8월 15일 종전일 아키쿠사 순은 소련군에 항복했다. '악질적인 전쟁범죄자'의 한 사람으로서 아키쿠사 순은 시베리아에서 모스크바로 이송되어 블라디미르 감옥에 수감되었다가 같은 해 10월 14일에는 비밀경찰본부가 있는 '루뱐카 감옥'으로 이송된다. 그곳은 스탈린 체제 당시 수많은 정치범이 끔찍한 고문을 당하거나 처형당한 악명 높은 장소이다. 현지인들은 '우는 아이도 울음을 그치는 루뱐카 감옥'이라고 부른다.

소련 당국은 아키쿠사 순을 위험인물로 간주했다. 1948년 12월 30일에 내무인민위원부NKVD=비밀경찰 특별법정에서 러시아·소비에트 사회주의 연방공화국 형법 제58조 6항스파이 활동과 58조 11항소련 당국을 대상으로 한 테러 활동으로 유죄를 확정받아 25년형을 언도 받은 그는 블라디미르 감옥에 수감되었다. 블라디미르 감옥은 제정 러시아 시대 때부터 가장 위험한 정치범을 수감하는 형무소이다.

아키쿠사 순은 1949년 3월 22일 블라디미르 감옥의 부속병원에서 병사했다. 향년 54세였다.

블라디미르의 일본인 묘지는 감옥 부속병원 터에 만든 것이라 한다. 일본인 묘지는 깨끗이 청소되어 있기는 해도 하얗게 페인트칠을 한 허술한 묘비들만 쓸쓸하게 줄지어 서 있었다.

그곳에서 바라보는 경치는 일본 기타칸토北関東 지방 구릉지대와 비슷했다. 도치기栃木 현 출생출생 당시는 군마(群馬) 현 야마다(山田) 군 야바가와(矢場川) 촌이었으나 이후 도치기 현 아시카가足利 시로 변경되었다인 아키쿠사 순은 이 풍경을 바라보며 고향을 떠올렸으리라.

훗날 모스크바를 다시 방문할 기회가 생기면 이 책『조커 게임』을 아키쿠사 순 소장의 묘지에 가져갈 생각이다. 하늘나라의 아키쿠사 순에게 '당신은 이 소설 속에서 유키 중령으로 다시 태어났습니다. 행적의 옳고 그름과는 별도로 젊은 세대들이 이 책을 통해 당신의 투혼을 기억할 것입니다'라고 보고하고 싶다.

◆ ◆ 옮긴이의 말 ◆ ◆

죽지 마라, 죽이지 마라, 잡히지 마라, 꼭 살아남아라

옮긴이 한성례

오감과 두뇌를 극한까지 구사하며 목숨을 걸어야 하는 게임. 이기지 못하면 바로 죽음이다. 이 소설은 기존 사상을 뿌리 뽑으며 무한대의 자극을 선사한다.

유키 중령의 제안으로 육군 내에 만들어진 스파이 양성학교 'D기관'. 극한시험을 돌파한 1기생은 외국어 수준과 지적 능력이 우수하고, 폭약과 무전기 다루는 법, 변장술, 여성 유혹술 등 다양한 훈련을 받는다. 호칭도 실제 이름이 아니고 별명으로 부른다. '스파이란 보이지 않는 존재', '살인 및 자살은 최악의 선택', 이 점이 훈련생들에게 유키 중령이 주입시키는 계율이다. 군대 조직의 신조를 정면으로 부정하는 D기관의 존재는 당연히 육군 내부에서 엄청난 반발을 불러일으킨다. 하지만 두뇌 명석하고 실행력에서 추종을 불허하는 강력한 카리스마의 '마왕' 유키 중령은 마술사처럼 첩보전으로 대처하며 육군 내의 적을 물리친다. 이 작품은 도쿄, 요코하마, 상하이, 런던으로 확장해 가는 최고의 스파이 미스터리 소설이다.

『조커 게임』에는 다섯 편의 이야기가 하나로 이어져 있다. 일본문화에 빠져 아예 일본에 눌러살기로 한 미국인 기술자 고든에게 어느 날 스파이 혐의가 씌워지는 내용의 「조커 게임」, 요코하마의 영국 총영사관에서 한가한 나날을 보내던 그레이엄 총영사에게 폭탄 테러 용의자 혐의가 씌워진 사건을 풀어내는 「유령」, 런던에 잠복해 영국의 기밀정보를 빼돌리려던 이자와의 납치사건을 다룬 「로빈슨」, 상하이 조계에서 발생한 일본인 헌병 살인사건과 헌병 대위 저택에서 일어난 화재 사건의 배후를 둘러싼 「마의 도시」, 도쿄에 거주하던 독일인 신문기자 카를 슈나이더가 이중 스파이였다는 혐의를 받은 직후 돌연 애인 노가미 유리코의 집에서 자살한 사건을 다룬 「더블 크로스」등이다.

D기관 훈련생들은 다섯 개의 사건을 치밀한 계획과 명석한 두뇌로 해결해 나간다. 사실 이 사건들은 일본 헌병대와 육군 참모본부, 외무성이 '스파이는 스파이가 처리하라'는 명목하에 D기관에 떠맡긴 것이다. 외교적인 문제도 미묘하게 엉켜 있는 사건들이다. 이처럼 난해한 사건이 하나씩 해결될 때마다 독자들

은 강렬한 지적 쾌감이 느껴질 것이다. 또한 제2차 세계대전 당시의 일본 국민들의 눈에 비친 국가, 군인, 그리고 영국, 독일, 소련, 중국, 일본 등 숨 가쁘게 돌아가는 세계정세도 생생하게 한눈에 들어올 것이다.

덧붙이자면 이 소설 속에는 맹목적으로 천황제를 믿던 일본 사회, 나라를 위해 죽은 영혼은 야스쿠니 신사에 안치되어 신으로 떠받드는 사상, 로봇처럼 아무 생각 없이 폭력으로 치닫는 일본 헌병에 대한 풍자 등이 녹아들어 있다.

이 소설의 작가 야나기 코지는 2001년에 아사히 신인문학상을 수상하며 작가로 데뷔한 이래 주로 역사와 문학작품을 미스터리와 융합한 작품을 써 왔으며, 2008년에 출간한 『조커게임』으로 폭발적인 인기를 얻었다. 이 소설로 서점 대상에도 올랐고, 2009년 제30회 요시카와 에이지 문학 신인상과 제62회 일본추리작가협회상을 한꺼번에 거머쥐었다. 최근에는 이 작품이 영화화되었다.

유키 중령의 스파이 계율인 '죽지 마라, 죽이지 마라, 잡히지 마라, 꼭 살아남아라'를 지키며 'D기관' 1기생들이 어떻게 문제를 해결해 나가는지, 독자 여러분도 밀착 동행하여 스릴을 만끽해 보시기 바란다.

JOKER GAME

조커게임